作家榜®经典名著

读经典名著，认准作家榜

THE PICTURE OF DORIAN GRAY

道林·格雷的画像

[英]奥斯卡·王尔德 著
顾湘 译

摆脱诱惑的唯一方法就是向它屈服。

我们每个人身上都有天堂和地狱。

本书以 *1908* 年 *Charles Carrington, Paris* 出版社精装版为翻译底本

目 录
CONTENTS

导 读
"我是注定了要毁灭的" 01

PREFACE
前言 13

CHAPTER 1
画室 001

CHAPTER 2
道林·格雷 018

CHAPTER 3
身世 038

CHAPTER 4
恋情 055

CHAPTER 5
演员 075

CHAPTER 6
争执 090

CHAPTER 7
演出 101

CHAPTER 8		
悲剧	117	

CHAPTER 9		
秘密	134	

CHAPTER 10		
掩藏	147	

CHAPTER 11		CHAPTER 15	
艺术生活	158	晚会	216

CHAPTER 12		CHAPTER 16	
午夜邂逅	182	码头暗夜	228

CHAPTER 13		CHAPTER 17	
谋杀	191	塞尔比庄园	239

CHAPTER 14		CHAPTER 18	
毁尸灭迹	200	打猎	248

		CHAPTER 19	
		忏悔	260

		CHAPTER 20	
		画像	272

导　读
"我是注定了要毁灭的"

一、我的衬衣一件是深红的，另一件是淡紫丁香色的

我们即将在此谈论一张事实上不存在的画像。

就和王尔德写过的另一篇小说《W. H. 先生的画像》一样，故事产生于绝对虚无抑或想象之中，却实实在在地给真实世界造成了若干影响——

这两张子虚乌有的画像对人心造成的影响之巨，尤其是道林·格雷的画像，甚至超过了欧洲若干真实存在的名画。在这一点上，我是王尔德先生的拥趸，而难以认同他一生宿敌英国画家惠斯勒先生的想法：美术是艺术的最高形式。文学在所有艺术类别中从来都占上风，哪怕与影视艺术相比也不遑多让，看似不落言筌的描述最终却足以激发人心最复杂的联想和最强烈的悲喜。在此领域，奥斯卡·王尔德显然又是纵情投入的个中好手，在他尚未蒙受耻辱之际，他已凭借从虚无中唤出的创

造预告了自己的结局,正如他在写给朋友卡洛斯·布莱克的信里所说的:

> 诸神把世界放在他们的膝盖上。我是注定了要毁灭的。命运三女神摇晃着我的摇篮。

这是何其戏剧化又自我中心的一句话,而且充满了一如既往的自怜,但若对比王尔德迅速成名又从高处跌落的真实一生,却又具备了多么奇妙的悲怆意味!

是的,悲怆。正是他在《自深深处》里提及狱中生涯最喜欢用的那个词。

也许诗人 W. H. 奥登说得没错:"王尔德从一开始就在表演他的人生,甚至当命运将'情节'从他手中夺去后,他仍在继续表演。"但我无法赞同的,则是奥登先生认为《道林·格雷的画像》令人生厌。但倘若它是一部真正的杰作,倒也不必着急为它辩论。在翻开这本书之前,我们不妨先来看看王尔德这位人生舞台的天才表演者几幅由文字勾勒出来的小影——或者说,他穷其一生热情和困惑为自己绘制的若干肖像。

第一幅是个十三岁的孩子,穿深红色衬衫——也许是淡紫丁香色。那个时代留下来的影像都是黑白的,但我们确定知道了王尔德在这个年纪就拥有了这样颜色张扬的衬衣。

王尔德1854年出生于爱尔兰都柏林的一个富裕家庭,为家中次子。他的父亲威廉姆·王尔德是一名外科医生,在他十岁那年因人口统计方面的贡献被封为爵士,而他的母亲则是都柏林知名的作家和诗人。在公认关于王尔德最出色的传记理查德·艾尔曼所著的《奥斯卡·王尔德传》的头几页,我们能读到这孩子在寄宿学校就已开始给母亲写不同寻常的信。

你送来的篮子里的两件法兰绒衬衫都是威利的,我的衬衣一件是深红的,另一件是淡紫丁香色的,但是现在还太热,用不着穿它们……你有没有用绿色的笺纸给沃伦姨妈写信?

同父异母的哥哥威利比他年长两岁,也是王尔德最初争夺母亲注意力的对象。信里提及的沃伦姨妈并不喜欢爱尔兰民族独立运动的象征色绿色,但他深知他妈妈是富有激情的民族主义者,因此巧妙表明了自己的立场。这封寥寥数十字的信已初步显露了王尔德日后广为人知的性情:对颜色乃至不限于此的一切色相皆无比敏感,极其聪明,对穿着有自己独到的品味,知情识趣,能轻易说出让谈话对手心花怒放的言语。

尽管如此,此时的青少年王尔德在寄宿学校里还远非最受瞩目的学生。还要再过几年,历经都柏林圣三一学院、牛津大学的历练,这位不世出的才子的身影方才日渐清晰。

天才早期的上升之势几如破竹。在校期间,王尔德即精通英语、法语、德语、意大利语和希腊语,圣三一的马哈菲教授、牛津学者佩特和约翰·拉斯金皆对他思想的形成有重要影响。在毕业前夕以学校的文学奖金出版了自己首部诗集后，他以美学教授自称，逐次涉足戏剧、评论、小说和童话，皆取得不俗成就，更以超然不群的风姿、妙趣横生的谈吐和离经叛道的着装广受伦敦社交界瞩目，乃至于1882年被美国邀请去做了近十个月关于英国文艺复兴的巡回演讲，上至达官贵人，下至矿工，无不为其魅力所折服。

短短数年，他便以卓越天赋佐以不懈的个人努力，雄心抱负外加命运机缘而名满天下，与当时最出名的女演员、诗人和画家结交，谈笑有鸿儒，往来无白丁，风头一时无两，被后世誉为十九世纪八十年代唯美主义的旗手，九十年代颓废派的先驱，乃至于催生了美国的名流文化——这些皆非夸大之词。

二、比被人议论更糟糕的，是无人议论

第二幅画像，就是那张最著名的戴礼帽的照片。照片上的他缓带轻裘，顾盼自雄。在文学日渐寂寞的今天，我们几乎难以相信有史以来还有其他作家曾在如此短暂的时间内获得如此盛名，且影响不限于文学圈，走在路上随时会被路人认出，报纸杂志上整日不是吹捧或批评的文章，就是讽刺他的漫画，伦敦甚至同一时期上演他的三部剧作。

他有一句脍炙人口的名言："比被人议论更糟糕的，是无人议论。"年轻时还要更自负："我王尔德要么臭名昭著，要么名

扬天下。"这两者他都做到了。名满天下，谤亦随之，声名鹊起之时生活中早已暗流涌动。稍后他将在《自深深处》里怀念这种早年的辉煌："我曾经是我这个时代艺术文化的象征。我在刚成年时就意识到了这一点，而后又迫使我的时代意识到这一点。很少有人能在有生之年身居这种地位，这么受到承认……诸神几乎给了我一切：天赋、名望、地位、才华、气概。我让艺术成为一门哲学，让哲学成为一门艺术；我改变人的心灵、物的颜色；我所言所行，无不使人惊叹……我笔之所至，无不以美的新形态展现其美；我让真实本身不但显其真，同样也显其假，亦真亦假……显明了无论真假，都不过是心智存在的形式。我视艺术为最高的现实，而生活不过是一个虚构的形态；我唤醒了这个世纪的想象力，它便在我身边创造神话与传奇；万象之繁，我一言可以蔽之，万物之妙，我一语足以道破。"

即便这番表白太过狂妄自夸，但王尔德显然美且自知。古往今来，同时兼备才具和运气的人着实不多；然而上天仍是公平的，既少有写作者在生前就获得如斯声名，也便少有写作者受到如此严酷的考验，一时间浮花浪蕊诱饵陷阱都无比迅速地向他涌来——

"除了这些，我还有一些不同的东西。我让自己受诱惑，糊里糊涂地掉进声色放浪中而不能自拔，以作为一个纨绔子弟、花花公子、风流人物自快，让身边围着一群不成器的小人。"

危险果然不日即至。1882年，他与名门之女康斯坦斯新婚不久，即受好友罗斯影响进入了地下同性恋世界，这在当时的伦敦社交界虽然并非孤例，也仍不可能公然示众，但名声正如日中天的王尔德却绝非小心谨慎步步为营的性情。1891年，他正式出版了一生中唯一的一部长篇小说，也即我们即将翻开的这本《道林·格雷的画像》——这对于王尔德的文学生涯堪称里程碑式的作品。康斯坦斯曾抱怨说："出版这本书之后几乎没人和我们说话了。"这或许是上流社会某些主流人士的故作姿态，但在夜夜笙歌的男色情欲之境，这部书的出版却无异于《圣经》的诞生。王尔德身边的美少年们前仆后继地宣称自己就是书中的道林，正如书中提到的那本影响了道林·格雷一生的黄色封皮的书——很多人都认为是于斯曼的《反常》——《道林·格雷的画像》问世之后，也仿佛产生了自己神秘的能量场，不光作用于无数将之奉为圭臬的信徒，更反作用于创作者自己。

王尔德是这样假借道林·格雷之口形容那本书中之书的：

……在道林看来，那是自己未来的写照。实际上，他觉得整本书似乎写的就是他自己的生命故事，在他经历之前已经写好了。

……这是一本没有情节、只有一个人物的小说，实际上，只是对一个巴黎青年的心理研究。那个青年一生都试图在十九世纪实现从前每个世纪中的所有激情和思维方式,想在自己身上汇集世界精神所经历过的各种情绪。……

有些人以为人的自我是简单、持久、可靠并且只具有一种本质的东西,那样浅薄的想法让他感到惊奇。对他来说,人是一种有无数生活和无数感觉、复杂多样的生物,精神秉承了思想和激情的奇怪遗产,肉体沾染着祖先的奇怪疾病。……

道林似乎觉得,整个人类历史都只不过是自己生活的记录……历史就在他的大脑里、激情里。他觉得自己仿佛认识他们所有人,那些奇怪而可怕的身影,在世界舞台上匆匆走过,让罪孽显得神奇,把邪恶变得微妙。……

"我们每个人身上都有天堂和地狱,巴兹尔。……"

"……世人所谓的不道德的书,只不过揭露了他们本来就有的耻辱。……"

这些描述同样可以一字不动地搬到对《道林·格雷的画像》的评价上,而世上再没有人能比王尔德自己形容得更好了。甚至可以说,是先完成了本书,创作者再设法完成了自己的人生——也不会有比这更好地佐证王尔德对艺术看法的例子了:

生活模仿艺术,远甚于艺术模仿生活。

王尔德将自己性情中截然不同的几面分别赠予了书中三个角色:最初的引诱者亨利勋爵,创作肖像并因此而死的画家巴兹尔·霍尔沃德，以及堕落的主角道林·格雷。即便如此，他们仨加起来也仍然没有他本人丰富。

三、我是注定了要毁灭的

就在书出版的一年后，他遇到了命中最后一位，也通常被认为是真正的道雷·格林：年轻的阿尔弗雷德·道格拉斯。

两人此后如何色授魂与，携手出游，夜夜笙歌，共同追逐被视为猎物的美丽男孩，乃至反目成仇，则是一个漫长的故事了。然而这个故事最悲剧的部分，是年长者虽然效仿古希腊的圣贤一般爱慕年幼者的青春，却终因彼此心智的巨大悬殊而难以为继，挥金如土导致的财政危机更令这份禁忌之爱步步走向绝境。这场事先张扬的情爱官司，在王尔德因不堪道格拉斯之父昆斯伯里侯爵对自己"鸡奸犯"的侮辱，更在道格拉斯怂恿下将其告上法庭时达到高潮。王尔德不会想到，这场官司将比自己父母轻率卷入又轻易脱身的任何一次官司都更难取得胜利，就因为他不是别人，而是人人都知道的王尔德。

没有比联手毁灭一个才华横溢的孤臣孽子更被大众喜闻乐见的事了：如不落井下石，庸众也就难称其为庸众。王尔德后来最悔恨的，就是自己不该向一直蔑视的群众寻求帮助。这分明是一场绝无胜算的战争，他却囿于自负，一步步自行走向命运的陷阱，只遗憾没有自己亲口在法庭上把一切说出来。

在思想范畴中我视作似非而是的悖论，在激情领域中成了乖张变态的情欲。欲望，到头来是一种痼疾，或是一种疯狂，或两者都是……我忘了，日常生活中每一个细小的行为都能培养或者败坏品格，因此，一个人在暗室里干的事，总有一天要在房顶上叫嚷出去的。我不再主宰自己，不再执掌自己的灵魂，也不认识它了。

——《自深深处》，王尔德著，朱纯深译

一个宣称不再认识灵魂的人却让我们无法不意识到，他的确拥有过无与伦比的璀璨灵魂。

他才华盖世，却又睥睨众生；他无法抗拒些微诱惑，却也无法真正摆脱道德；他目下无尘，却又比任何人都更情热如火；享受世人的崇拜，却又极大高估了这忠诚的可靠。

种种悖谬和矛盾叠加在一起，悲剧宛若命中注定。

在因"与其他男性发生有伤风化的行为"服苦役的两年期间，他深爱的母亲去世，妻子康斯坦斯和两个孩子隐姓埋名移居意大利，绝大多数朋友都抛弃了他，远在国外逍遥的道格拉斯仍在尽情消费他们之间的情感，不断写信给报刊，以受害者和被名人恋慕者的姿态招摇过市。即便曾经的盛名一夕成空，诸多秃鹫仍在这尸骸的上空盘旋。

王尔德竭尽全力、纵情声色的一生也许只做了两件真正的错事：一是在适婚年龄迫于世俗压力和一个好女人结婚；二是耽溺于皮相之美而忽视了灵魂之重。他懂得要选择最聪明的人当敌手，却忘了爱和恨一样需要彼此心智相当。

第三幅肖像速写来自他在狱里写给道格拉斯的信：

硬板床、恶劣的食物、磨得人手指尖又痛又麻的扯麻絮的硬绳子、从早到晚奴隶般的劳作、似乎是出于常规需要而发出的呵斥命令、使悲哀显得怪异的丑陋衣服、静默、孤单、屈辱。

就在他身陷囹圄万念俱灰之时，道格拉斯只托人送来了一封故作神秘的口信："百合花王子在国外。"那是王尔德曾经对他的爱称，正如"波西"这个名字一样。而他收到只付诸一笑，"天底下所有鄙夷尽在那一笑中了"，却终难参透美与爱欲究竟在生活中扮演了怎样的角色，出狱后很快和道格拉斯重归于好，直至快速滑向自毁人生的尽头。

王尔德的传奇其实十分符合那些他熟谙的希腊悲剧，其所热爱的莎翁戏剧里也同样有类似人物。自负与愤怒。一呼百应和众叛亲离。赤贫如洗兼挥霍无度。如坐过山车般跌宕，他由万众瞩目的偶像变成人人避之唯恐不及的瘟神，和成名一样也只用了短短数年。世态炎凉、人心冷暖都非太阳之下的新事，然而仍然值得一说，全因将自己逼至穷途末路的主角，是王尔德。

是一百三十年后的今天,我们仍然无法不读的世上唯一的王尔德。

他一生放浪形骸却天真至死,毒舌自负又脆弱温柔,不仅是英国首相丘吉尔最渴望倾谈的人物,也令后世无数女子专程奔赴拉雪兹神父公墓只为留下唇印,更在千万读者心底留下绿色康乃馨与百合花的丽影。他的魅力经百年而不衰,并不像他在妻子康斯坦斯死后的忏悔那么简单哀愁:"人生是一件可怕的事情。"

——也许的确是可怕的,但也仍然是美的。

和颓废的热情、爱欲的黑暗相关的一切,以及一个天才的上升与陨落,我们都可以翻开这本书去读到。而这本书的新版译者顾湘,也是我一直喜欢的当代作家和艺术家。她堪当此重任。

文珍[1]

2021 年 6 月

---

[1] 文珍,作家。曾获老舍文学奖、十月文学奖、上海文学奖、茅盾文学新人奖等。

Preface 前言

艺术家是美好事物的创造者。

艺术的目的是展示艺术本身、隐藏艺术家。

批评家是能把他对美好事物的印象用另一种方式或新的素材表现出来的人。

自传体是最高的批评形式,也是最低的。

在美的事物中发现丑陋含义的人,是没有魅力的烂人,那是一种过错。

在美的事物中发现美丽含义的人,是有修养的人。那种人才有希望。

懂得美的事物只意味着美丽的人,才是上帝的选民。

书没有什么道德不道德的。书只有写得好或不好的。

十九世纪对现实主义的憎恶，是卡里班[1]从镜子里看到自己的愤怒。

十九世纪对浪漫主义的憎恶，是卡利班从镜子里看不到自己的愤怒。

道德生活是艺术家题材的一部分，但艺术的道德性在于完美运用那不完美的素材。

艺术家并不渴望证明什么，即使事情都是可以被证明的真事。

艺术家没有道德上的同情。艺术家道德上的同情会造成不可饶恕的矫揉造作的风格。

不存在病态的艺术家。艺术家可以表现一切。

思想和语言之于艺术家是艺术的工具。

罪恶和美德之于艺术家是艺术的材料。

从形式看，所有艺术创作都像音乐家作曲一样。从感觉看，所有艺术创作都像演员演戏一样。

所有艺术都既有形式，又有象征。

深入形式是自找麻烦。

解读象征也是自找麻烦。

---

1. 卡利班：莎士比亚戏剧《暴风雨》里凶残丑陋的奴仆。

艺术真正反映的是观众,而不是生活。

对一件艺术作品有多种多样的意见,说明该作品新颖、复杂、有生命力。

评论家意见不一,而艺术家始终如一。

制造出有用之物的人是可以原谅的,只要他不崇拜它。制造出无用之物的唯一理由,就是制造者狂热地崇拜它。

一切艺术都是无用的。

奥斯卡·王尔德

Chapter 1　画室

　　画室里充满着浓浓的玫瑰花香，而当夏日轻风拂动花园中的树丛，馥郁的丁香的芬芳，或是更清淡的粉色铁海棠花的香气又从开着的门飘进来。

　　亨利·沃顿勋爵躺在堆满波斯软垫的沙发一角，像往常一样抽了数不清的烟，刚好能看见蜜香蜜色的金链花闪着光，它的枝条颤动着，仿佛经受不住花朵们炽焰般的美；飞鸟不时在巨大的窗户前垂着的长长的柞蚕丝窗帘上洒落奇妙的影子，带来一种稍纵即逝的日本情调，让他想起那些面色苍白如玉的东京画家，他们追求通过静态的艺术来表现运动和速度。蜜蜂们闷声嘟哝着闯进高高的久未修刈的草丛，或没完没了地绕着蔓生的忍冬的花——那花就像灰扑扑的镀金喇叭，使得沉寂更显压抑。伦敦的喧嚣隐约可闻，犹如远处管风琴的低语。

房间中央，竖着的画架上夹着一幅俊美绝伦的青年男子的立像，在它跟前坐着画家巴兹尔·霍尔沃德，几年前他突然失踪，轰动一时，引起了诸多离奇的猜测。

画家看着这个优雅清秀的形象如此精巧地展现在自己的艺术作品中，脸上泛起一抹愉快的微笑，那微笑像是要留在那儿久久不散。但他突然站起身，闭上双眼，用手捂住了眼睛，仿佛要把某个怪梦关在脑子里，生怕从这个梦里醒来。

"这是你最好的作品，巴兹尔，你画过的最好的画，"亨利·沃顿勋爵懒洋洋地说，"明年你一定得把它送到格罗夫纳去。画院太大太庸俗了。每次我去，不是人太多没法看画，糟糕得很，就是画太多却看不见人，那更糟糕。只有格罗夫纳好。"

"我觉得我哪儿也不会送去的，"他说，把头往后一甩，在牛津的时候朋友们常常笑他这个怪动作，"嗯，我哪儿也不送。"

亨利勋爵扬起眉毛，目光穿过他那带着浓浓鸦片味儿的烟上升起的淡蓝色烟圈，惊讶地望着他："哪儿也不送？亲爱的朋友，为什么？有什么理由吗？你们画家真是些怪人！为了出名什么都肯干，有了名，好像又想把名气扔掉。你这是在犯傻啊，因为世界上只有一件事比被人议论更糟糕，那就是没人议论你。这样一幅画像会让你超出所有英国年轻画家一大截，还会让老画家们嫉妒不已——如果老人还有什么感情可以动一动的话。"

"我知道你会笑我,"他回答说,"但我真的不能把它送去展览。我在里面画了太多我自己的东西。"

亨利勋爵在沙发上伸了个懒腰,笑了起来。

"好吧,我知道你会笑的,但反正就是这样。"

"画了太多你自己的东西!不好意思,巴兹尔,我不知道你这么虚荣;我真看不出你和这个年轻的阿多尼斯[1]有什么像的地方,你的脸那么硬,头发像煤一样黑,他呢,就像是用象牙和玫瑰叶做的。哎呀,我亲爱的巴兹尔,他就是一位纳喀索斯[2],而你——嗯,当然你一看就很聪明,还有一堆优点。可是美,真正的美,看上去很聪明的面孔没有这个。聪明本身是一种会被凸显和放大的东西,有损任何一张脸的和谐。人一坐下来思考,整个人就变成一个鼻子,或一个额头,或者别的什么可怕的东西。看看那些在知识界有成就的人,真是丑透了啊!当然,除了教会的人,可是教会的人不思考啊,一个主教到了八十岁还在说他十八岁时别人告诉他的那些话,自然就看起来很可爱啦。你这位神秘的年轻朋友,你还没告诉我他叫什么,但他的画像真吸引我,我相信他肯定从来不思考。他是个没头脑的美丽生物。冬天我们没有花看的时候,他就应该一直待在这里;夏天我们想让聪明的脑子别

---

1. 阿多尼斯:希腊神话中掌管每年植物死而复生的神,他非常俊美、永远年轻。
2. 纳喀索斯:希腊神话中的美少年,爱上了自己的水中倒影,最后害相思病死在水边,倒下的地方长出了黄水仙。

转得太热的时候,他也应该一直待在这里。别想得太美了,巴兹尔,你一点儿也不像他。"

"你没明白我的意思,哈里[1],"艺术家答道,"我当然不像他,这我很清楚。实际上,我要是像他那样,我还会挺难过的。你耸什么肩膀?我说的是实话。长相和头脑出类拔萃都是一种不幸的宿命,只能像狗一样跟在帝王不稳的脚步后面的不幸的宿命。平平无奇最好。这个世界上丑人和笨人日子最好过,他们可以坐在那儿,愣愣地咧着嘴看戏。如果他们对胜利一无所知,至少也不会深刻地认识到失败。他们过的是我们都该那么过的日子——太平静好,无动于衷,无忧无虑。他们没有杀伤力,也不会受到伤害。你的地位和财富,哈里;我的头脑,就这么说吧——我的艺术,不管它有多少价值;还有道林·格雷的美貌——这些上天给我们的东西,都让我们挺累的,辛苦得很。"

"道林·格雷?他叫这个呀?"亨利勋爵问道,一边穿过画室,朝巴兹尔·霍尔沃德走来。

"对,他叫这个。我本来不想告诉你的。"

"为什么不告诉我呢?"

"哦,我解释不了。我非常非常喜欢一个人的时候就不会告诉任何人他叫什么,好像会把他们的一部分交给别人一样。我已经渐渐喜欢上有秘密了,好像只有秘密能让我们的

---

[1] 亨利的昵称。

现代生活变得玄妙神奇。一样普通的事物，只要有人把它藏起来，就会变得有意思。我出城的时候也不告诉别人我要去哪里，一说我自己就觉得没那么有意思了。可以说这是个愚蠢的习惯，但不知道怎么回事，它好像让生活浪漫了许多。你肯定觉得我挺傻的吧？"

"一点儿也不，"亨利勋爵回答说，"一点也不傻，我亲爱的巴兹尔。你好像忘了我结婚了，而婚姻的魅力之一就是：它使婚姻中的双方都必须过上一种欺骗的生活。我从来不知道我妻子在哪里，她也从来不知道我在干什么。当我们见面的时候——我们偶尔也会见面，一起出去吃个饭，或者去公爵那里——我们就摆出最正经的面孔，讲些最荒诞的鬼话。我妻子在这方面很在行——实际上，比我强得多。她从来不会搞混约会日期，而我老是搞错。不过她识破我的时候也不会大吵大闹，有时我倒希望她能闹一闹，但她就只是嘲笑我。"

"我不喜欢你这样谈论你的婚姻生活，哈里，"巴兹尔·霍尔沃德一边往通向花园的门走，一边说，"你一定是个非常好的丈夫，只是为自己太遵守道德标准而感到难为情。你是个非常好的人，嘴巴上从来不讲道学，却从不做错事。你只是摆出玩世不恭的姿态来。"

"顺其自然才是一种姿态，而且是我所知道的最让人恼火的姿态。"亨利勋爵笑着大声说。这两个年轻人一起走到花园里一棵高大的月桂树下，在树荫下的长竹椅上坐了下来。

阳光顺着光洁的树叶滑落,白色雏菊在草丛中轻轻摇晃。

过了一会儿,亨利勋爵掏出怀表。"我得走了,巴兹尔,"他轻声说,"我走之前,你要回答我刚才问你的那个问题。"

"什么问题?"画家眼盯着地面说。

"你知道的。"

"我不知道,哈里。"

"好吧,那我告诉你。我想你给我解释一下,为什么不肯展出道林·格雷的画像。我想知道真正的原因。"

"我已经告诉你真正的原因啦。"

"不,你没有。你说你把太多自己的东西画在里面了。这话太孩子气了。"

"哈里,"巴兹尔·霍尔沃德直视着他说,"每一幅用感情画的画像都是艺术家的画像,而不是被画的模特的画像。模特只不过是个机缘巧合。画家画的与其说是模特,不如说是在画布上用色彩画出了自己。我不想展出这幅画,是因为我怕在这幅画里泄露了我灵魂的秘密。"

亨利勋爵笑了。"什么秘密?"他问。

"我会告诉你的。"霍尔沃德说着,脸上却露出了不知如何是好的表情。

"我等着听呢,巴兹尔。"他的同伴瞥了他一眼,说。

"哦,其实真没什么好说的,哈里,"画家回答说,"你恐怕很难理解。也许你都不会相信。"

亨利勋爵笑了笑，弯腰从草里摘了一朵粉红花瓣的雏菊打量着。"我肯定能理解，"他答道，一边凝视着那个带白绒毛的金色小花盘，"至于信不信嘛，只要是难以置信的事情我都能相信。"

风从枝头吹落了一些花，一簇簇沉甸甸的、点点繁星般的丁香花懒洋洋地摇来摇去。一只蚱蜢在墙根鸣叫起来，纤细的蜻蜓扇着棕色的薄翼飞过，像一根蓝色的线。亨利勋爵觉得自己仿佛能听到巴兹尔·霍尔沃德的心跳声，不知道接下来会怎么样。

"故事很简单的。"过了一会儿，画家说，"两个月前，我去布兰登夫人家参加了一次聚会。你知道我们这些穷艺术家时常得在社交场上露露面，只是为了提醒公众我们不是野蛮人。就像有一次你跟我说的，只要穿上晚礼服，打上白领结，哪怕是个股票经纪人，也能博得文雅之名。嗯，我在里面待了大约十分钟，跟几个身材臃肿、盛装打扮的贵妇，还有几个说话冗长乏味的院士聊天，突然觉得有人在看我。我一转头，第一次看到了道林·格雷，我们的目光碰上的时候，我觉得我脸色都白了，一种奇怪的恐惧攫住了我。我知道我碰到了一个人，这个人光是他的美貌就太迷人了，如果我听之任之，我的全部天性、我的整个灵魂，还有我的艺术本身，都会被吸进去的。我不想我的生活被什么外部力量影响，你知道我生性多独立，哈里，我一直能完全把握自己的生活，至少在遇到道林·格雷之前一直都能。然后——我不知道要怎么向你解释——似乎有些迹象向我表明,我正处在人生中一个可怕的危机边缘。我有一种奇怪的感觉,命运为我准备了极度的欢乐和极度的悲伤。我害怕了,转身要离开房间。我这么做跟良心没关系,那是一种怯懦。我不是把自己当时想逃当成一件光彩的事在夸自己。"

"良心和懦弱其实是一回事,巴兹尔。良心只不过是挂着良心的招牌而已。"

"这我不信,哈里,我也不相信你自己相信。反正,不管我的动机是什么——可能是骄傲,因为我曾经非常骄傲——我挤到了门口,在那儿当然就碰到了布兰登夫人,她叫起来:'你不会这么快就跑掉吧,霍尔沃德先生?'你知道她那奇怪的尖嗓子吗?"

"嗯,她除了长得不美,别的都挺像只孔雀的。"亨利勋爵说,一边用他那细长的手指把雏菊撕成碎片。

"我甩不掉她。她带我去见皇室的人、挂着勋章的人,还有戴着巨大头饰、长着鹦鹉鼻子的老贵妇。她说我是她最亲爱的朋友。之前我只见过她一次,但她突然就想大张旗鼓地吹捧我。我想是因为当时我有几幅画获得了挺大的成功,至少在小报上被人念叨了,这就是十九世纪不朽的标准。突然,我发现自己跟那个美貌格外震动了我的年轻人面对面了,我们靠得很近,几乎要挨在一起,目光再次相遇。我有点鲁莽地请布兰登夫人介绍我和他认识。可能这也不算鲁莽,那简直是必然的,没人介绍我们也会聊起来,我相信。后来道林告诉我,他也觉得我们注定要相识。"

"那布兰登夫人是怎么形容这位奇妙的年轻人的?"他的同伴问道,"我知道每个客人她都会大致概括一番。我记得一次她把我带到一个身上挂满勋章和绶带、气势汹汹、满脸通红的老先生面前,用一种悲切但满屋子人都肯定能听见的语调对我耳语了些最吓人的细节,我只好逃了。我喜欢自己去认识人。但是布兰登妇人对她的客人就像拍卖商对他的货物一样,要么瞎说明一通,要么就把什么都说出来,偏偏没说别人想知道的。"

"可怜的布兰登夫人!你对她太刻薄了,哈里。"霍尔沃德无精打采地说。

"亲爱的朋友,她想办个沙龙,结果却开成了餐馆。你让我怎么佩服她呢?但告诉我她是怎么说道林·格雷先生的?"

"哦,就是'迷人的男孩——他可怜的亲爱的妈妈和我形影不离。都忘了这孩子是做什么的了——好像——什么也不干——哦,对了,他会弹钢琴——还是小提琴,亲爱的格雷先生?'这样的话。我们两个都忍不住笑了出来,一下子就成了朋友。"

"友谊以笑作为开端真不坏,要是还能笑着结尾就最好了。"年轻的勋爵说着,又伸手摘了一朵雏菊。

霍尔沃德摇摇头,嘟囔道:"你不懂什么是友谊,哈里,也不懂什么是敌对,每个人你都喜欢,也可以说你对每个人都无所谓。"

"你这么说我太不公道啦!"亨利勋爵叫道,把帽子往后一推,抬头望着天上一朵朵小云,它们就像一束束盘起来的光洁的白丝,飘在空荡荡的夏日碧空中。"是的,你太不公道了。我对人一向是区别对待的。我跟美的人当朋友,跟性格好的人当熟人,与智力高的人为敌。人在挑敌人的时候再怎么谨慎都不为过,我的敌人里一个傻瓜都没有,全是聪明人,所以他们都很欣赏我。我这样是不是很无聊?我觉得是挺无聊的。"

"我看也是,哈里。那照你这么说我只是个熟人。"

"我亲爱的老巴兹尔,你可比熟人亲多了。"

"也比朋友差远了。要不,类似兄弟?"

"哦,兄弟!我不关心兄弟。我的哥哥是个老不死。而我的弟弟们好像永远半死不活的。"

"哈里!"霍尔沃德皱着眉头说。

"亲爱的朋友,我开玩笑的。但我真的没法不讨厌我的亲戚。我想这是因为我们谁都不能忍受别人有和自己一样的毛病。我十分认同英国反对所谓上流社会恶习的民主风潮。民众觉得,酗酒、愚蠢、伤风败俗是他们的专利,如果我们中有谁干了蠢事,就是侵犯了他们的领地。当可怜的萨斯沃克走进离婚法庭时,他们真是愤慨到了极点。我就不信无产阶级里有哪怕十分之一的人过着正经生活。"

"你说的每个字我都不同意,而且,哈里,我觉得你自己也不同意。"

亨利勋爵摸了摸尖尖的棕色胡子,用流苏装饰的乌木手杖敲了敲他的漆皮靴尖:"你真是个彻头彻尾的英国人,巴兹尔,你已经第二次说这样的话了。如果有人向一个真正的英国人说出一个想法——这么做总归是鲁莽的——他做梦也不会考虑这个想法本身是对还是错,他觉得只有一件事重要,就是那个人自己信不信。哎,一个想法的价值和提出想法的人是否真诚毫无关系。实际上,很可能这个人越不真诚,他的想法就越是纯理性的,因为这样他的想法就不会被他的个人需求、欲望或是成见所左右。不过我不想跟你谈论政治、社会学或是玄学。我喜欢人胜过原则,我最喜欢的就是没原则的人。还是再跟我说说道林·格雷先生吧。你跟他多久见一次?"

"每天都见。一天见不到他我就不高兴。我离不开他。"

"可真稀奇了!我还以为你除了艺术什么也不关心呢!"

"他现在就是我全部的艺术。"画家严肃地说,"我有时想,哈里,世界历史上只有两个重要的时代:第一个是新的艺术手段的出现,第二个是艺术表现的新面孔的出现。油画的发明对威尼斯人来说有什么样的意义,安提努斯[1]的面容对晚期希腊雕塑来说有什么样的意义,将来有天道林·格雷的脸对我来说就有那样的意义。我不只是照着他来画油画、素描、速写,当然我是把他当模特来画的,但他对我来说远远不只是模特或一个待在那儿被画的人。我不想说什么我对自己为他作的画不满意,或者他的美是艺术表现不出来的。没有什么是艺术不能表现的,而且我知道,自从我遇见道林·格雷以后,我画的画都是好画,是我平生最好的作品。但是说来奇怪——不知道你能不能理解我?——他的美貌为我指明了一种全新的艺术表达方式,一种全新的风格模式。我看待事物的方式不同了,思考方式也不同了。我现在可以用一种以前不为我所知的方式重新创造生活。'在思想的白昼,实现形式之梦'——我忘了这是谁说的了,但这就是道林·格雷对我的意义。光是看见这个孩子——在我看来他就是个孩子,虽然他已经二十出头了——光是他的外表——啊!我不知道你能不能理解那意味着什么,他不知不觉就为我定义了一个新的流派的线条,这个流派包含了浪漫主义精神的所有激情,希腊精神的一切完美。灵魂和肉体的和谐统一——那是多么重要啊!我们却疯狂地把两者分开了,发明了庸俗的现实主义和空洞的理想主义。哈里!要是你能理解

---

1. 安提努斯:美少年,哈德良皇帝的男宠,因得到皇帝的宠爱,人们为他制作了500多座半身像和浮雕,使他的美貌闻名于世。

道林·格雷对我多重要就好了!你还记得我那幅风景画吗?就是阿格纽给我开了那么高的价我都没舍得卖的那幅,那是我画过的最好的画之一,为什么会这么好?因为我画那幅画的时候,道林·格雷就在我旁边,某种微妙的影响从他身上传给了我,我有生以来第一次在平常的树林里看到了我一直在寻找却又一直错过的奇迹。"

"巴兹尔,这太奇妙了!我一定要见见道林·格雷。"

霍尔沃德站起身来,在花园里走来走去,过了一会儿又回来了。"哈里,"他说,"道林·格雷对我来说只是艺术里的一个诱因。你可能在他身上什么都看不到,我却在他身上看到了一切。他在我没画他的那些画里呈现得更多。就像我说的那样,他是一种新风格的启示。我在某些线条的弧度里,在某些色彩的可爱和微妙之中,都能找到他。就是这样。"

"那你为什么不想展出他的画像呢?"亨利勋爵问。

"因为,我不知不觉地在画里表现出了这种奇特的艺术化的偶像崇拜。当然,我从来没跟他说过,他一点儿也不知道,永远也不会知道。但世人可能会猜到,我不想把我的灵魂暴露在他们浅薄的窥探之下,我永远不会把我的心放到他们的显微镜下面去的。这幅画里有太多我自己的东西了,哈里——太多我自己在里面。"

"诗人就不会像你那么谨小慎微,他们知道激情有多适合发表,现在一颗破碎的心会出很多版本呢。"

"我讨厌他们这么干,"霍尔沃德喊道,"一个艺术家应该创造美的东西,但不应该把自己的生活掺杂进去。我们生活在这样一个时代,人们把艺术当成自传的一种形式。我们已经失去了抽象的美感。有朝一日,我会让世人知道什么是抽象的美感。为此,我也永远不会让他们看到我给道林·格雷画的像。"

"我觉得你错了,巴兹尔,但我不跟你争。只有失去理智的人才会争论。告诉我,道林·格雷喜欢你吗?"

画家想了一会儿。"他喜欢我,"他顿了顿回答说,"我知道他喜欢我。当然,是我一个劲地奉承着他。我发现,对他说些我明知道说了会后悔的话,给我带来了奇异的快感。一般来说,他很迷人,我们在画室里,什么都聊。但偶尔他非常不体谅人,好像很喜欢以让我痛苦为乐。那时我就觉得,哈里,我把我整个灵魂都献给他了,他就把它当作一朵花插在外套纽扣孔里,当一件满足虚荣心的装饰品,一点儿夏天里的点缀。"

"夏日悠长,巴兹尔,"亨利勋爵喃喃道,"说不定你会比他更早厌倦,想来未免神伤。但毫无疑问,天才比美貌更能持久。这就是我们为什么都去拼命接受过多教育的原因。在激烈的生存竞争中,我们总想拥有一些经久不衰的东西,于是往脑子里填充垃圾和事实,妄图以此保住自己的地位。无所不知的人——那是现代人的理想,但无所不知的头脑是个可怕的东西,它就像个小古董铺子,全是古怪的东西和灰尘,所有东西的价格都比它原本的价值高。我还是觉得你会先厌倦的。有一天,你会看着你的朋友,发现他没那么好画了,色调也不喜欢了,诸如此类。你会在自己心里狠狠地责备他,认真地觉得他当初对你很过分。下次他再来的时候,你就会变得冷淡、漠然。这会是个很大的遗憾,因为它会改变你。你告诉我的可以算是一段浪漫故事,也可以说是艺术的浪漫,但任何浪漫故事最糟糕的就是它把人置于了不浪漫的境地。"

"哈里,别这么说。只要我活着,道林·格雷的美貌就会支配我。你体会不到我的感受。你太善变了。"

"啊,亲爱的巴兹尔,正是因为这样我才能体会到啊。忠诚的人只知道爱庸常的一面,薄情的人才懂得爱的悲剧。"亨利勋爵用一个精致的银质打火机点了烟抽了起来,看上去自得其乐、心满意足,仿佛他用一句话概括了这个世界。常春藤光洁的绿叶丛中传来一阵麻雀的啁啾,云的蓝色影子像燕子一样在草地上互相追逐。花园里是多么惬意啊!他人的情感又是多么令人愉快啊!——在他看来,比他们的想法要令人愉快得多。自己的灵魂,朋友的激情——这些都是生活中迷人的东西。他默默地、饶有兴趣地想象着自己因为在巴兹尔这里待得太久而错过的一顿乏味午餐。如果他去了姑妈家,一定会碰到古德博迪勋爵,他自始至终只会谈周济穷人啊标准公寓很必要啊之类话题。每个阶级都会大谈特谈那些在他们自己生活中不必践行的美德之重要。富人宣扬节俭的价值,闲人则对劳动的尊严侃侃而谈。躲过了这一切,真不错!想到姑妈时,他脑中闪过了一个念头。他转身对霍尔沃德说:"亲爱的朋友,我刚想起来。"

"想起来什么,哈里?"

"我在哪里听到过道林·格雷的名字。"

"在哪里?"霍尔沃德微微皱了皱眉头问。

"别这么生气,巴兹尔。是在我姑妈阿加莎夫人那儿。她告诉过我她找到了一个很好的年轻人可以在东区帮她点儿忙,名叫道林·格雷。我要声明,她从来没有告诉我他长得很好看。女人对美貌没有鉴赏力,至少正派女人没有。她说他很热心,性格也好。我立刻自己想象了一个戴着眼镜、头发稀疏、满脸雀斑、拖着一双大脚走路的家伙。要是当时我知道他是你朋友就好了。"

"幸好你不知道,哈里。"

"为什么?"

"我不想让你见他。"

"你不想让我见他?"

"不想。"

"道林·格雷先生在画室等你,先生。"管家走进花园说。

"你现在一定要介绍我们认识了。"亨利勋爵笑着大声说。

画家转身对站在阳光下眨着眼睛的管家说："请格雷先生等一下，帕克，我马上就进来。"管家欠了欠腰，原路回去了。

然后他看着亨利勋爵。"道林·格雷是我最亲爱的朋友，"他说，"他生性单纯善良，你姑姑说得很对。别败坏他，别试图影响他。你的影响很不好。世界很大，妙人多得是，别夺走这个给我的艺术带来全部魅力的人，我作为艺术家的生命全靠他了。记住，哈里，我相信你。"他说得很慢，似乎每个字都是不情愿地从嘴里挤出来的。

"你胡说什么呀！"亨利勋爵笑着，拉起霍尔沃德的胳膊，几乎是把他拽进了屋子。

Chapter 2　道林·格雷

两人一进屋就看到了道林·格雷。他坐在钢琴边,背对着他们,翻看着舒曼[1]的《林中景色》。"你一定要把这借给我,巴兹尔,"他叫道,"我想学,美极了。"

"那要看你今天姿势摆得怎么样,道林。"

"哦,我已经摆厌了,我也不想要一个等身画像了。"年轻人回答说,任性娇蛮地在琴凳上转了一圈,看到亨利勋爵,脸上微微泛起了红晕,站起身来,"不好意思,巴兹尔,我不知道还有别人。"

"这位是亨利·沃顿勋爵,道林,跟我一起在牛津的老朋

---

1. 舒曼:罗伯特·舒曼(1810—1856),德国音乐家。《林中景色》是他创作的一部钢琴套曲。

友。我刚才还在跟他说你是多好的模特,现在都被你搞砸了。"

"没搞砸,见到你我很高兴,格雷先生,"亨利勋爵上前一步,伸出手说,"我姑妈常跟我说起你。你是她最喜欢的人之一,我担心也是她的受害者之一。"

"我现在上了阿加莎夫人的黑名单啦,"道林一副滑稽的悔过表情答道,"上周二我答应陪她去白教堂的一个俱乐部,但我全忘了。我们本来打算弹二重奏的——我记得是三首二重奏。我不知道她会怎么骂我,我吓得不敢见她。"

"哦,我来帮你跟姑妈讲和。她可喜欢你了。而且我觉得你不去也不要紧。观众说不定觉得真是二重奏,阿加莎姑妈一坐下来弹琴就会弄出一大片噪音,顶得上两个人。"

"这么说她太可怕啦,对我也不算是表扬。"道林笑着答道。

亨利勋爵打量着他。是的,他确实俊美绝伦:弧度优美的红唇,诚挚的蓝眼睛,金色鬈发。他的脸上有种让人一下子就信任他的东西,那是年轻人的所有率真和纯洁的热情,让人觉得他远离了一切世俗污秽。难怪巴兹尔·霍尔沃德爱慕他。

"你太迷人了,不适合做慈善事业,格雷先生,太迷人了。"亨利勋爵往沙发上一倒,打开烟盒。

画家一直忙着调色,准备画笔。他看起来有点儿闷闷不乐,听到亨利勋爵最后一句话,瞥了他一眼,犹豫了一会儿,然后说:"哈里,我想今天把这幅画画完。如果我请你离开,你会觉得我无礼吗？"

亨利勋爵笑了笑，看着道林·格雷问："格雷先生，我可以走吗？"

"哦，请别走，亨利勋爵。我看出来巴兹尔生闷气了，我受不了他生闷气的时候。还有，我想听你说说为什么我不能去做慈善事业呢？"

"我不知道该不该告诉你，格雷先生。这是个很沉闷的话题，要一本正经地说。不过既然你让我留下，我是肯定不会跑的。你不会真的介意吧，巴兹尔？你常跟我说你喜欢有人跟你的模特聊天。"

霍尔沃德咬了咬嘴唇："如果道林想这样，你当然要留下来。道林的心血来潮对别人来说就是法律，但对他自己不作数。"

亨利勋爵拿起帽子和手套："你太恳切了，巴兹尔，但我怕是一定要走了。我答应了跟一个人在奥尔良俱乐部见面。再见，格雷先生。改天下午到柯松街来找我吧。五点钟我一般都在家。来之前给我写封信。要是错过了你，我会很遗憾的。"

"巴兹尔，"道林·格雷喊道，"如果亨利·沃顿勋爵走，我也走。你在画画的时候都不说话，我站在台上还要摆出高兴的样子，真是闷死了。请他留下来吧，真的。"

"留下来吧，哈里，为了道林，也为了我，"霍尔沃德认真地盯着他的画说，"这是真的，我工作时从不说话，也从不听人说话。当我的模特真的挺不幸的，肯定无聊死了。请你留下来吧。"

"可我在奥尔良俱乐部约的人呢?"

画家笑了:"我想完全不要紧的吧。坐着吧,哈里。哎,道林,到台上去,别动得太厉害,也别理会亨利勋爵说什么。他把他所有的朋友都带坏了,只有我没被他影响。"

道林·格雷上了平台,活像一个希腊殉道青年。他向亨利勋爵轻轻噘了噘嘴,以示不满,心里却对他颇有好感——他太不像巴兹尔了,他们形成了一种有趣的对照,而且他的声音也很好听。过了一会儿,他开口问:"你真的总是给人坏影响吗,亨利勋爵?像巴兹尔说的那么坏吗?"

"没有什么所谓的好影响,格雷先生。所有的影响都是不道德的——从科学的角度看,都不道德。"

"为什么?"

"因为影响一个人,就是把自己的灵魂给他。他不再按照自己本性去思考,也不再燃烧天然的激情。他的美德对他来说不真实,他的罪孽,如果有罪孽这种东西的话,也是借来的。他成了别人音乐的回声,一个不是为他写的角色的演员。生命的目的是自我发展。完美地实现我们的本性——这是我们每个人在这世界上的目的。可现在的人都害怕自己。他们忘记了最高的责任,一个人对自己的责任。当然,他们慈悲为怀,为饥饿的人提供食物,为乞丐提供衣服。但他们自己的灵魂却在挨饿受冻。勇气已经从我们的种族中消失了。也许我们从未真正有过勇气。对社会的畏惧是道德的基础,对上帝的畏惧是宗教的秘密——正是这两者支配着我们。然而——"

"把头再往右转一点,道林,乖孩子。"画家说,他沉浸在工作中,只意识到年轻人的脸上出现了一种他以前从没见过的神情。

"然而,"亨利勋爵继续说,嗓音低沉悦耳,一面优雅地挥着手,那是他的标志性动作,在伊顿公学时就这样了,"我相信,一个人要是想完全、彻底地活,表现出每一种感情,表达出每一种思想,实现每一个梦想——我相信,世界就会获得一种新的快乐冲动,我们也会忘记所有中世纪的痼疾,回到希腊的理想中去——或许比希腊的理想更美好、更丰富。但我们中最勇敢的人都害怕自己。野蛮人的那种残缺,还可悲地残存在我们的自我否定里,这种否定毁坏着我们的生活。我们因为不接受自己而遭受惩罚。我们努力压制的每一种冲动都在头脑中酝酿着,毒害我们。肉体犯了罪之后罪孽就结束了,因为行动是一种净化,之后只剩下对快乐的回忆,或奢侈地享受遗憾。摆脱诱惑的唯一方法就是向它屈服。抵制它,你的灵魂就会因为得不到它所渴望的那些被禁止的东西而生病,因为渴望被畸形的法律规定为畸形又非法的东西而生病。有人说,世界上诸般大事都发生在脑子里。其实世界上的大罪孽也发生在头脑中,且只在头脑中。你,格雷先生,你自己,虽然有红玫瑰般的青春和白玫瑰般的童年,你也有让你害怕的激情、让你备受恐惧折磨的年头、让你一想起来就脸红羞愧的幻想和梦境——"

"够了!"道林·格雷结结巴巴地说,"够了!你把我搞糊涂了。我不知道该说什么。我应该有话回答你,但一时想不起来。别说话,让我想想,或者说,让我脑袋放空一会儿。"

他站在那儿,一动不动地站了将近十分钟,嘴唇微张,眼睛异样地放着光。他隐约感到一些全新的影响在他心里起了作用,然而这种影响好像真的来自他自己,巴兹尔的朋友对他说的那几句话——无疑只是随口说说,其中还带着刻意的悖论——触动了他内心深处某根秘密的弦,那根弦以前从未被触动过,但现在却以奇怪的节律振动着。

音乐曾这样令他激动,也曾多次扰乱他的心。但音乐是说不出来的。它在我们心中创造的与其说是一个新的世界,不如说是一片混沌。而词语!仅仅是语言!它们是多么可怕!多么清晰,生动,残酷!叫人无处可逃。然而,其中又有多么微妙的魔力啊!它们似乎能赋予无形的事物一种可塑的形式,并拥有自己的音乐,像维奥尔琴或鲁特琴那么动听。仅仅是语言!还有什么比语言更真实吗?

是的,在他的少年时代,有些事情他不懂。现在他懂了。生活于他忽然变得像火一样红。他似乎一直就在火里行走着。为什么以前没觉得呢?

亨利带着捉摸不透的微笑望着他。他准确地知道何时是一言不发的最佳心理时机。他兴趣盎然,对自己的话产生的意外效果感到惊奇,想起十六岁时读过的一本书,这本书向他揭示了许多他以前不知道的事,他想知道道林·格雷是否正在经历着相似的体验。他只是向空中射了一箭,竟然射中目标了吗?这个年轻人真迷人啊!

霍尔沃德用非凡而又大胆的笔触画着画,那真正的精美和完美的优雅,无论如何只能源自他的艺术功力。他没有意识到这时的安静。

"巴兹尔,我站累了,"道林·格雷突然喊道,"我得出去到花园里坐一会儿。这里的空气太闷了。"

"亲爱的伙计,真对不起。我画画的时候就什么也想不起来了。但你今天站得从来没那么好过,一动不动。我已经捕捉到了我想要的效果——半张的嘴唇和眼中的光芒。不知道哈里对你说了什么,但肯定是他让你露出了最美妙的表情。我想他一直在恭维你吧。他说的话你一个字也不要信。"

"他才没恭维我呢。可能正因为这样,他说的我才什么都不信。"

"你知道你全都信了,"亨利勋爵用蒙眬懒散的眼神望着他说,"我和你一起到花园里去。画室里热坏了。巴兹尔,给我们来点冰镇饮料,加点草莓。"

"没问题,哈里。按一下铃就好了,等帕克来了我告诉他给你们准备。我要把这个背景画好,待会儿去找你们。不要耽搁道林太久。我的工作状态从来没像今天这么好过,这将是我的杰作。现在就可以算是杰作啦。"

亨利勋爵走到花园里,发现道林·格雷把脸埋在了一大簇清凉的丁香花中,喝酒似的贪婪地吸着花香。他走过去,把手放在他的肩上。"你这样做很对,"他低声说,"除了感官,什么都不能治疗灵魂,就像除了灵魂什么都治疗不了感官一样。"

年轻人吃了一惊,往后缩了缩。他没戴帽子,树叶撩拨着他桀骜不驯的鬈发,让他金色的发丝纠缠了起来。他眼中露出一丝恐惧,像突然惊醒,精致的鼻翼翕动,某根隐秘的神经牵动了他鲜红的双唇,使它颤抖不已。

"是的,"亨利勋爵继续说道,"这就是生活的一大秘密——通过感官来治疗灵魂,通过灵魂来治疗感官。你是一个奇妙的造物。你知道的比你自以为知道的多,就像你知道的比你想知道的少一样。"

道林·格雷皱起眉头,转过头去。他忍不住喜欢上了身旁站着的这个高高的、优雅的年轻人。他那张浪漫的、橄榄色的脸和疲惫不堪的神情使他兴趣陡生,他低沉而懒散的声音里有一种极其迷人的东西,他那双冰凉、白皙、像花一样的手,都有一种奇特的魅力,他说话时,它们像音乐一样舞动着,似乎有自己的语言。但他觉得害怕他,又为害怕而感到羞愧。为什么要让一个陌生人来向自己揭示自己的内心呢？他认识巴兹尔·霍尔沃德好几个月了，但他们之间的友谊从来没改变过自己。突然，他的生活里闯进来一个人，似乎向自己揭示了生活的秘密。然而，这有什么好怕的呢？自己又不是小学生或小姑娘，害怕是很荒谬的。

"我们去树荫里坐坐吧，"亨利勋爵说，"帕克把饮料送来了，如果你再在这大太阳下面待下去，你就要毁了，巴兹尔就再也不会画你了。你千万别把自己晒坏了，就不好看了。"

"这有什么关系？"道林·格雷笑着嚷道，一边在花园尽头的椅子上坐下。

"这应该对你至关重要，格雷先生。"

"为什么？"

"因为你拥有最妙的青春，而青春是最值得拥有的东西。"

"我没觉得，亨利勋爵。"

"对，你现在感觉不到。当有一天，你老了，有了皱纹，变丑了，当思虑在你额头刻上纹路，当激情用可怕的火焰烙伤了你的双唇，你会觉得的。你会强烈地感觉到。现在，不管你走到哪里，你都会迷倒世界。你会一直这样吗？……你有一张美得惊人的脸，格雷先生。别皱眉头，你真的很美。美是一种天才——实际上，它比天才更高级，因为它不需要解释。它是世界上一大客观事实，就像阳光、春天，或我们称之为月亮的那个银色贝壳投在幽黑的水中的倒影，是不容置疑的。美拥有自己神圣的主权，让拥有它的人成为王子。

你在笑吗？啊！等你失去了美，你就笑不出来了……人们有时会说，美很肤浅，也许是这样，但至少它没思想那么肤浅。在我看来，美是奇迹中的奇迹，只有浅薄的人才不以貌取人。世界上真正的奥秘是看得见的，而不是看不见的……是啊，格雷先生，神眷顾你，但神的恩赐很快会被收走。你只有几年时间来真正地、完美地、充分地生活。当你的青春逝去，你的美貌也会随之而去，然后你会突然发现不再有胜利这回事，或者只好满足于一些微不足道的胜利，而关于往昔的记忆会让你感到这微小的胜利比失败更令你痛苦。每个月的消逝都会让你更接近某种可怕的东西。时间妒忌你，向你的花容月貌开战。你会变得面色如土、脸颊凹陷、眼神呆滞。你会极度痛苦……啊！趁着你还有青春，好好认识它。不要虚掷你的黄金岁月，听那些沉闷的说教，试图弥补那些无望的失败，或者把你的生命送给愚昧、平庸、粗俗的人。那些都是我们这个时代病态的目标、虚假的理想。活着！活出你身上美好的生命！什么都别错过。永远寻找新的感觉。什么都别怕……一种新的享乐主义——正是我们这个世纪所需要的。你可能是它活生生的象征。凭你的美貌，没有什么是你做不到的。在这段时间里，世界属于你……我一见到你，就看出你还没有意识到自己到底是什么样的人，可能成为什么样的人。你身上有太多吸引我的地方，让我觉得我必须告诉你一些关于你自己的事情。我想，如果你浪费了自己，那会多么不幸。因为你的青春只有那么一点点时间——那么短暂。普通的山花谢了还会再开，明年六月，金链花会像现在一样金黄，再过一个月，铁线莲上就会长出紫色的星星，年复一年，深绿色的叶子支撑着紫色的星星。但我们却永远找不回青春。二十岁时在我们体内欢跳的脉搏变得迟缓，我们四肢乏力、感官衰退。我们退化成可怕的木偶，一直回想着我们曾经太过害怕的激情，和我们没有勇气接受的美妙诱惑。青春啊！青春！世界上除了青春，再没有别的东西了！"

道林·格雷睁大了眼睛，疑惑地听着，手里的丁香花束落到了沙砾路上。一只毛茸茸的蜜蜂飞来，绕着它嗡嗡地转了一会儿，随即落到那团椭圆形的星星点点的小花上爬来爬去。他以那种对琐碎小事的奇怪的兴趣看着它，那是当大事使我们感到恐惧时，或当我们被某种新的情绪刺激却又找不到表达方式时，或当某种令我们害怕的思想突然围攻我们的头脑并逼迫我们屈服时，我们就会努力培养出来的兴趣。过了一会儿，蜜蜂飞走了。他看见它爬进了一朵脏兮兮的紫色喇叭花里。那花似乎颤动了一下，接着轻轻来回摇摆起来。

忽然，画家出现在画室门口，打着手势，要他们进去。他们相视而笑。

"我等着呢，"他喊道，"快进来吧。光线很完美，你们把饮料拿进来吧。"

他们起身，一起沿小径走回去。两只绿白相间的蝴蝶从他们身边飞过,花园一角的梨树上,一只画眉唱起歌来。

"你很高兴遇见了我,格雷先生。"亨利勋爵看着他说。

"是的,我现在很高兴,但不知道我是否会永远这么高兴。"

"永远!这是个可怕的词。我一听到这个词就发抖。女人都很喜欢用这个词。她们为了使浪漫永存而把浪漫全破坏了。这个词也毫无意义。一时兴起和终生不渝的激情的唯一区别,就是一时兴起持续得还更久一点。"

道林·格雷挽着亨利勋爵的手臂走进画室。"既然如此,那就让我们的友谊是一场一时兴起吧。"他轻声说着,为自己的大胆而红了脸。随后他迈上平台,摆出原先的姿势。

亨利勋爵一屁股坐进一张大柳条扶手椅里,看着他。除了霍尔沃德时不时退后一步、审视作品的脚步声,只有画笔在画布上沙沙的响声打破沉静。斜阳从敞开的门照进来,灰尘在光束中飞舞,一片金色。浓郁的玫瑰花香似乎熏染了所有事物。

大约过了一刻钟,霍尔沃德停了笔,咬着大号画笔的笔杆,看了道林·格雷很久,又久久地凝视着那幅画,皱着眉头。"都画好了。"最后他喊,俯身在画布的左下角用细长的字母签了个朱红色的名。

亨利勋爵走过来,仔细打量着这幅画。这无疑是一幅杰作,而且非常逼真。

"亲爱的朋友,热烈祝贺你,"他说,"这是当代最好的肖像画。格雷先生,过来看看你自己吧。"

年轻人震了一下,仿佛从梦中惊醒。"真的画完啦?"他喃喃自语,走下平台。

"全画完啦,"画家说,"你今天姿势摆得好极了。我非常感谢你。"

"那多亏了我,"亨利勋爵插嘴说,"是不是,格雷先生?"

道林没回答,看似漫不经心地从画像前走过,又转身看画。一看到画,他就往后退了一步,快乐的红晕在脸上一闪而过,眼里闪出喜悦的光,仿佛第一次认出了自己。他一动不动地站在那里,惊异中恍惚听到霍尔沃德在对他说话,但没听到他说了什么。对自己的美的感受,像天启一样袭来。他以前从来没有过这种感觉。巴兹尔·霍尔沃德的赞美好像只是出于友情的溢美之词,他听了之后笑笑就忘记了,那些话对他的天性并没有产生什么影响。然后亨利·沃顿勋爵发表了一番对青春的奇怪赞颂,以及关于青春短暂的可怕警告。那番话当时就震动了他,而现在,当他站在那儿凝视自己可爱的影像时,那番话里描述的情景真真切切地在他眼前闪过。是的,总有一天,他的脸会起皱干瘪,眼睛黯淡失色,优雅的身材扭曲变形,红色从嘴唇上消退,金色也被从头发上偷走。原本塑造他灵魂的生命将会毁坏他的肉体,他会变得可怕、丑陋而且粗俗。

一想到这些,一阵剧痛就像刀割一样传遍全身,使他的每根纤弱的神经都战栗起来。他的双眸渐渐变成了紫水晶色，蒙上了一层泪雾。他觉得似乎有一只冰冷的手抓住了他的心。

"你不喜欢吗？"霍尔沃德忍不住叫道，他有点儿被年轻人的沉默刺痛了，不明白那是什么意思。

"他当然喜欢的，"亨利勋爵说，"谁不喜欢呢？这是当代艺术中最伟大的作品之一。我愿意为之付出你所要的一切，我一定要得到它。"

"它不是我的财产，哈里。"

"那是谁的？"

"当然是道林的。"画家回答。

"他真幸运啊。"

"真悲哀啊！"道林·格雷双眼仍然盯着自己的画像，喃喃地说，"真悲哀啊！我会变老，变丑，变得可怕。但这幅画会永远年轻，永远停留在今年六月的年纪里……如果能反过来就好了！让我永远年轻，让这幅画变老！如果能这样——如果能这样的话——我愿意献出一切！对，我愿意献出我在这个世界上拥有的一切！我愿意用灵魂来换！"

"估计你不太喜欢这种安排，巴兹尔，"亨利勋爵笑着嚷道，"那你的画要砸了。"

"我强烈反对，哈里。"霍尔沃德说。

道林·格雷转过身来看着他："我就知道你会反对，巴兹尔。你喜欢艺术,超过你的朋友。我对你来说不过是个青铜像。我觉得还不如青铜像呢。"

画家惊讶地瞪大了眼睛。这真不像道林会说的话。到底发生了什么事?他似乎非常生气,脸红红的,脸颊好像在发烧。

"是的,"他继续说,"对你来说,我还不如你的象牙雕的赫尔墨斯,或银牧神。你会永远喜欢他们。可你会喜欢我多久?我想,直到我长出第一条皱纹吧。我现在明白了,不管是什么人,一失去美貌,就失去了一切。是你的画让我明白了这件事。亨利·沃顿勋爵说得很对,青春是唯一值得拥有的东西,等我发现自己老了,我就自杀。"

霍尔沃德脸色一变,抓住了他的手。"道林!道林!"他喊道,"别这么说。我从来没有过像你这样的朋友,以后也不会再有。你不会嫉妒没生命的东西吧——你比任何没生命的东西都美呀!"

"我嫉妒一切美丽永驻的东西,我嫉妒你给我画的肖像。为什么它能保留住我一定会失去的东西呢?流逝的每一刹那,都从我身上带走了一些什么,然后又给了它。哦,如果能反过来就好了!如果这幅画会变,而我永远是现在的我,多好呀!你为什么要画这幅画呀?它总有一天会嘲笑我的——狠狠地嘲笑我!"他眼里涌出热泪,抽回他的手,扑到沙发上,把脸埋在垫子里,好像在祈祷一样。

"瞧你干的好事,哈里。"画家怨恨地说。

亨利勋爵耸耸肩："这才是真正的道林·格雷——就这么回事。"

"不是的。"

"就算不是，跟我有什么关系啊？"

"我请你走的时候你就应该走的。"他咕哝道。

"你让我留下我才留下的。"亨利勋爵答道。

"哈里，我不能同时和我两个最好的朋友吵架，但你们两个让我恨起我画过的最好的作品了，我要毁掉它。它也就是画布和颜料而已。我不会让它插在我们当中破坏我们三个人的生活。"

道林·格雷从垫子上抬起一头金发的脑袋，脸色苍白，泪眼模糊地看着画家走到有窗帘的大窗户下的松木画桌前。他在干什么？他的手指在一堆乱七八糟的锡管和干画笔中摸来摸去，找着什么。对，就是找那把软钢薄刃的长调色刀。他终于找到了，要去割画布。

年轻人最后抽噎了一下，跳下沙发，冲到霍尔沃德面前，从他手里夺过刀子，扔到画室的最远处。"不要，巴兹尔，不要！"他喊道，"这是谋杀！"

"我很高兴你终于欣赏我的作品了，道林，"画家从惊愕中恢复过来之后冷冷地说，"我以为你不会喜欢它呢。"

"欣赏？我爱它，巴兹尔。它是我的一部分。我能感觉到。"

"好吧，等你干了，我就给你上光，装上框，送你回家。然后你高兴怎么处置就怎么处置吧。"他走过房间，按铃要茶,"你喝茶吧,道林?你也喝吧,哈里?还是说,你们反对这种简单的快乐?"

"我推崇简单的快乐,"亨利勋爵说,"那是逃避复杂的最后的避难所。但我不喜欢发生在舞台之外的闹剧。你们两个太荒唐了!我不知道是谁把人定义为理性的动物的。这是最草率的定义了。人有很多含义,但就不是理性的。不过我很高兴人没有理性——虽然我希望你们两个别再为这幅画吵了。你最好把它给我,巴兹尔。这个傻孩子并不是真的想要它,我是真想要。"

"如果你把画给了除我以外的人,巴兹尔,我永远不会原谅你!"道林·格雷喊道,"而且我也不许别人叫我傻孩子。"

"你知道这幅画是你的,道林。我还没画的时候就已经送给你了。"

"你也知道你刚才是有点傻,格雷先生。而且,你也不是真的反对有人提醒你说你非常年轻吧。"

"今天早晨我就该强烈反对的,亨利勋爵。"

"啊!今天早晨!那时你刚开始生活呢。"

敲门声响起,管家端着一个满满的茶盘进来,放在一张日本茶几上。杯碟响了一阵,一把刻着凹槽的乔治时代的壶嘶嘶地叫着。一位侍者送进来两只球形茶碗。道林·格雷走过去,倒了茶。两人慢悠悠地踱到茶几边,打开盖子仔细看了看。

"今晚我们去看戏吧,"亨利勋爵说,"总有地方在演戏的。我本来答应去怀特家吃饭,不过他是老朋友了,我可以给他发个电报,说我病了,或者说我因为随后有约而不能去。我觉得这个理由更好:坦率得让人吃惊。"

"穿正式的服装真烦人,"霍尔沃德嘀咕道,"何况穿上还丑得要命。"

"是呀,"亨利勋爵漫不经心地回答,"十九世纪的服装是惹人厌,那么阴郁,那么压抑。犯罪是当代生活中唯一的色彩元素了。"

"在道林面前你真不应该说这种话,哈里。"

"哪个道林?给我们倒茶的那个还是画里的那个?"

"两个都不行。"

"我想和你一起去看戏,亨利勋爵。"年轻人说。

"那就去;你也去吧,巴兹尔?"

"我去不了,真的。还是不去了吧。我还有很多事要做。"

"那就我们两个去吧,格雷先生。"

"非常乐意。"

画家咬了咬嘴唇,端着杯子走到画像前。"我要和真正的道林待在一起。"他略带伤感地说。

"那是真的道林吗?"画像的原型叫道,一边走到他身边,"我真的是这样的吗?"

"是的,你和它一模一样。"

"太好了,巴兹尔!"

"至少你们看起来是一样的,只不过它永远不会改变,"霍尔沃德叹了口气,"这区别也不小。"

"对于永远不变这个事,人们真是太过看重了!"亨利勋爵说,"你看,即使在爱情中,它也单纯是一个生理学的问题,和我们自己的意志无关。年轻人想忠贞,但忠贞不了;老人想不忠贞,而没法不忠贞。能说的只有这些。"

"晚上别去看戏了,道林,"霍尔沃德说,"留下来和我一起吃饭吧。"

"不行,巴兹尔。"

"为什么?"

"因为我已经答应和亨利·沃顿勋爵一起去啦。"

"他不会因为你说话算数而更喜欢你的。他自己说的话都经常不算数。求你别去啦。"

道林·格雷笑着摇了摇头。

"求你了。"

年轻人犹豫了一下,看了看亨利勋爵,他在茶几边饶有兴致地笑着看他们。

"我要走了,巴兹尔。"他回答。

"好吧,"霍尔沃德说,走过去把杯子放到托盘上,"现在挺晚了,而且你还要换衣服,那就别耽搁了。再见,哈里。再见,道林。尽早来看我吧。明天就来啊。"

"一定。"

"你不会忘记吧?"

"不会,当然不会。"道林叫道。

"还有……哈里!"

"啊?巴兹尔。"

"还记得我对你的请求吗?今天早上我们在花园里说的。"

"我已经忘了。"

"我信任你。"

"我希望我能信任自己。"亨利勋爵笑着说,"走吧,格雷先生,我的马车在外面,我可以送你回家。再见,巴兹尔。今天下午非常有意思。"

门在他们身后关上,画家倒在沙发上,露出了痛苦的表情。

Chapter 3　身世

第二天十二点半，亨利·沃顿勋爵从柯松街一路漫步到阿尔巴尼街，去拜访他的舅舅费莫勋爵。那是个举止有点粗鲁但很和蔼的老单身汉，外界说他有点儿自私，是因为从他身上没捞到什么好处，但社交场上都认为他很慷慨，因为谁讨他喜欢他就肯为谁花钱。他的父亲曾担任过英国驻马德里大使，那时伊莎贝拉[1]还很年轻，普里姆[2]还寂寂无名，但后来因为没获任驻巴黎大使，他一气之下从外交部门退了下来，他觉得凭自己的出身、懒散、漂亮的书面英语和对纵乐的热情，完全有资格担任这个职务。担任他秘书的儿子也跟着他

---

1. 伊莎贝拉：西班牙女王伊莎贝拉二世（1830—1904），1833—1868 年在位。
2. 普里姆（1814—1870）：西班牙大将兼政治家。

一起辞了职，当时此举被认为相当不明智，几个月后他继承了爵位，开始专注于研究"无所事事"这一伟大的贵族艺术。他在城里有两幢大房子，但他为了省事，更喜欢住在小房子里，饭也大多在俱乐部吃。他也费了点心思在英格兰中部诸郡的煤矿上，他为自己染指实业的事找的理由是：煤有一个好处是，让有身份的人可以在自己的壁炉里烧柴以显气派。政治上他是个保守派，除了保守党执政的时候，那期间，他就骂他们是一帮激进分子。他在仆人面前是个英雄，仆人却老欺负他。[1] 他在大部分亲戚面前是个霸王，总是欺负他们。只有英国才会出他这样的人，他还老是说这个国家要完蛋了。他的信条早已过时，但他总能为自己的偏见找到一大堆说辞。

亨利勋爵走进房间时，看到他舅舅穿着一身粗犷的猎装坐着，抽着雪茄，读着《泰晤士报》，一边嘟嘟囔囔发着牢骚。"嗯，哈里，"老先生说，"什么风把你这么早吹来了？我以为你们这些花花公子都是两点起床、五点才能见人的。"

"纯粹出于家族情谊，我向你保证，乔治舅舅。我想问你要点儿东西。"

"我看是钱吧。"费莫勋爵做了个鬼脸说，"好吧，坐下来跟我说说。现在的年轻人，觉得钱就是一切。"

"是的，"亨利勋爵低声说着，解开大衣的扣子，"等他们

---

1. 此处化用法国谚语：任何人在他的贴身男仆眼里都不是英雄。

年纪大一点儿就知道了。不过我不是要钱。只有付账的人才要钱,乔治叔叔,我从来不付账。不是长子的好处就是可以赊账,过这种日子才舒心呢。另外我只和达特摩尔的生意人来往,所以他们从来不找我麻烦。我想要的是信息,当然,不是有用的信息,是没用的信息。"

"好啊,我可以告诉你英国蓝皮书里的任何事,哈里,虽然现在那些家伙写了很多废话。我在外交部的时候,情况要好得多。我听说他们现在都是通过考试进去的,那你还能指望什么?考试,先生,纯粹就是扯淡。如果一个人是个绅士,他知道的就够多了;如果不是绅士,他知道什么都对他没好处。"

"道林·格雷不在蓝皮书里,乔治舅舅。"亨利勋爵懒懒地说。

"道林·格雷?谁啊?"费莫勋爵皱着浓密的白眉毛问。

"我就是来问这个的,乔治舅舅。或者说,我知道他是谁,他是凯尔索勋爵最小的外孙,他母亲是德弗勒家族的人,玛格丽特·德弗勒夫人。我想让你跟我说说他母亲的事。她长什么样?和谁结的婚?跟你同时代的人你几乎全认识,所以你可能认识她。我现在对格雷先生非常感兴趣,我刚认识他。"

"凯尔索的外孙!"老先生重复道,"凯尔索的外孙!……当然了……我跟他母亲很熟。我应该参加了她的洗礼。她是个非常美丽的姑娘,玛格丽特·德弗勒,她和一个一文不名的年轻人私奔,让所有男人都发了疯——一个无名小卒,先生,一个步兵团的副官,或类似这样的一个人,就是这样。这件事我全记得,就像昨天发生的一样。结婚几个月以后,那个可怜的家伙就在斯帕[1]跟人决斗送了命。这里头还有一个丑恶的故事。他们说是凯尔索找了个无赖冒险家,一个比利时恶棍,去当众侮辱他的女婿——花钱雇的,先生,让他去那么干,付钱让他干——那个家伙把那小伙子当傻子,朝他吐口水。这事后来被压下去了,可是,哎呀,之后很长一段时间,凯尔索都是一个人在俱乐部里吃他的牛排。我听说,他把女儿带回来了,可她再也没和他说过话。哎,是的,这事弄得很糟。不到一年,那姑娘也死了。所以她留下了一个儿子,是吗?我都忘了。是个什么样的孩子?要是长得像他妈妈,就一定是个好看的小伙子。"

"他是很好看。"亨利勋爵赞同道。

"我希望有合适的人照应他,"老人接着说,"如果凯尔索对他公道,他应该能得到一大笔钱。他母亲也有钱。她的外公把塞尔比家族的所有的财产都给了她。她外公恨凯尔索,觉得他是条卑鄙的狗。他也的确是。我在马德里的时候,他来过一次。天哪,我都替他害臊,女王问我,那个老是和马车夫斤斤计较车钱的英国贵族是谁,大家还编了很多故事,我有一个月不敢在宫里露面。我希望他对他外孙能比对马车夫好一点。"

---

1. 比利时的一个城市。

"我不知道,"亨利勋爵答道,"我想这孩子过得不错。他还没成年,我知道塞尔比的产业是他的,他告诉我了。那……他母亲很美吗?"

"玛格丽特·德弗罗是我见过的最可爱的姑娘之一,哈里。我永远也搞不懂到底是什么让她这么干的。她可以嫁给任何她想嫁的人。卡林顿简直为她疯狂。不过她很浪漫,那个家族的女人都很浪漫。男人们比较差劲,但真的,女人们很棒!卡林顿向她求过婚,这是他自己告诉我的,她笑话他,当时伦敦没有一个姑娘不迷他。对了,哈里,说到愚蠢的婚事,你父亲跟我说达特摩尔想娶一个美国人,这是什么胡话?难道英国姑娘配不上他?"

"现在娶美国人可时髦了,乔治舅舅。"

"我敢打赌,英国女人是全世界最好的,哈里。"费莫勋爵用拳头捶着桌子说。

"赌注是美国姑娘。"

"听说她们的感情不长久。"他的叔叔咕哝说。

"持久战让她们筋疲力尽,但她们擅长障碍赛,喜欢速战速决。我不觉得达特摩尔有希望。"

"她家里有些什么人?"老先生嘟囔道,"她家里有人吗?"

亨利勋爵摇摇头:"美国姑娘擅长隐瞒父母的事,就像英国女人擅长隐瞒过去一样。"他说着,起身要走。

"估计是做猪肉包装的吧。"

"但愿是吧,乔治舅舅,为达特摩尔着想的话,听说在美国,除了搞政治,做猪肉包装就是最赚钱的行当了。"

"她漂亮吗?"

"她表现得她就是个美人似的。很多美国女人都这样。这就是她们的魅力的奥秘。"

"这些美国女人为什么不能待在自己的国家?她们成天告诉我们那里是女人的乐园。"

"没错啊,所以她们像夏娃一样拼命急着要出来,"亨利勋爵说,"再见,乔治舅舅。我再不走午饭就要迟到了。谢谢你给了我想要的信息。我总是喜欢了解新朋友的一切,对老朋友就什么也不想知道了。"

"你在哪儿吃午饭,哈里?"

"在阿加莎姑妈家。我是自己去的,还有格雷先生。他是她的新宠。"

"哼!告诉你的阿加莎姑妈,哈里,不要再为她慈善募捐的事来烦我了。我烦死那些事了。哎,这个好好夫人以为我除了给她的愚蠢怪癖写支票就没别的事干了。"

"好的,乔治舅舅,我会告诉她,但没用的,慈善家们已经没有任何人性的感受了,这就是他们的显著特征。"

老先生气哼哼地表示同意,并按铃叫仆人送客。亨利勋爵穿过低矮的拱廊进了伯灵顿街,转身向伯克利广场走去。

这就是道林·格雷的身世。虽然故事讲得粗枝大叶,但其中那段奇特的、近乎摩登的浪漫情事还是打动了他。一个美丽的女人为了狂热的激情不顾一切；几个星期狂野的幸福被一场丑恶奸诈的罪恶终结；几个月无声息的痛苦，继而一个男孩在痛苦中诞生；母亲被死神攫走，孩子被留给了孤独，和一位专横无情的老人。啊，真是有趣的背景，这造就了那个小伙子，令他更加完美。就如每样精美事物的背后，都有一些悲剧性的东西那样。世界经历阵痛，最卑微的花儿才能开放……昨天晚餐时，他多么迷人啊，他坐在对面，既紧张又开心，眼里还有惊讶，双唇微启，红色的烛影将他令人惊艳的面容染上了更浓郁的玫瑰色。和他说话就像在拉一把精致的小提琴，对琴弓的每次触碰和颤动他都有所反应……这样对他施加影响，令人销魂。把自己的灵魂投映到某个优雅的躯壳中，让它在那儿稍作停留；听到自己的思想观点带着激情和青春的旋律回荡在自己的脑海中；把自己的气质输送给另一个人，仿佛那是一种微妙的流体或一种奇特的芳香：其中有一种真正的快乐——在我们这样一个狭隘和粗俗的时代里，在这个纵情声色、志趣平庸的时代里，这也许是最能让人满足的快乐了……他在巴兹尔的画室偶遇的这个小伙子，真是个精彩的类型，或者说他无论如何是能被塑造成一个精彩的类型的。他拥有典雅、少年纯真，还有像古希腊大理石为我们保存下来的那种美。你想把他塑造成什么都可以，可以是泰坦巨人，也可以是小玩具。这样的美却注定要消逝，真遗憾啊！……巴兹尔呢？从心理学的角度来看，他多么有趣！新的艺术风格，观察生活的崭新模式，只是因为看到眼前这个人的出现，就被奇妙地启发了，而这个人对此浑然不觉；如同居住在昏暗林地中的精灵，静默地在开阔的旷野中行走，无影无踪，却又突然现形，像树林女神德律阿得斯那样，且不令人害怕，因为他的灵魂一直在追寻她，如今一种奇妙的视觉已被唤醒，在那视觉中，奇妙的东西才会显形；事物的形状和图案都变得精美了，并获得了象征性的价值，仿佛它们本身是某些更完美的事物的图案摹本，是它们影子变成的实体。这一切真奇怪啊！他记得在历史上有类似的事情。不就是柏拉图，那个思想艺术家，首先对此加以分析的吗？不就是米开朗琪罗把它用十四行诗刻在彩色大理石上的吗？但在我们这个世纪，却很奇怪……是的，道林·格雷无意中对画了那幅美妙画像的画家产生了莫大的影响，他也要尝试这样影响道林·格雷。他要设法支配他——实际上他已经成功了一半。他要把那个奇妙的精灵收归己有。这个爱情与死亡之子身上有种东西让人心醉神迷。

他突然止步，抬头看了看房子。他发现已经走过了姑妈家一段距离，暗自好笑，转身往回走。当他走进有点儿阴沉的门厅时，管家告诉他，他们已经进去吃午饭了。他把帽子和手杖递给了一个男仆，走进了餐厅。

"又迟到了，哈里。"他姑妈叫道，直摇头。

他随口编了个理由,在她旁边的空位上坐下,扫视了一圈,看看还有些什么人。道林在桌子那头羞涩地向他欠了欠身,脸上泛起快乐的红晕。坐在对面的是哈雷公爵夫人,她有着非常好的品格和性情,每个认识她的人都很喜欢她,她体格庞大,这样体型的女人,如果不是公爵夫人,一定会被当代历史学家描述为"肥硕"。在她右边坐着托马斯·伯顿爵士,一位激进的国会议员,他奉行一条明智而著名的规则:在公开场合紧随他的领袖,在私人生活中则紧随最好的厨师,和保守党人一起吃饭,与自由党人一起思考。她左边位置上是特雷德利的厄斯金先生,一位颇有魅力和修养的老绅士,不过,他已经养成了沉默寡言的坏习惯,就像他有一次向阿加莎夫人解释的那样,他在三十岁以前就把该说的话都说了。亨利勋爵自己旁边是范德勒夫人,他姑妈的老朋友之一,是女人中的完美圣人,但穿得一塌糊涂,让人想起装订得很差的圣歌集。幸而她的另一边有福德尔勋爵,一个聪明绝顶的中年庸人,他那光秃秃的头犹如下议院部长的声明般不加掩饰,她正极其认真地跟他谈着话,他以前说过,这种极其认真的态度是所有真正的好人都逃不了、改不掉而又不可原谅的一种错误。

"我们正在说可怜的达特摩尔,亨利勋爵,"公爵夫人高声说,一边愉快地隔着桌子向他点头,"你认为他真的会娶那位迷人的年轻小姐吗?"

"我相信她已经下定决心向他求婚了，公爵夫人。"

"真可怕！"阿加莎夫人惊叹道，"真的，应该有人出面干涉一下。"

"我听到可靠的消息，说她的父亲开着一片美式干货店。"托马斯·伯顿爵士神气十足地说。

"我舅舅说她家是做猪肉包装的，托马斯爵士。"

"干货店！美式干货有些什么呀？"公爵夫人惊异地举起两只大手，"有"字念得特别重。

"美国小说。"亨利勋爵吃着鹌鹑肉说。

公爵夫人一脸困惑。

"别理他，亲爱的，"阿加莎夫人低声说，"他说的话一向不能当真。"

"刚发现美洲的时候……"激进派议员说——他开始讲些令人感到乏味的事实。像所有试图穷尽某个主题的人一样，他把听众弄得精疲力竭。公爵夫人叹了口气，行使了她打断别人说话的特权。"我真希望它从来没被发现！"她大声说，"真的，如今我们的姑娘都没机会了。这太不公平了。"

"也许，美洲根本没被发现过，"厄斯金先生说，"我个人的观点是，美洲只不过被探测到了。"

"哦！可我已经见到过真正的美国人了，"公爵夫人含糊地回答，"我得承认，他们大都很漂亮，穿得也很好，他们的衣服都是在巴黎买的。我希望我也能这样。"

"据说好的美国人死后都会去巴黎。"托马斯爵士笑着说,他有一柜子这种过时幽默。

"是吗?那坏的美国人死后会去哪儿呢?"公爵夫人问道。

"去美国。"亨利勋爵低声说。

托马斯爵士皱起了眉头。"恐怕你侄子对那个伟大的国家怀有偏见,"他对阿加莎夫人说,"我游遍了美国,坐的是当地官员提供的车子,他们在这种事情上是很讲礼数的。我向你保证,游美国能受教育。"

"但我们要受教育非得去芝加哥吗?"厄斯金先生可怜巴巴地问,"那么远的路我受不了。"

托马斯爵士摆了摆手说:"特雷德利的厄斯金先生的书架子上有全世界。我们务实的人喜欢自己去看,不喜欢从书上读。美国人是一个非常有趣的民族,他们绝对理性,我想这是他们最与众不同之处,是的,厄斯金先生,他们是绝对理智的民族。我敢说,美国人从来不胡言乱语。"

"多可怕啊!"亨利勋爵喊道,"蛮横的武力我还能忍,但蛮横的理智实在受不了。这样使用理性不太对,这是对理智的暗算。"

"我不懂你的意思。"托马斯爵士说,脸有点儿红了。

"我懂,亨利勋爵。"厄斯金先生微笑着低声说。

"本身有冲突的事都有它的道理……"托马斯爵士又说。

"那里头有冲突吗?"厄斯金先生问,"我不觉得。也许有吧。好吧,自相矛盾之路就是真理之路。为了检验现实,我们要让它走钢丝。当真理成为杂技演员的时候,我们就好判断了。"

"天哪!"阿加莎夫人说,"你们这些男人怎么这么会争辩不休啊!说真的,我永远搞不清楚你们在说什么。啊!哈里,我对你很生气。你为什么要劝我们可爱的道林·格雷先生不在东区演出?我敢保证,他会成为无价之宝。他们都会爱上他的演奏的。"

"我要他为我演奏。"亨利勋爵笑着叫道,他朝桌子那头望去,看到一道明亮的回应的目光。

"但白教堂的人很不幸。"阿加莎夫人接着说。

"除了苦难我什么都能共情,"亨利勋爵耸耸肩说,"苦难我共情不了,它太丑陋、太可怕、太让人痛苦了。现代人对痛苦的共情中有些病态的成分。应该共情的是色彩、美、生活的欢乐。对生活中的疮痍,说得越少越好。"

"不过,东区还是个很重要的问题啊。"托马斯爵士严肃地摇摇头说。

"确实,"年轻的勋爵答道,"那是个奴隶制的问题,我们却想以取悦奴隶来解决它。"

政治家热切地看着他。"那么,你建议进行哪些改变呢?"他问。

亨利勋爵笑了。"除了天气之外,我并不希望改变英国的任何东西,"他答道,"我很满足于哲学性的思考。但是,既然十九世纪已经由于过度挥霍同情心而破产了,我建议我们求助于科学来使我们清醒。感性的优点就在于它会把我们引入歧途,而科学的优点是它不感情用事。"

"可是我们有重大的责任呢。"范德勒夫人怯生生地冒出一句。

"非常重大。"阿加莎夫人随声附和。

亨利勋爵看了看厄斯金先生:"人类太把自己当回事了。这是世界的原罪。如果穴居人会笑,历史就不是现在这样了。"

"你真会安慰人,"公爵夫人颤声说,"我来拜访你亲爱的姑姑时,一直觉得很有罪恶感,因为我对东区一点兴趣都没有。以后我总算可以直面她而不用脸红了。"

"脸红挺好看的,公爵夫人。"亨利勋爵说。

"只有年轻人脸红才好看,"她回答说,"像我这样的老女人脸红可不是什么好兆头。啊!亨利勋爵,你要是能告诉我怎么重返青春就好了。"

他想了想,目光越过桌子看着她,问:"你还记得你年轻时犯过什么大错吗,公爵夫人?"

"恐怕有很多。"她大声说。

"那就再犯一次吧,"他一脸严肃地说,"想要重返青春,只需重蹈覆辙。"

"真是令人高兴的理论!"她赞叹道,"我一定要实践一下。"

"真是危险的理论！"托马斯爵士从唇边挤出一句。阿加莎夫人摇了摇头，但不禁乐了。厄斯金先生则静静地听着。

"是的，"他继续说，"这是人生的一大秘密。现在大多数人都死于某种易被忽略的常识，到最后发现，一个人唯一不会后悔的事就是自己犯下的错误，但那时已经太晚了。"

一桌子人都笑了。

他把玩着这个念头，慢慢肆无忌惮起来。他把它抛向空中，换个花样；让它逃走，又把它捉回来；给它染上幻想的光彩，插上悖论的翅膀。他滔滔不绝，把对愚蠢的赞颂升华成一种哲学，而哲学本身则变得年轻起来，人们可以想象她，身穿酒渍斑斑的长袍、头戴常春藤花冠，伴着疯狂的欢乐曲，像酒神女祭司巴香特一样在生命之山上跳舞，并嘲笑愚钝的森林之神西勒诺斯还保持着清醒。事实在她面前像受惊的林中鸟兽一样四散。她雪白的脚踩着智者奥马尔身边的巨大榨酒机，直到涌出的葡萄汁在她赤裸的双腿周围翻腾起一浪一浪紫色的泡沫，红色的酒泡漫上黑色倾斜的桶壁后缓缓溢出。真是一段不同凡响的即兴表演。他感觉到道林·格雷正目不转睛地看着自己，而因为意识到自己希望吸引听众中某个人的心，他似乎更加才思敏捷，想象更富有色彩。他才华横溢，奇想联翩，信口开河，把他的听众迷得神魂颠倒，他们跟着他的魔笛[1]哈哈大笑。道林·格雷始终没有把目光从他

---

1. 出自德国民间故事，故事里，花衣吹笛人吹起笛子，孩子们就跟着他走。

身上移开,像被施了咒语一样坐着,笑容在他的嘴唇上接连浮现,而惊讶在他越来越深的眼眸中渐渐变成了严肃。

最后,现实以一个穿着时下制服的仆人的模样走进了房间,告诉公爵夫人她的马车已经备好了。她装作很失望地绞着双手。"真烦人!"她叫道,"我得走了。我要去俱乐部接我丈夫,送他去威利斯议事厅参加一个荒唐的会议,今天轮到他主持。要是我迟到了,他准会大发雷霆。我可不能戴着这顶帽子和他吵架,它太脆弱了,一句重话就能把它毁了。哎,我得走了,亲爱的阿加莎。再见,亨利勋爵,你真讨人喜欢,也让人丧气。我真不知道该怎么评价你的观点。改天你一定要来和我们一起吃晚饭。星期二怎么样?你星期二有空吗?"

"为了你,我可以拒绝其他任何人,公爵夫人。"亨利勋爵鞠了一躬。

"啊!那太好了,但这样做也不对,"她大声说,"记住一定要来呀!"她说着,飘出了房间,阿加莎和其他几位夫人跟在后面。

亨利勋爵重新坐下,厄斯金先生走过来,在他旁边的椅子上坐下,把手放在他的胳膊上。

"你出口成章,"他说,"你为什么不写本书呢?"

"我太喜欢看书了,所以不想写书,厄斯金先生。我当然想写一部小说,一部像波斯地毯一样可爱而又不真实的小说。但英国没有什么文学读者,人们只看报纸、课本和百科全书。在世界上所有的民族里,英国人是最缺文学美感的。"

"恐怕你说得没错,"厄斯金先生回答,"我自己过去也曾有过文学上的雄心壮志,但早就放弃了。现在,我亲爱的年轻朋友,如果你允许我这样称呼你的话,请问你在午餐时对我们说的那些话是当真的吗?"

"我都忘了我说什么了,"亨利勋爵微笑着说,"都是很糟糕的话吗?"

"确实很糟糕。事实上我觉得你这个人非常危险,如果我们善良的公爵夫人出了什么事,我们都会觉得你要负主要责任。但我想和你谈谈人生。我们这代人都乏味无趣。哪天你厌倦了伦敦的生活,就到特雷德利来,我有幸拥有几瓶勃艮第好酒,我们可以一边喝着,一边听你讲你的快乐哲学。"

"我会被迷住的。能拜访特雷德利是我的一大荣幸,它有一个完美的主人和一个完美的图书馆。"

"你来了才完美,"老先生彬彬有礼地欠了欠身,"现在我要去和你的好姑妈告别了。我该去文学协会了。这会儿我们该在那里打瞌睡的。"

"你们所有人,厄斯金先生?"

"我们四十个人,坐在四十张扶手椅上打瞌睡。为开办英国文学学会我们先练习练习。"

亨利勋爵笑着站起身来。"我要去公园。"他高声说。

他正要出门,道林·格雷碰了碰他的胳膊。"我和你一起去吧。"他低声说。

"我还以为你已经答应了巴兹尔·霍尔沃德要去看他呢。"亨利勋爵答道。

"我更想和你一起走。嗯,我觉得我一定要和你一起去。让我去吧。还有,你能答应一直和我说话吗?没人说得像你那么好。"

"啊!我今天已经说得够多的了,"亨利勋爵笑道,"我现在只想观察生活。如果你愿意的话,可以和我一起观察。"

Chapter 4　恋情

　　一个月后的一个下午,在亨利勋爵位于梅菲尔[1]的家中的图书室里,道林·格雷倚在一张豪华扶手椅上。房间本身很迷人,四面是高高的橄榄色橡木墙裙,奶油色的中楣,有浮雕的灰泥天花板,砖粉色地毡上还铺着缀有丝绸长流苏的波斯小地毯。一张小小的椴木桌上放着一个出自克洛迪恩[2]之手的小雕像,旁边有一本《小说百篇》,是克洛维斯·伊芙[3]为瓦卢瓦的玛格丽特王后装订的那一版,上面饰涂金雏菊,是王后自己选定的图案。壁炉架上摆着一些大青瓷花瓶,里面插着鹦鹉郁金香。伦敦夏日的杏色光线从铅制小窗格流淌进来。

---

1. 伦敦上流社会住宅区。
2. 克洛迪恩:即克劳德·米歇尔(1738—1814),法国雕塑家。
3. 克洛维斯·伊芙:16世纪法国宫廷书籍装订师。

亨利勋爵还没来。他总是迟到,他的原则是:守时是时间的窃贼。因此小伙子看起来颇有点儿郁闷,手指无精打采地翻着他从书架上找到的一本带精美插图的《曼侬·勒斯科》[1]。一只路易十四时代的钟刻板单调地滴答响着,让他心烦意乱。有一两次他都想走了。

最后,他终于听到外面有脚步声,门开了。"你怎么这么晚啊,哈里!"他咕哝说。

"不好意思,不是哈里,格雷先生。"一个尖嗓子回答道。

他连忙回头一看,站起身来:"请原谅。我还以为——"

"你以为是我丈夫,可来的只是他的妻子。你得让我自我介绍一下。我很熟悉你,看过你的照片。我想我丈夫有你十七张照片。"

"没有十七张吧,亨利夫人。"

"那就是十八张好了。前几天晚上我还看见你和他一起去看歌剧。"她边说边神经质地笑着,用她蒙蒙眬眬的淡蓝色的眼睛看着他。她是个古怪的女人,她的衣服总像是在盛怒中设计、在暴跳如雷中穿上的。她总是对某个人怀着爱意,但一腔热情从未得到过回应,因此只能把所有幻想放在心里。她想要让自己看起来如诗如画,但结果却成了凌乱不堪。她名叫维多利亚,狂热地爱去教堂。

---

[1] 法国作家安东尼·普列沃斯(1697—1763)的小说,1731年出版,描写年轻贵族格里厄对穷姑娘曼侬的爱情。

"是在演《罗亨格林》[1]的时候吧,亨利夫人?"

"对,是可爱的《罗亨格林》。我最喜欢瓦格纳的音乐了,声音很大,一个人可以一直说话,别人却听不到你在说什么。真是一大好处,你不觉得吗,格雷先生?"

一阵神经质的断断续续的笑声又从她薄薄的嘴唇间蹦出来,她手里开始把玩一把长长的玳瑁柄裁纸刀。

道林笑着摇了摇头:"我恐怕不这么想,亨利夫人。听音乐的时候我从来不说话——至少在听好的音乐的时候。如果听到糟糕的音乐,倒是有责任把它淹没在谈话声里。"

"啊!这也是哈里的观点吧,格雷先生?我老是从他的朋友那里听到他的观点。这是我了解它们的唯一途径。但你千万别以为我不喜欢好的音乐。我喜欢它,可我又害怕它。它让我太浪漫了。哈里说我只是爱慕钢琴家——有时同时爱慕两个。我不知道他们身上有什么东西吸引我,也许因为他们是外国人吧。他们都是外国人,对吧?即使是那些在英国出生的人,后来也变成了外国人,不是吗?他们真聪明,弘扬了艺术,让艺术变成了世界性的,对不对?你还没有参加过我办的晚会吧,格雷先生?你一定要来。我买不起兰花,但我会不惜花钱请外国人的。有他们在场,整个屋子都绚烂多姿。哎,哈里来了!哈里,我来找你想问你点事——我忘了是什么事了——然后发现格雷先生在这里。我们聊音乐聊

---

[1] 德国作曲家理查德·瓦格纳(1813—1883)于1848年创作的一部歌剧。

得很愉快。我们的想法很一致,不,我想是很不一致。不过他很讨人喜欢,我很高兴能见到他。"

"我很高兴,亲爱的,非常高兴。"亨利勋爵抬起他那月牙形的黑眉毛,带着有趣的微笑看着他们俩。"真对不起,我来晚了,道林。我去沃德街看了一匹老锦缎,然后不得不为它讨价还价了几个小时。现在的人啊什么东西的价格都知道,但什么东西的价值都不知道。"

"我恐怕要走啦。"亨利夫人喊道。她突然傻乎乎地笑了起来,打破了尴尬的沉默。"我答应和公爵夫人一起坐车出去。再见,格雷先生。再见,哈里。我想你们会在外面吃饭吧?我也是。说不定会在索恩伯里夫人家碰到你们。"

"肯定会的,亲爱的。"亨利勋爵说。她像一只淋了一夜雨的天堂鸟那样飞出了房间,留下一股淡淡的素馨花香。他在她身后关上了门,然后点了一支烟,倒在沙发上。

"永远不要娶淡黄头发的女人,道林。"他抽了几口烟后说。

"为什么,哈里?"

"她们太多愁善感了。"

"可我喜欢多愁善感的。"

"根本就不要结婚,道林。男人结婚是因为疲倦;女人结婚是因为好奇:结果都会失望。"

"我觉得我不会结婚,哈里。我爱得太深了。这是你的一句箴言。我正在付诸实践,你说的我都照做了。"

"你爱谁啦?"亨利勋爵顿了顿问。

"一个女演员。"道林·格雷红着脸说。

亨利勋爵耸了耸肩:"这个开场还挺老套的。"

"你看到她就不会这么说了,哈里。"

"她是谁啊?"

"她叫西碧尔·文。"

"没听说过。"

"没人听说过。不过他们总有一天会听说的。她是个天才。"

"亲爱的孩子,没有哪个女人会是天才。女人是个装饰性的性别。她们从来没有什么可说的,但又说得娓娓动听。女人代表着物质对心灵的胜利,就像男人代表着心灵对道德的胜利一样。"

"哈里,你怎么能这么说?"

"我亲爱的道林,这是真的。我现在正在分析女人,所以我很清楚。这个课题并不像我想象的那么深奥。我发现,归根结底,只有两种女人,一种是朴素的,一种是多彩的。朴素的女人很有用,如果你想获得受人尊敬的名声,只要带她们去吃晚饭就行了。另一种女人很迷人,但她们犯了个错误:她们化妆,想方设法让自己看起来更年轻。我们的祖母们化妆是为了让自己说话时更有光彩,胭脂曾经和智慧是分不开的。现在不是这样了。一个女人只要能看起来比自己的女儿年轻十岁,她就很满意了。至于交谈,伦敦只有五个女人值得交谈,其中两个还进不了正经人的社交圈。好啦,跟我说说你的天才吧。你认识她多久了?"

"啊!哈里,你的观点太可怕了。"

"别管了,你认识她多久了?"

"大概三个星期。"

"你在哪里遇到她的?"

"我这就告诉你,哈里,但你可不能一副无动于衷的样子。毕竟,要是我没遇到你,这一切也不会发生。你让我充满了疯狂的欲望,想去了解生活的一切。遇见你之后好几天,我的血管里似乎有什么东西在跳动。当我在公园里闲逛,或者在皮卡迪利大街上散步时,我经常看着每一个经过我身边的人,带着疯狂的好奇心想知道他们过着什么样的生活。他们中的一些人让我着迷,还有一些让我恐惧。空气中弥漫着美妙的毒素,而我渴望去品尝……嗯,有天晚上,大约七点,我决定出去探险。我感到我们这个灰蒙蒙的鬼魅般的伦敦,有无数的人,有肮脏的罪人,还有灿烂的罪恶,就像你曾经说过的那样,一定有什么东西在等着我。我幻想了无数的事情。光是危险本身就给了我一种愉悦感。我想起了我们第一次一起吃饭的那个美妙的夜晚,对美的追求是生命真正的秘密。我不知道自己期待的是什么,只是出了门,信步往东走,很快就在肮脏的街道和黑乎乎的寸草不生的广场组成的迷宫里失去了方向。大约八点半时,我经过了一个怪模怪样的小剧场,煤气灯很炫目,戏单花里胡哨,门口站着一个丑陋的犹太人,穿着我这辈子见过的最奇怪的马甲,抽着廉价雪茄。他的头发油腻腻的,在脏兮兮的衬衫中央有一颗巨大的钻石在闪耀。'要包厢吗,老爷?'他看到我就说,奴才气十足地摘下帽子。他身上有种东西让我觉得很有趣,哈里,他真是个怪物。我知道你会笑我,但我真的进去了,花了整整一畿尼[1]要了个包厢。到现在我也不明白我为什么会进去。但如果我没进去——亲爱的哈里,如果我没进去——我就会错过我一生中最浪漫的事了。我看出来了你在笑我。你真可怕!"

"我没笑,道林,至少我不是在笑你。但你不应该说这是你一生中最浪漫的事,应该说这是你生命中的第一段浪漫事。你会永远有人爱的,你也会永远迷恋爱情。多情是无所事事的人的特权,也是一个国家的有闲阶级的一个用处。别害怕,等着你的美妙的东西多得是,这只不过是个开始。"

"你觉得我的天性这么肤浅吗?"道林·格雷愤怒地喊道。

"不,我觉得你的天性可深沉了。"

"什么意思?"

"亲爱的孩子,一生只爱一次的人,才是真正浅薄的人。他们所谓的忠诚和坚贞,我都称之为习惯性的懒惰或是缺乏想象力。忠贞对于情感生活来说,就像一贯性对于智力生活

---

[1] 英国一种旧金币,价值一镑一先令。

一样——只是一种对失败的承认。忠诚!哪天我要来分析一下,其中包含着对财产的执念。有许多东西,要不是怕被别人捡到,我们都会扔掉的。但我不想打断你,继续讲你的故事吧。"

"嗯,我坐进了一个可怕的小包厢,正对着一幅俗气的升降幕布,我从帘子后面看出去,环视了一下剧场。真是俗不可耐,到处都是丘比特和丰饶角[1],就像一个三等婚礼蛋糕。顶层楼座和正厅后座坐了很多人,但黑乎乎的前两排却空荡荡的,那个大概叫'花楼'[2]的地方也几乎不见人影。女人们拿着橘子和姜汁啤酒走来走去,还有很多人在大吃坚果。"

"肯定就像英国戏剧的全盛时期那样。"

"我觉得应该挺像的,很闷。看到戏单的时候我真不知道自己到底要怎么办了。你猜是什么戏,哈里?"

"我猜是《傻小子》,或者《天真的哑巴》。我觉得上一辈人喜欢那种戏。道林,我活得越久就越深切地感觉,合上一辈人口味的东西并不合我们这辈人的口味。在艺术和政治上都一样,'老头子总是错的'。"

"这出戏是合我们口味的,哈里。那是《罗密欧与朱丽叶》。我要承认,我对看到莎士比亚在这么一个破地方上演感到不痛快,但又觉得也有点意思。总而言之,我决定等着

---

1. 源自古希腊神话中的山羊角,后来指装满鲜花和水果的羊角形装饰物。
2. 剧院的楼厅前座,二楼正座。

看第一幕。乐队很差劲，领奏的是个年轻的希伯来人，他吱吱嘎嘎地弹着钢琴，我几乎听不下去想走了，但最后幕布终于拉开了，戏开始了。罗密欧是个胖胖的上了年纪的先生，眉毛是用软木炭画的，嗓音悲戚沙哑，身材像啤酒桶。茂丘西奥也是一样糟糕，演员是一个三流的丑角，信口插科打诨，倒挺受正厅后排观众的欢迎。布景和他们两个人一样怪异，就像来自乡下的戏班。但是朱丽叶！哈里，你想象一下这么个姑娘：几乎不到十七岁，小脸像花一样，一个希腊式的小脑袋，盘着一圈深褐色的辫子，眼睛像两汪紫色的涌泉，双唇像玫瑰花瓣。她是我这辈子见过的最可爱的事物。你跟我说过，你对悲情无动于衷，但美，光是美，就能让你热泪盈眶。我跟你说，哈里，我几乎看不清这个女孩，因为我泪眼蒙眬。还有她的声音——我从没听过那么好听的声音：一开始很低沉，圆润柔美，似乎单单落在你耳边；然后，稍微高了起来，听起来像长笛或悠远的双簧管；在花园那场戏里，它婉转震颤，就像人们在黎明前听到的夜莺歌唱一样；后来，有时它又有小提琴的那种狂放的激情。你知道声音能多么撩人。你的声音和西碧尔·文的声音是我永远也不会忘的，我闭上眼睛就能听到它们在说着不同的事，我不知道该听谁的。我怎么能不爱她呢？哈里，我真的爱她。她是我生命中的一切。每天晚上我都去看她的演出。这一晚她是罗瑟琳[1]，第二晚她是伊莫金[2]；我看见她从情人的唇上吸吮毒药，死在阴暗的意大利墓穴里[3]；我看见她打扮成一个穿紧身裤、紧身短上衣，头戴精美帽子的漂亮男孩，在阿尔丁森林里游荡[4]；她疯过，来到一个有罪的国王面前，让他戴上芸香，品尝苦草[5]；她天真过，被嫉妒的黑手掐断了她芦苇般的脖子[6]。我看见她的各种年龄，穿着各种服饰。普通的女人根本不会激发人的想象，她们被局限在她们的世纪里，没有任何魅力能让她们改变。人们了解她们的思想，就像了解她们的帽子一样容易。找到她们很容易，她们中的任何一个都毫无神秘可言，早上在公园里骑马，下午在茶会上聊天。她们有着同一套笑容和风行的举止。她们全都一目了然。但是女演员！女演员是多么不同啊！哈里！你为什么不告诉我世界上唯一值得爱的是女演员？"

"因为我爱过很多个了，道林。"

"哦，是的，那些染了头发、浓妆艳抹的可怕家伙。"

"别把染发和化妆贬得一钱不值。她们有时候也有种异乎寻常的魅力。"亨利勋爵说。

"我现在真希望我没告诉你西碧尔·文的事。"

---

1. 莎士比亚戏剧《皆大欢喜》女主角。
2. 莎士比亚戏剧《辛白林》女主角。
3. 指《罗密欧与朱丽叶》中的朱丽叶之死。
4. 位于法国、比利时、卢森堡三国交界处，是《皆大欢喜》中的主要场景之一。
5. 指《哈姆雷特》中的奥菲利亚发疯。
6. 指《奥赛罗》中的苔丝狄蒙娜之死。

"你不可能不告诉我,道林。你这辈子都会对我倾诉一切的。"

"是的,哈里,我想是这样。我忍不住要和你说的,你对我有种奇怪的影响。如果我犯了罪,我也会来对你坦白。你会理解我的。"

"像你这样的人——无拘无束的生命之光——是不会犯罪的,道林。但我还是很感谢你的褒奖。现在告诉我——好孩子,把火柴给我——谢谢——你和西碧尔·文到底是什么关系了?"

道林·格雷跳了起来,满脸通红,眼神炽热:"哈里!西碧尔·文是神圣的!"

"只有神圣的东西才值得碰呢,道林,"亨利勋爵说着,声音里带着一丝奇怪的伤感,"可是你为什么要生气?我想她总有一天会是你的。人在恋爱时,总是以欺骗自己开始,也总是以欺骗别人结束。这就是世人所说的罗曼史。不管怎么样,我想,你是认识她的吧?"

"我当然认识她。我去剧院的第一个晚上,演出结束以后,那个讨厌的老犹太人就来我包厢里,说要带我去后台认识她。我对他大发雷霆,告诉他朱丽叶已经死了几百年了,她的遗体就躺在维罗纳的一座大理石墓里。看他茫然不知所以的表情,我想他一定以为我喝了太多的香槟还是什么的。"

"我不觉得奇怪。"

"然后他问我是不是替哪家报纸写稿的。我跟他说,我甚至从来都不看报。他似乎很失望,又跟我说,所有剧评家串通起来和他作对,他要一个个买通他们。"

"我觉得他说得不假。不过,另一方面,从外表看,大多数剧评家的身价也实在不怎么高。"

"嗯,他似乎觉得自己力所难及了,"道林笑道,"不过,就在这个时候,剧场的灯熄了,我不得不走了。他想让我尝尝他极力推荐的雪茄,我谢绝了。当然,第二天晚上,我又去了那里。他一看到我,就深深鞠了个躬,并夸我是个慷慨大方的艺术赞助人。他是那种非常让人讨厌的家伙,虽然他对莎士比亚满怀热情。他有一次自豪地告诉我,他五次破产都是因为'吟游诗人',他坚持称莎士比亚为'吟游诗人',似乎觉得这是一种殊荣。"

"确实是殊荣,亲爱的道林——极大的殊荣。大多数人破产是因为在日常生活方面投资太大,为了诗歌而破产的确是一种荣誉。不过你什么时候和西碧尔·文第一次说上话的?"

"第三天晚上。她演罗瑟琳那晚。我情不自禁走过去,给她扔了一些花,她看了我一眼——至少我以为她看了我一眼。那个老犹太人很执着,似乎决意要把我带到后台去,我就同意了。我不想认识她,这很奇怪吧?"

"不,我不觉得奇怪。"

"亲爱的哈里，为什么？"

"等下再告诉你。你先和我说那个姑娘吧。"

"西碧尔？哦，她好害羞，好温柔。她身上有股孩子气。我对她说我对她的表演的看法时，她的眼睛惊讶地睁得大大的，好像完全没有意识到自己的魅力。我觉得我们都有点紧张。老犹太人笑嘻嘻地站在灰扑扑的休息室门口，把我们两个都美言了一番，而我们则像孩子一样站在那里你看我、我看你。他坚持要叫我'老爷'，所以我只好对西碧尔声明我不是什么老爷。她干脆地对我说：'你看起来更像一个王子。我得叫你白马王子。'"

"我得说，道林，西碧尔小姐知道怎么恭维人。"

"你不了解她，哈里。她只是把我看成一个剧中人而已。她对生活一无所知。她和她母亲住在一起，她妈妈也是演员，但已年老色衰，我去的第一天晚上，她扮演的是凯普莱特夫人，穿着一件洋红色的晨袍，看上去似乎也曾经美过。"

"我知道那种样子，看了让人沮丧。"亨利勋爵赏鉴着自己的戒指，低声说。

"那个犹太人想告诉我她的过去，但我说我不感兴趣。"

"你做得很对。别人的悲剧里总有些很可耻难堪的东西。"

"我只关心西碧尔。她是从哪里来的，跟我有什么关系？从她的小脑袋到她的小脚，都彻头彻尾、百分之百地神圣。此后我人生中的每个晚上，都要去看她的演出，而她一晚比一晚更迷人。"

"难怪你现在再也不和我一起吃饭了。我就想你一定陷进了什么奇特的恋情里,结果还真是这样,但和我期待的不太一样。"

"亲爱的哈里,我们每天不是一起吃午饭就是一起吃晚饭,我还和你一起去过好几次歌剧院呢。"道林惊讶地睁着蓝眼睛说。

"你总迟到很久。"

"好吧,我不能不去看西碧尔的演出,"他喊道,"哪怕只看一幕也好的。我渴望见到她。我一想到那小小的象牙般的身体里藏着的美妙的灵魂,就满心敬畏。"

"今晚你可以和我一起吃饭吧,道林?"

他摇了摇头。"今晚她演伊莫金,"他回答说,"明晚她演朱丽叶。"

"她什么时候是西碧尔·文?"

"永远不是。"

"我恭喜你。"

"你真讨厌!她集世上所有伟大的女主角于一身。她不只是一个人。你笑吧,但我告诉你,她有天才。我爱她,我一定要让她也爱上我。你不是知道人生的一切秘密吗?告诉我怎么吸引西碧尔·文来爱我!我要让罗密欧嫉妒,我要让世界上死去的恋人们听到我们的笑声,并为此悲伤。我想用我热烈的气息，使已化作尘土的他们重获知觉、感到痛苦。天哪，哈里，我真爱慕她啊！"他边说边在房间里走来走去，脸颊上烧起两片红云，兴奋得不得了。

亨利勋爵带着一种微妙的愉悦看着他。他现在和他在巴兹尔·霍尔沃德的画室里遇到的那个羞涩胆怯的男孩太不一样了！他的天性已经像花儿一样生长，开出了火焰般鲜红的花朵。他的灵魂从秘密的藏身处爬了出来，欲望已经在迎接它的路上。

"你打算怎么办呢？"亨利勋爵最后说。

"我想让你和巴兹尔找个晚上跟我一起去看她的演出。我一点儿也不担心结果。你们肯定会承认她的天才。然后我们一定要把她从犹太人手里救出来。她和他签了三年的合同——从现在起至少还有两年零八个月。我当然得给他一些钱。等这些问题都解决了，我就在西区找个剧院，让她体体面面地出场。她会让全世界都像我一样为她疯狂的。"

"那是不可能的，亲爱的孩子。"

"可能的，她会的。她身上不仅有艺术和完美的艺术直觉，她还长得很美。你经常跟我说，左右时代的是美貌，而不是原则。"

"好吧，我们哪天晚上去？"

"让我想想。今天是星期二，就明天吧。明天她演朱丽叶。"

"好吧。八点在布里斯托尔见，我会叫上巴兹尔。"

"八点不行,哈里,六点半吧,我们要在开幕前到。你们要看她演第一幕,她初遇罗密欧。"

"六点半!那么早!那时候吃点心、看看英文小说还可以。一定要七点。没有哪个绅士在七点之前吃饭的。这段时间里你会去见巴兹尔吗?还是我写信给他?"

"亲爱的巴兹尔!我已经一个星期没见他了。我太差劲了。他把我的画像送来了,配了他专门设计的精美的框,虽然我有点嫉妒这幅画比我年轻整整一个月,但我必须承认我很喜欢它。也许还是你给他写信比较好。我不想单独见他。他说的东西让我很烦,还老是给我提建议。"

亨利勋爵笑了笑:"人很喜欢把自己最需要的东西送给别人。这就是我所说的慷慨的深意。"

"哦,巴兹尔是个特别好的人,但我觉得他好像有点儿庸人气。认识你以后我发现了这一点,哈里。"

"亲爱的孩子,巴兹尔把他身上一切迷人的东西都放到作品里去了。结果就是,他生活里除了偏见、原则和常识以外就什么也没有了。我认识的艺术家里,他们本人吸引人的,都是糟糕的艺术家。好的艺术家只存在于他们的作品中,他们本人都是没什么意思的。伟大的诗人,真正伟大的诗人,是所有生物里最没有诗意的。但蹩脚诗人却绝对迷人。他们的诗写得越差,样子就越别致。一个人要是出版了一本二流的十四行诗集,他就会魅力难当。他的生活,就是他没本事写出来的诗；而另一些人写出了诗，却不敢实践诗一般的生活。"

"真的吗，哈里？"道林·格雷说，一边从桌上放着的一个金瓶盖大瓶子里洒出一点儿香水在手帕上，"既然你这么说，那肯定是真的吧。我要走了，伊莫金在等我。明天的事别忘了。再见了。"

他一离开房间，亨利勋爵沉重的眼皮就耷拉下来，他开始思考。显然，很少有人像道林·格雷这样让他感兴趣，然而这个小伙子疯狂地爱上了别人却没有引起他丝毫的恼怒或嫉妒。他为此感到高兴，因为这使格雷成了一个更有趣的研究对象。他一直醉心于自然科学的研究方法，但自然科学的寻常论题对他来说又似乎太琐细，没有意义。于是他剖析完自己，又去剖析别人。人生——在他看来，那是唯一值得研究的东西。与它相比，再没有别的有价值的事。的确，当一个人看着生命在痛苦和快乐的奇特熔炉中煎熬时，不可能戴上玻璃面具，也不可能阻止硫黄的烟雾熏坏大脑，让想象被丑恶的幻想和畸形的梦境搅浑。有的毒药如此微妙，如果想知道它们的毒性，就必须自己中毒。有些病症是如此奇怪，如果想了解它们的病理，就必须亲自罹患。然而，你会得到多大的回报啊！整个世界对你来说变得多么美妙！注意到激情那奇特而坚实的逻辑，和理智那多情又多彩的生活，观察它们在哪里相遇，在哪里分离，在什么时候一致的，什么时候不一致——那本身就是一种乐趣！代价是什么又有什么关系呢？只要能得到感受，付出多少代价都是值得的。

他意识到——这个念头使他玛瑙色的眼睛里闪烁着快乐的光芒——正是由于他的某些话，某些以音乐般的语调说出的音乐般的话，道林·格雷的灵魂转向了这位单纯的姑娘，并拜倒在她的石榴裙下。在很大程度上，这个小伙子是他创造的，他让他早熟了。这有点意思。普通人等着生活向自己显露出秘密，但对极少数人、上天的宠儿来说，在生活揭开面纱之前，它的秘密就已一览无余。有时，这是艺术的效果，大部分是直接以激情和理智为主题的文学艺术的效果。但偶尔也会由一种复杂的人格魅力，以它的方式代替艺术，承担了那样的职能。那也是一件真正的艺术作品，是人生的精美杰作，就像诗歌、雕塑或绘画一样。

是的，这个小伙子早熟了。还没到春天，他已经开始收获。青春的脉搏和激情在他身体里，而他开始有自我意识。观察他是一种快乐。他那美丽的脸庞，还有美丽的灵魂，都让人惊奇。至于这一切如何结束，或注定要结束，都不重要。他就像庆典或戏剧中某个优雅的人物，他的快乐似乎离人很远，但他的悲伤却能激起人的美感，他的伤口就像红玫瑰一样美。

灵魂与肉体，肉体与灵魂——它们是多么神秘啊！灵魂中有动物性，而肉体也有灵性的时刻。感官可以升华，理智可以堕落。谁能说得清肉体的冲动在哪里停止，或灵魂的冲动在哪里开始？寻常心理学家的武断定义是多么浅薄！而要在各种学派的主张之间决定取舍，又是多么困难！灵魂是寓居于罪孽躯壳中的影子吗？还是像乔尔达诺·布鲁诺[1]所认为的那样，肉体包含在灵魂之中？精神与物质的分离是一个谜，精神与物质的结合也是一个谜。

他开始怀疑，我们是否能把心理学变成一门绝对精准的科学，使生命中的每个小涌泉都能被我们发现。事实上，我们总是误解自己，也很少理解他人。经验是没有伦理价值的。它只是人们给自己的错误起的名字。道德家们通常把它看作一种警告方式，声称它对性格的培养具有一定的道德功效，赞扬它可以教我们遵循什么，告诉我们应当避免什么的。但经验中没有任何驱动力。它和良心一样，都没有什么积极的动因。它真正能昭示的是，我们的未来会和我们的过去一样，我们曾经怀着厌恶犯下的罪，我们还将怀着喜悦犯很多次。

他很清楚，实验是唯一能对情欲进行科学分析的方法。道林·格雷就是他手上的课题，似乎有望取得丰硕的成果。他突然疯狂地爱上了西碧尔·文，这是个很有意思的心理现象。毫无疑问，这与好奇心对新体验的渴望有很大的关系，然而这种激情并不简单，它相当复杂。男孩纯感官的本能，经过想象的加工，变成了对这个小伙子来说与感官相去甚远

---

1. 乔尔达诺·布鲁诺（1548—1600）：文艺复兴时期意大利哲学家、天文学家。

的东西，因而更加危险。正是我们自欺欺人的激情，对我们的控制最为强烈。我们能意识到其本质的动机，是最弱的驱动力。往往，当我们以为自己在别人身上做实验的时候，其实是在拿自己做实验。

当亨利勋爵坐着为这些事情浮想联翩的时候，有人敲门，仆人进来提醒他该更衣赴宴了。他起身向街上望去，夕阳把对面房屋的上层窗户染成了金红色，窗玻璃像烧热的金属板一样发着光，上方的天空像一朵凋谢的玫瑰。他想着朋友年轻而火热的生活，不知道这一切将如何结束。

大约十二点半的时候，他回到家，看到大厅的桌子上躺着一封电报。打开一看，发现是道林·格雷发来的，说他与西碧尔·文订婚了。

Chapter 5　演员

"妈妈,妈妈,我真开心!"女孩把脸埋在那个面容憔悴、满脸倦容的妇人的腿上,轻声说。母亲坐在他们那间破旧的起居室里仅有的一张扶手椅上,背对着破窗而入的刺眼阳光。"我真开心!"她重复说,"你也要开心呀!"

文太太皱了皱眉头,把一双因为化妆太多而发白的瘦手放在女儿的头上。"开心!"她答道,"我只有在看见你演戏的时候才开心,西碧尔。你除了演戏之外,什么也不要想。艾萨克斯先生对我们很好,我们还欠他钱。"

姑娘抬起头来,噘起了嘴。"钱,妈妈?"她喊道,"钱有什么关系?爱比钱重要。"

"艾萨克斯先生已经给我们预支了五十英镑,让我们还债,还为詹姆斯买了一套合适的衣服。你千万别忘了,西碧尔。五十镑是笔大数目。艾萨克斯先生已经想得很周到了。"

"他不是个绅士,妈妈,我讨厌他跟我说话的样子。"女孩说着,站起来走到窗前。

"要是没有他,我真不知道我们要怎么办。"老妇人不高兴地说。

西碧尔·文扬了扬头,笑了起来。"我们不需要他了,妈妈。现在有白马王子照顾我们的生活了。"随后,她停住不说话了。一朵玫瑰花在她的血液里摇晃着,红晕泛上脸颊,花瓣似的嘴唇被急促的呼吸吹开,轻轻颤动,激情的南风拂过她,在她衣服上掀起精巧的褶皱。"我爱他。"她只说。

"傻孩子!傻孩子!"回答是一串鹦鹉似的重复的话,伴随着变形的、戴着假珠宝的手指舞动,显得很怪异。

姑娘又笑了,声音里透着笼中鸟的喜悦。她的眼睛里闪烁着光,回应了那个调子,然后闭了一会儿,像是要隐藏自己的秘密。当她再睁开眼时,还能看见刚飘过的梦幻的薄雾。

薄嘴唇的聪明人坐在破旧的椅子上,暗示她要谨慎,仿佛从一本以常识之名写就的懦弱之书中引经据典。她没在听,她正在激情的囚室里逍遥,她的王子,白马王子,和她在一起。她用记忆重塑了他的形象,她让自己的灵魂去寻找他,把他带回来。他的吻再次在她唇上燃烧,她的眼睑又被他的呼吸温暖着。

然后，聪明人换了个方法，谈起了观察和发现。这个年轻人可能很有钱。如果是这样，就应该考虑结婚。世俗狡猾的浪打在西碧尔的耳郭上，破碎了。狡诈的箭支从她身边飞过。她看着那张薄薄的嘴唇在动，笑了。

她忽然觉得应该说点什么。她对那絮絮叨叨的不知所云感到厌烦。"妈妈，妈妈，"她叫道，"他为什么这么爱我？我知道我为什么爱他。我爱他，因为他就像是爱本身。可是他在我身上看到了什么？我配不上他。但是——我说不清楚为什么——虽然我觉得自己比他差很多，但我并不感到卑微。我觉得骄傲，非常骄傲。妈妈，你当时是像我爱白马王子一样爱爸爸吗？"

老妇人脸上盖着厚厚的粗劣脂粉，还是看得出面色发白了，干枯的嘴唇痛苦地抽搐着。西碧尔冲过去，搂住她的脖子，亲吻她："对不起，妈妈。我知道说起爸爸让你难过了。但你难过就是因为你太爱他了呀。别那么悲伤。我现在就像你二十年前一样开心。啊！让我永远开心吧！"

"女儿啊，你现在想恋爱的事还太年轻了。再说，你对那个年轻人了解多少？你连他名字都不知道。整件事都挺麻烦的，真的，詹姆斯要去澳大利亚，又有一大堆事要我操心，我得说，你要多想想。不过，我刚才说过，如果他有钱……"

"啊！妈妈，妈妈，让我开心一下吧！"

文太太瞥了她一眼，用那种常常变成舞台演员第二天性的假模假式的戏剧动作把她搂进怀里。这时门开了,进来一个棕色乱发的年轻人,他体格粗壮,手脚都很大,动作有点儿笨拙,不像他姐姐那么精巧,旁人很难看出他们有血缘关系。文太太眼光追随着他,笑得更欢了。她在心里把儿子抬高到了观众的位置,她确信这个场景很有意思。

"我觉得你可以把你的吻留点儿给我,西碧尔。"小伙子笑着抱怨说。

"啊!可是你又不喜欢被亲,吉姆[1],"她叫道,"你是一头可怕的老熊。"她跑过房间去拥抱他。

詹姆斯·文温柔地看着姐姐的脸。"我想让你陪我去散散步,西碧尔。我想我再也看不到这可怕的伦敦了。我也不想再看见了。"

"儿子,别说这么吓人的话。"文夫人喃喃地说,拿起一件破旧的戏服,叹了口气,开始缝补。他没加入剧团,她有点儿失望,如果他也是剧团里的人,这个戏剧场景就更生动了。

"干吗不能说,妈妈?我说真的。"

"我听了很难受,儿子。我相信你会从澳大利亚发财回来的。我相信在殖民地没有上流社会——没有我能管它叫上流社会的东西——所以你发了财,一定要回伦敦来站稳脚跟。"

"上流社会!"小伙子嘀咕道,"这种东西我一点也不想知道。我就想赚点钱,让你和西碧尔离开舞台。我讨厌它。"

---

1. 詹姆斯的昵称。

"哦,吉姆!"西碧尔笑着说,"你说话可真不好听啊!不过你真的要和我去散步吗?好呀!我还怕你要去跟一些朋友告别呢,比如送你那个难看烟斗的汤姆·哈迪,或者笑话你抽它的内德·兰顿。你真好,把最后一个下午给我。我们去哪儿?去公园吧。"

"我太寒酸了,"他皱着眉头回答,"只有时髦的人才去公园。"

"胡说八道,吉姆。"她抚摸着他的衣袖轻声说。

他犹豫了一下,最后说:"好吧,不过换衣服别太久啊。"她跳着舞出了房间,唱着歌跑上了楼,那双小脚在上头啪嗒啪嗒地走。

他在房间里来回走了两三圈,然后转身对着那个椅子上一动不动的人说:"妈妈,我的东西都准备好了吗?"

"准备好了,詹姆斯。"她眼睛盯着针线活回答道。几个月来,每当和这个粗鲁严厉的儿子单独在一起的时候,她就很不自在。他们的眼神一接触,她那肤浅的隐秘本性就会不安。她觉得他是不是在怀疑什么,但他什么都不说,这让她更加受不了。她开始抱怨。女人用攻击来作为防守,就像她们用突如其来的奇怪的投降来攻击一样。"我希望你能对航海生活感到满意,詹姆斯,"她说,"你要记住这是你自己的选择。你本来可以进律师事务所工作的。律师是非常受人尊敬的阶层,在乡下,经常和最好的人家一起吃饭。"

"我讨厌办公室,也讨厌当职员,"他答道,"但你说得很对，我的生活是我自己选的。我只有一句话要说，照顾好西碧尔，别让她受到任何伤害。妈妈，你一定要照看好她。"

"詹姆斯，你这话说得真奇怪，我当然要照看好西碧尔的。"

"我听说每天晚上都有一位先生来看戏，到后台去和她说话。是这样吗？是怎么回事？"

"你不懂，就在那儿瞎说，詹姆斯。干这行，我们肯定要被很多人追捧的呀，这都是常有的事儿。以前我自己就收到过许多花。那都是别人真的理解你的演技的时候。至于西碧尔，我现在还不知道她是不是真动了感情。但毫无疑问，那位年轻人是个完美的绅士。他对我总是很有礼貌，而且他好像是有钱人，送的花也很可爱。"

"可是你连他名字都不知道哦。"小伙子粗声粗气地说。

"是不知道，"他母亲一脸平静地回答，"他还没说他的真名。我觉得这样挺浪漫的。他说不定是个贵族呢。"

詹姆斯·文咬了咬嘴唇。"照看好西碧尔，妈妈，"他喊道，"看好她。"

"儿子，你这话真让我难过。我一直把西碧尔照看得好好的。当然，如果这位先生很有钱，她没理由不和他结婚。我相信他是个贵族，怎么看都像贵族。对西碧尔来说，这是门好姻缘。他俩真是一对璧人，他长得真的很漂亮，有目共睹的。"

小伙子自言自语嘟哝了两句，用粗糙的手指头敲着窗棂，刚转身想说点什么，门开了，西碧尔跑了进来。

"你们怎么这么严肃啊!"她叫道,"怎么啦?"

"没什么,"他答道,"我想人有时候总要严肃点儿。再见,妈妈,我五点钟吃晚饭。除了衬衣,东西都收拾好了,你别操心了。"

"再见,儿子。"她故作庄严拘谨地欠了欠身。

他的语气让她很恼火,但他的某种神情又让她有点害怕。

"亲亲我,妈妈。"女孩说。她那花儿般的嘴唇碰在干瘪的脸颊上,温暖了上面的冰霜。

"我的孩子啊!我的孩子啊!"文夫人喊道,眼睛往上望,寻找着想象中的顶层楼座。

"走吧,西碧尔。"她弟弟不耐烦地说。他讨厌母亲矫揉造作的样子。

他们走进闪烁的、被风吹拂的阳光中,沿着沉寂的尤斯顿路漫步。路人惊奇地望着这个阴沉粗重的青年,他穿着一身不合身的粗陋的衣服,和一个那么优雅、精致的女孩相伴而行,就像一个粗俗的园丁带着一朵玫瑰花在走路一样。

吉姆察觉到了陌生人好奇的目光,不时皱起眉头。他不喜欢被人盯着看,天才要到很晚才会有这种感觉,而普通人从来都是这样。西碧尔却完全没意识到自己产生的效果。她的爱在唇边的笑声中颤动着。她在思念白马王子,为了让自己更思念他,她就没有谈到他,而是喋喋不休地说吉姆出海要乘坐的那条船,说他一定会找到的金子,说他会从那些邪恶的红衫丛林强盗手里，救出一个美丽的富家小姐的命。因为他不会一直干水手、押货员之类他即将从事的职业。哦，不，水手的生活太可怕了。想象一下被困在一艘可怕的船上，嘶哑的、猫着腰的海浪总想翻进来，黑风把桅杆吹倒，把帆撕成长长的尖叫着的布条！他要在墨尔本下船，向船长礼貌地告别，然后马上奔金矿而去。不出一个礼拜，他就碰到一大块纯金，是有史以来发现的最大的金块，把它装在马车里，由六个骑警护送，带到海边。丛林强盗袭击了他们三次，但都大败而逃。或者，不，他根本就不去什么金矿，那地方很可怕，人都醉醺醺的，在酒吧里互相开枪，还满口脏话。他要当一个正派的牧羊场主，一天晚上骑马回家的时候，看见一个美丽的女继承人被一个骑黑马的强盗掳走，他追上去救了她。当然，她会爱上他，他也会爱上她，他们会结婚，然后回家，住在伦敦一栋大房子里。是的，他面前有一大堆好事在等着他，但他必须做个好人，不发脾气，不能乱花钱。她只比他大一岁，但她比他更懂事。他还要保证，每班邮船来都要给她写信，每天晚上睡觉前都要祷告。上帝非常仁慈，会眷顾他。她也会为他祈祷，过几年他就会回来，又富有，又快活。

小伙子闷闷不乐地听着，一言不发。要离开家了，他有点难过。

但使他郁闷的不光是这个。他虽然涉世不深，但还是强烈地感觉到西碧尔处境危险。有个公子哥儿爱上她，对她可不是什么好事。那是个上等人,他因此而恨他,出于某种奇怪的阶级本能恨他,他自己也解释不了,也正因为如此,这种恨越发支配着他。他也意识到母亲生性浅薄虚荣,并从中看到了西碧尔和她的幸福所面临的无穷危险。孩子们一开始是爱父母的,随着年龄增长,就会对父母进行评判,有时又会原谅父母。

他那个母亲啊!他心里有事要问她,他已经默默想了好几个月了。那是他在剧院偶然听到的一句话,有天晚上他在后台门口等她们,耳边传来一句低声的讥讽,让他产生了一连串可怕的想法。他记得那句话,就像一根猎鞭抽在他脸上似的。他的眉头皱出了楔形的深沟,他痛苦地一哆嗦,咬住了下唇。

"我说的话你一个字也没听进去,吉姆,"西碧尔叫道,"我在为你的未来订制最美好的计划呢,你说话呀。"

"你要我说什么呀?"

"哦!说你会做个好孩子,不会忘记我们。"她笑着回答。

他耸耸肩:"怕是你会忘记我吧,西碧尔。"

她脸红了。"你是什么意思,吉姆?"她问。

"我听说你有了一个新朋友。他是谁?你为什么没跟我说过他?他对你不会有什么好处的。"

"住口,吉姆!"她大声说,"不许你说他不好。我爱他。"

"哈,你连他的名字都不知道,"小伙子说,"他是谁?我有权知道。"

"他叫白马王子。你不喜欢这个名字吗。哦!你这个傻孩子！你要永远记住这个名字。如果你看到他，肯定会觉得他是世界上最美妙的人。你总有一天会见到他的——等你从澳大利亚回来的时候。你会非常喜欢他的，人人都喜欢他，而我……爱他。我希望你今晚能来剧院，他会去的，我会演朱丽叶。哦！我会演得好极了！想想吧，吉姆，恋爱着，又演朱丽叶！而他坐在那里！为了让他欢喜而表演！我怕我会让整个剧团都吓一跳，或者让他们倾倒。恋爱就是超越自己。可怜又可怕的艾萨克斯先生会在酒吧里对着那帮闲人大呼'天才'。他一直像传教一样宣传我，今晚他会宣布我是上帝的启示。我感觉到了。这一切都是他的功劳，只归功于他，我的白马王子，我美妙的情人，我的魅力之神。我只是个在他身边的小贫穷。可是穷又有什么关系？'穷从门外溜进来，爱就从窗户飞进来'，我们的谚语该重写了，那是在冬天写的，而现在是夏天，对我来说则是春天，我觉得是蓝天下花朵跳舞的时节。"

"他是个上等人。"小伙子闷闷地说。

"是个王子！"她几乎是唱出来的，"你还想怎么样？"

"他会奴役你。"

"一想到自由我就发抖。"

"我要你防着他点。"

"看到他就会爱慕他，了解他就会信任他。"

"西碧尔，你被他迷得发疯了。"

她笑着挽起他的胳膊："亲爱的老吉姆，你的口气就像是一百岁了。总有一天你自己也会恋爱的。然后你就会知道什么是爱情。别这样板着脸。你应该高兴地这样想：虽然你要走了，但我在这儿，比以前任何时候都开心。生活对我们两个来说都很艰难，又苦又难。可是现在开始不一样了，你要去一个新的世界，我也找到了一个新的世界。这里有两张椅子，我们坐下来看看那些时髦人吧。"

他们坐在一群看风景的人里，街对面花坛里的郁金香开得像一圈圈跳动的火。一片白色的沙尘——似乎是鸢尾花根形成的云——悬在浮动的空气中。五颜六色的阳伞就像奇异的蝴蝶在跳舞，飞上飞下。

她让弟弟说说自己，说说他的希望、他的愿景。他说得很慢，很费力。他们你说一句我说一句，每说一句都像赌徒推出筹码那样慢吞吞的。西碧尔感到压抑。她传达不出她的快乐，能赢得的只有那闷闷不乐的嘴边的一丝笑意。过了一会儿，她也不说话了。忽然她瞥见一头金发和一副笑着的嘴唇，在一辆敞篷的马车里，是道林·格雷，还有两位女士，驶了过去。

她一下子站起来。"是他！"她喊。

"谁？"吉姆·文说。

"白马王子。"她回答，目光跟随着远去的马车。

他跳起来，粗暴地抓住她的胳膊。"指给我看，哪个？指出来，我要看看他！"他大喊道。但这时，伯里克公爵的四马马车插了进来，它过去以后，道林的马车已经出了公园。

"他走了,"西碧尔忧伤地喃喃说,"我真希望你看到他了。"

"我也希望我看到了,老天有眼,他要是让你受了什么委屈,我就杀了他。"

她惊恐地看着他。他又说了一遍。这句话像一把匕首一样划破了空气。周围的人讶异地看着他们,一位站得比较近的女士紧张地笑了笑。

"走吧,吉姆,走吧。"她低声说。他不情愿地跟着她,穿过人群。他挺高兴他说了那些话。

走到阿喀琉斯雕像那里,她转过身来,眼里充满了怜爱,在嘴唇上化作了笑,她对他摇摇头:"你真傻,吉姆,傻透了。真是个坏脾气的孩子,就是这样。你怎么能说这么可怕的话呢?你根本不知道自己在说什么。你就是嫉妒和无情。啊!我希望你也能恋爱。爱情让人变得善良,你说的话太邪恶了。"

"我十六岁了,"他回答说,"我知道自己在说什么。妈妈帮不了你什么,她不知道该怎么照看你。我现在真希望我根本就不去澳大利亚了。我很想放弃这一切计划。要是我没签约,我就不去了。"

"噢,可别这么严肃,吉姆。你就像妈妈过去很喜欢演的那些愚蠢情节剧里的人一样。我不会跟你吵架的。我看到他了。哦!看到他就很幸福了。我们别吵了,我知道你绝对不会伤害我爱的人的,对吗?"

"我想,只要你还爱他,就不会。"他阴沉地回答。

"我会永远爱的!"她大声说。

"那他呢?"

"也永远爱我!"

"他最好是这样。"

她从他身边缩开,笑着把手放在他的胳膊上。他还只是个孩子。

他们在大理石拱门那里搭了一辆公共马车,坐到尤斯顿路寒酸的家附近。已经五点多了,西碧尔要在上台前躺几个小时。吉姆坚持要她休息。他说他宁愿在母亲不在的时候跟她告别,否则她肯定会上演哭哭啼啼的一幕,他讨厌那种戏剧化的场面。

他们在西碧尔的房间里告了别。小伙子心里充满了嫉妒,还有对那个在他看来插到了他们中间的陌生人的强烈憎恨。然而,当她的双臂环抱着他的脖子,手指穿过他头发时,他心软了,真心实意地亲吻了她。下楼时,眼里还噙着泪水。

母亲在下面等他。他进门时,她埋怨他不守时,他不做声,只是坐下来吃他那贫乏的晚饭。苍蝇围着桌子嗡嗡地飞,在满是污渍的桌布上爬来爬去。在公共马车的隆隆声和街边出租马车的嗒嗒声里,他能听到那嗡嗡声在吞噬着留给他的每一分钟。

过了一会儿,他推开盘子,把头埋在双手中。他觉得自己有权知道。如果真像他猜的那样,那她早就该告诉他。母亲恐惧地看着他,嘴里机械地说着话,手里摆弄着一块带花边的破手帕。钟敲了六点,他起身走到门口,然后又回头看着她。他们的目光碰到了。他在她眼里看到了一种急于祈求怜悯的神情,这让他恼怒起来。

"妈妈,我有事要问你。"他说。她的视线在房间里茫然地游走。她没做声。"告诉我真相。我有权知道。你和爸爸结婚了吗?"

她深深地、解脱般地叹了一口气。这个可怕的时刻,她多少个星期、多少个月来,日日夜夜都在担忧的时刻终于来了,但她没感到害怕。事实上,她还有点儿失望。这个粗鲁、直接的问题,只能直截了当地回答。这种情况并不是逐渐发展到这一步的,简直粗糙,使她想起了一次糟糕的排练。

"没有。"她回答说,对生活的简单粗鄙感到奇怪。

"那我爸爸是个无赖啊!"小伙子喊道,攥紧了拳头。

她摇了摇头:"我知道他身不由己。我们非常相爱。要是他还活着,他一定会养我们的。不要说他的坏话,儿子。他是你爸爸,也是个绅士。实际上,他是上层圈子里的人。"

他嘴里冒出一句脏话。"我无所谓,"他大声说,"但不要让西碧尔……爱上她的也是个上等人,是吧,或者是他自称爱上。他也是上面那个圈子的吧?"

一阵可怕的屈辱感袭来,妇人垂下了头,双手哆嗦着擦了擦眼睛。"西碧尔有妈妈,"她喃喃道,"可我没有。"

小伙子被打动了。他走去,弯下腰,吻了她。"如果我问起爸爸的事让你难过,很对不起,"他说,"但我忍不住想问。我要走了。再见。别忘了,你现在只有一个孩子要照顾,相信我,如果那个人对不起我姐姐,我一定会搞清楚他是谁,找到他,像狗一样杀了他。我发誓。"

　　他愚蠢夸张的威胁,伴着情绪激动的手势,加上疯狂的煽情的话语,让她觉得生活变得更加生动了。她熟悉这种氛围。她呼吸得更自在了,几个月来,她第一次真正欣赏自己的儿子。她很想把这场情感戏照这样继续演下去,但儿子打断了她。要把箱子拿下去了,围巾也要找出来,公寓的杂役跑进跑出地忙着,还要和马车夫讨价还价。戏剧时刻就在这些庸俗的细节里消散不见了。儿子坐的车离开了,她在窗口挥着破烂的花边手帕,内心再次升起一股失望。她意识到一个大好机会被浪费掉。为了给自己补回来一点儿,她告诉西碧尔,她觉得自己的生活会变得多么孤寂凄凉,因为她现在只有一个孩子要照顾。她记住了这句话,这句话让她很高兴。而对于他的威胁,她只字未提。那话说得很生动而又戏剧性十足,她觉得有朝一日大家想起来都会笑的。

Chapter 6　争执

"我想你已经听说了吧,巴兹尔?"当晚,霍尔沃德刚被引进布里斯托尔的一个小包间,亨利勋爵就说,那里已经摆好了三个人的晚餐。

"没啊,哈里,"艺术家说着把帽子和大衣递给一旁躬身的侍者,"怎么啦?但愿不是什么政治消息!我没兴趣。下议院里没一个人值得画的,虽然他们很多人是应该打扮打扮。"

"道林·格雷订婚了。"亨利勋爵看着他说。

霍尔沃德吃了一惊,接着皱起了眉头。"道林订婚了!"他喊道,"不可能!"

"千真万确。"

"和谁?"

"一个小演员什么的。"

"我真不敢相信,道林挺有脑子的啊。"

"道林太有脑子了,所以免不了时不时干点傻事,亲爱的巴兹尔。"

"结婚可不是件时不时就能做一做的事,哈里。"

"在美国可能可以,"亨利勋爵懒洋洋地说,"我没说他结婚了。我说他订婚了。这可是两码事。我对结婚还挺有印象的,对订婚就完全没印象,所以我应该是没订过婚。"

"但想想道林的出身、地位和财产。娶一个地位比他低这么多的姑娘,那太荒唐了。"

"如果你想让他娶那个姑娘,就这么跟他说,巴兹尔,然后他就肯定会娶她。每当一个人干一件彻底愚蠢的事情的时候,总是出于最高尚的动机。"

"希望那是个好姑娘,哈里。我不想看到道林跟一个坏女人绑在一起,她可能会让他的天性堕落,毁了他的理智。"

"哦,她不只是好,还很美。"亨利勋爵咕哝道,从杯子里呷了一口加橙汁的苦艾酒。"道林说她很美,他的眼光一向挺准的。你给他画的像促使他去欣赏别人的外貌,这是那幅画的非凡功效之一。如果那孩子没有忘记约定的话,我们今晚就能见到她了。"

"你说真的吗?"

"相当真,巴兹尔。我真是想不出来我什么时候比现在还认真了。"

"可是你赞成他结婚吗,哈里?"画家咬着嘴唇在房间里走来走去,问,"你不可能赞同,这就是一时愚蠢的痴迷。"

"我现在不赞成也不反对任何事情,那样看待生活是一种荒谬的态度。我们被送到这个世界上来,不是为了来发表道德偏见的。一般人说什么,我从来不注意,我也从来不干涉有魅力的人干什么。如果我很喜欢一个人的脸,那这个人无论干什么,我都喜欢。道林·格雷爱上了一个演朱丽叶的美丽姑娘,向她求了婚,有什么不可以呢?就算他娶了美撒利娜[1],他也会变得更有意思。你知道我不是婚姻的拥护者。婚姻的真正弊端在于它让人变得没有自己。没有了自己的人,没了个性,就失去了色彩。不过,有些性情中人,婚姻还是会让他们变得更加复杂。他们保留了自己的自我中心主义,又在这基础上增加了很多其他的自我,他们被迫拥有不止一种生活,并变得高度有序,我想这是人生存的目标吧。再说,每种体验都是有价值的,不管人们怎么反对婚姻,它肯定也是一种体验。我希望道林·格雷娶这个女孩,热烈地爱她六个月,然后突然被别的人迷住。那就太有意思了。"

"你说的没一个字是当真的吧,哈里,你知道你没当真。如果道林·格雷的生活被毁了,没有人会比你更难过。你人比你装出来的要好得多。"

---

[1] 美撒利娜(22—46):罗马皇帝克劳狄乌斯一世的皇后。

亨利勋爵笑了:"我们都喜欢把别人想得那么好,是因为我们都为自己感到害怕。乐观主义的基础就是纯粹的恐惧。我们称赞邻居拥有一些美德,只是因为如果他们有那些美德,对我们自己有好处,然而我们却觉得自己这样称赞别人是慷慨的。我们赞美银行家,是希望能透支我们的账户。在拦路强盗身上发现好品质,是希望他能放过我们的口袋。我说这些话都是当真的。我最鄙视乐观主义。至于说生活被毁掉,没有什么生活会被毁掉,只有当一个人的成长被遏止了,那才是他的生活被毁了。如果你想破坏一个人的天性,你只需要改造它。至于婚姻,当然是愚蠢的,但男女之间还有别的更有意思的关系。那种关系我肯定会鼓励,它们具有时髦的魅力。啊,你看道林来了,他能告诉你的肯定比我多。"

"亲爱的哈里,亲爱的巴兹尔,你们两个一定要祝贺我!"小伙子说着,一边脱下缎子衬里的晚用斗篷,挨个儿和朋友们握手。"我从来没这么高兴过。当然,这很突然——所有真正令人高兴的事儿都是这样。但是在我看来,这好像就是我一生都在寻找的东西。"他兴高采烈,脸红扑扑的,看起来真是英俊非凡。

"我希望你永远开心,道林。"霍尔沃德说,"但我不太原谅你没让我知道你订婚的事,却告诉了哈里。"

"我也不能原谅你吃饭迟到。"亨利勋爵插进来,把手搭在小伙子的肩膀上,笑着说,"来,我们坐下尝尝这里的新大厨手艺怎么样,然后你再跟我们讲讲清楚。"

"其实也没什么好说的。"他们围着小圆桌坐下,道林喊,"事情很简单。哈里,昨天晚上跟你分开以后,我穿好衣服,在鲁伯特街你介绍的那家意大利小餐馆吃了点晚饭,八点到了剧院。西碧尔在演罗瑟琳。当然,布景很糟糕,奥兰多也演得很荒唐。可是西碧尔!你们要是看到就好了!她穿着男装上场的时候,真是太漂亮了。她穿着一件苔藓色的天鹅绒紧身衣,带肉桂色的袖子,棕色的长交叉袜带,一顶精致的绿色小帽,帽子上缀着宝石,宝石上插着一根鹰翎,还披着一件暗红色的连帽斗篷。在我看来,她真是前所未有地美妙。她有你工作室里那尊塔纳格拉[1]小雕像的细腻和优雅,巴兹尔。她的头发簇拥着她的脸,就像深色的叶子围着一朵浅色的玫瑰。至于她的演技——嗯,你今晚就会看到她了,她简直是个天生的艺术家。我坐在肮脏破旧的包厢里,完全被迷住了,忘了我是在伦敦,是在十九世纪,我和我的爱人来到了一个从未有人见过的森林里。演出一结束我就到后台去和她说话。我们坐在一起,她的眼睛里突然流露出一种我从来没见过的眼神,我的嘴唇朝她的嘴唇靠近,我们接吻了。我没办法向你们描述那一刻我的感觉。我就觉得我的一生似乎都被缩小到了一个完美的玫瑰色的快乐点上。她

---

[1] 希腊中东部古城,遗址位于雅典西北,自1874年起,该地多出土陶器,上有彩绘女神。

浑身颤抖，抖得像一朵白色的水仙花，接着她扑通一声跪在地上，吻我的手。我觉得我不应该把这些都告诉你们，但我忍不住。当然，我们订婚是绝对保密的。她甚至没告诉她母亲。我也不知道我的监护人会怎么说，莱利勋爵肯定会大发雷霆。我才不管呢，再过不到一年我就成年了，到时候我就可以想干什么就干什么了。我是对的，是不是？巴兹尔，我从诗歌里寻找爱情，从莎士比亚戏剧里寻找妻子，莎士比亚教会说话的嘴唇，在我耳边悄声讲述它们的秘密。我被罗瑟琳的双臂圈着，又亲吻了朱丽叶的嘴唇。"

"是的，道林，我觉得你是对的。"霍尔沃德慢慢地说。

"你今天见到她了吗？"亨利勋爵问。

道林·格雷摇了摇头："我把她留在阿尔丁的森林里了，然后我会在维罗纳的果园里找到她。"

亨利勋爵若有所思地喝着香槟："你是在什么时候说到'结婚'这个词的，道林？她又是怎么回答的？你是不是全忘了？"

"亲爱的哈里，我可没把它当成一场买卖，我也没正式求婚，我只是告诉她我爱她，她说她不配当我的妻子。不配！为什么？和她相比，全世界对我来说都不算什么。"

"女人实际得惊人，"亨利勋爵喃喃地说，"比我们实际多了。在那种情况下，我们往往不记得要说什么结婚了，而她们总是提醒我们。"

霍尔沃德把手搭在他的胳膊上："别这么说，哈里，你惹道林不高兴了。他和别人不一样，他绝不会给别人带来不幸的，他本性太善良了，干不出那种事。"

亨利勋爵望着桌子对面。"道林不会生我气的，"他说，"我问这个是出于最好的理由，其实也是问任何问题唯一的好理由——就是好奇。我有个理论：总是女人向我们求婚，而不是我们向女人求婚。当然，在中产阶级生活里除外。但中产阶级那套已经过时了。"

道林·格雷仰头大笑起来："你真是无可救药，哈里，不过我不介意，我对你没脾气。你看到西碧尔·文，就会觉得能对不起她的人是禽兽，没心没肺的禽兽。我不明白怎么会有人能羞辱自己的所爱。我爱西碧尔·文，我想把她放在黄金宝座上，看全世界都爱慕这个属于我的女人。婚姻是什么？一个永不违背的誓言。你就因为这样而嘲笑它。啊！别笑了，我想要的就是一个永不违背的誓言。她的信任让我忠诚，她的信念让我善良。我和她在一起的时候，就为你教给我的一切而感到懊悔。我变得和你认识的我不一样了。我变了，西碧尔·文的手一碰我，我就忘了你和你所有错误的、迷人的、有毒的、令人愉快的理论。"

"哪些理论……？"亨利勋爵问道，一边吃了点沙拉。

"哦，你关于生活的理论，关于爱情的理论，关于享乐的理论。实际上，你所有的理论，哈里。"

"只有享乐值得有理论，"他用缓慢而悦耳的声音回答，"但我恐怕不能说我的理论是我自己的。它属于天性，不属于我。享乐是天性的考验，是天性认可的标志。当我们快乐时，我们总是善的；但当我们善的时候，却并不总是快乐的。"

"啊！可是你说的善是什么意思呢？"巴兹尔·霍尔沃德叫道。

"是啊，"道林附和道，他靠在椅子上，目光越过立在桌子中央的一团繁盛的紫唇瓣鸢尾花，望着亨利勋爵，"你说的善是什么意思，哈里？"

"善就是和自己和谐相处，"他用苍白尖细的手指触摸着酒杯的细脚，回答说，"被迫与他人和谐就是不和谐。一个人自己的生活——才是最重要的。至于邻居的生活，如果有人想当道学先生或是清教徒，那可以对他们炫耀自己的道德观点，但其实他们不关他的事。另外，个人主义其实有着更高的目标。当代道德就是接受同时代的标准。我认为一个有教养的人接受同时代的标准，就是一种最粗俗的不道德。"

"但是，哈里，如果一个人只为自己而活，会为此付出很大的代价吧？"画家提出了想法。

"是的，如今一切事情的代价都过于大了。我想，穷人真正的悲剧是，他们除了自我否定以外，什么也负担不起。美丽的罪恶，就像一切美的东西一样，是富人的特权。"

"除了钱，人还得付出别的代价。"

"还有什么代价,巴兹尔?"

"哦!我想还有悔恨、痛苦,还有……嗯,堕落的自我意识。"

亨利勋爵耸了耸肩:"亲爱的朋友,中世纪的艺术很迷人,但中世纪的情感已经过时了。当然,写小说的时候还可以用。但是,小说里用的东西,只能是现实里已经不再有人用的东西。相信我,没有一个文明人会对追求快乐感到遗憾,而没开化的人没一个知道什么是快乐。"

"我知道什么是快乐,"道林·格雷喊道,"就是爱一个人。"

"那当然比被爱好,"亨利勋爵回答说,一边玩着水果,"被爱是种麻烦。女人对待我们就像人对待神一样,她们崇拜我们,还老缠着我们为她们做这做那。"

"应该说,无论她们向我们索取什么,她们都已经先给了我们,"小伙子严肃地低声说,"她们在我们的天性里创造了爱,她们有权要求我们回报爱。"

"那倒是真的,道林。"霍尔沃德叫道。

"没什么东西是特别真的。"亨利勋爵说。

"这就是真的,"道林打断他的话,"你得承认,哈里,女人们把自己生命中最珍贵的东西给了男人。"

"可能吧,"亨利勋爵叹了口气,"但她们准会零零碎碎地要回去,这就是麻烦的地方。就像某个风趣的法国人说的,女人会激发我们干件大事的欲望,但又总是阻止我们真的去干。"

"哈里，你太可怕了！我不知道我为什么这么喜欢你。"

"你会一直喜欢我的，道林，"他回答，"你们要喝咖啡吗？——服务员，拿咖啡和上等香槟来，还有烟。不，不要烟了——我还有一点。巴兹尔，我不能让你再抽雪茄了，你要试试烟，抽烟就是一种完美的享乐。它很优雅，又让人永不满足，你还能要求什么呢？是的，道林，你会一直喜欢我的。对你来说，我就代表着所有你没有勇气去犯的罪恶。"

"你瞎说什么呀，哈里！"道林一边喊，一边在侍者放在桌上的喷火银龙里点上烟，"我们去剧院吧。等西碧尔一上台，你就会有一个新的人生理想了。对你来说，她就代表你从未知晓的东西。"

"我已经什么都知道啦，"亨利勋爵说，眼里流露出疲倦的神情，"不过我随时准备尝试新的情感。虽然对我来说，恐怕已经没这种东西了。也可能，你那位神奇的姑娘会让我激动吧。我喜欢看戏，戏比生活要真实多了。走吧，道林，你和我一起走。抱歉啊，巴兹尔，马车只坐得下两个人，你要坐出租马车跟着了。"

他们起身穿上外套，站着又喝了口咖啡。画家沉默不语，心事重重，脸色沉郁。他接受不了这桩婚事，但他似乎又觉得，和很多其他可能会发生的事相比，这样还算好的。几分钟以后，他们都下了楼。他按照安排，自己坐车跟着他们走。他看着前面那辆小马车上闪烁的灯光，一种奇怪的失落感涌上心头。他感到,道林·格雷再也不会像以前那样了,生活已经插在了他们中间……他的眼睛黯淡下来,熙熙攘攘、灯光闪耀的街道在他眼前变得模糊不清。当马车停在剧院门口时,他觉得自己好像一下子老了好几岁。

Chapter 7　演出

不知为什么，那天晚上剧院里人很多，在门口迎接他们的那个胖犹太经理，满脸都是油腻的、颤抖着的笑。他带着一种浮夸的谦卑，挥舞着他那双戴着珠宝的胖手，扯开嗓门嚷嚷着，把他们领到包厢。道林·格雷比以往更讨厌他了。他觉得自己像是来找米兰达，却遇到了卡利班[1]。相反，亨利勋爵却很喜欢他。至少他号称喜欢他，并执意和他握手，向他保证说这是自己的荣幸，能见到一个发现了真正的天才、还为诗人而破产的人。霍尔沃德则观察着正厅后座区的面孔当作消遣。剧院里热得要命，巨大的汽灯燃烧着黄色的火

---

1. 莎士比亚戏剧《暴风雨》中的人物，米兰达是一位公爵的女儿，卡利班是公爵家的一名奴仆。

焰花瓣,宛如一朵硕大无朋的大丽花。顶层的年轻人脱了外套和马甲,搭在一边,他们隔得挺远高声交谈,和坐在一旁的俗艳女孩分享橘子。有几个女人在后排大笑,声音刺耳难听。酒吧里则传来拔软木瓶塞的砰砰声。

"这可真是个能找到女神的好地方!"亨利勋爵说。

"对!"道林·格雷回答,"我就是在这里找到了她,她的神性超越了世间万物。她演戏的时候,你会忘记一切。这些平凡普通的人,面目粗糙,举止野蛮,但当她在舞台上时,就会变得完全不一样,他们静静地坐着,看着她,按照她的意愿,又哭又笑。她让他们像小提琴一样反应灵敏,让他们富有灵性,让人觉得他们和自己拥有一样的血肉。"

"一样的血肉!啊,我可不要!"亨利勋爵叫起来,一边用观剧镜扫视着楼上的观众。

"别理他,道林,"画家说,"我懂你的意思,也相信这个姑娘。你爱的人一定了不起。任何一个有你讲的那种效果的女孩都肯定是美好而高贵的。赋予时代灵性——这是值得做的事。如果这个姑娘能给那些生活中没有灵魂的人以灵魂,能让在肮脏丑陋中生活的人心里生出美感,能把他们从自私里剥离出来,能把眼泪借给不会悲伤的他们,她就配得上你全部的爱,值得全世界的爱。这桩婚事非常好,我起初不这样想,但现在我觉得好了。神为你创造了西碧尔·文,没有她,你是不完整的。"

"谢谢,巴兹尔,"道林·格雷按着他的手答道,"我知道你会理解我的。哈里太愤世嫉俗了,简直让我害怕。乐队开始演奏了,是很糟糕,但只要忍五分钟左右。然后幕就会拉开,你们会看到那个姑娘,我愿意把我的一生交给她,我已经把我身上所有美好的东西都给她了。"

一刻钟后,在一阵乱糟糟的热烈掌声中,西碧尔·文走上了舞台。是的,她看上去的确可爱——亨利勋爵觉得她是他见过的最可爱的姑娘之一。她羞涩、优雅、惊愕的眼神,就像一头小鹿。她看了一眼拥挤而热情的剧场,两颊泛起淡淡的红晕,像银镜中映出的一朵玫瑰。她退后了几步,双唇似乎在颤动。巴兹尔·霍尔沃德跳起来,开始鼓掌。道林·格雷一动不动地坐着,目不转睛地看着她,就像在梦里。亨利勋爵透过观剧镜观看着,喃喃自语:"迷人!迷人!"

那是凯普莱特家大厅里的一场戏,穿着朝圣者礼服的罗密欧和茂丘西奥以及其他朋友一起走进来。乐队依然糟糕,奏了几小节音乐,舞蹈开始了。西碧尔·文穿过一群动作笨拙、戏服简陋的演员,就像一个来自更美好的世界的生灵。她跳舞的身体摇摆着,像植物在水中摇曳,颈部的曲线像一枝白百合,双手仿佛是由冰凉的象牙雕成的。

但奇怪的是,她演得无精打采。她的目光停在罗密欧身上时,没有丝毫喜悦之情,勉强地说出几句台词——

> 信徒，莫把你的手儿侮辱，
> 这样才是最虔诚的礼敬；
> 神明的手本许信徒接触，
> 掌心的密合远胜如亲吻。[1]

还有接下来一段简短对话，都说得很做作。她声音甜美，但语气却很虚假，音调全错了。整首诗都没了生气，激情变得很不真实。

道林·格雷看着她，脸色变得苍白起来。他既疑惑又焦虑。他的朋友们没敢对他说什么。在他们看来，西碧尔演技拙劣，他们非常失望。

不过他们觉得，真正能考验朱丽叶扮演者的，是第二幕阳台相会的那场戏。他们等着看，如果那一场她也演不好，那她就真的没有可取之处了。

当她出现在月光下时，看起来很迷人，这一点不能否认。但她的表演让人难受，而且越演越差。她的手势假模假样，非常离谱，说每句话都过度强调。剧中有一段漂亮的台词：

> 幸亏黑夜替我罩上了一重面幕，
> 否则为了我刚才被你听去的话，
> 你一定可以看见我脸上羞愧的红晕——

---

[1] 此处及之后用的是《罗密欧与朱丽叶》的朱生豪译文。

这段话就像是被一个二流演讲老师教出来的女学生一个字一个字费劲地背诵出来的。她俯身在阳台上，开始念那些原本美妙的诗句——

> 我虽然喜欢你，
> 却不喜欢今天晚上的密约；
> 它太仓卒、太轻率、太出人意外了，
> 正像一闪电光，等不及人家开一声口，
> 已经消隐了下去。好人，再会吧！
> 这一朵爱的蓓蕾，靠着夏天的暖风的吹拂，
> 也许会在我们下次相见的时候，开出鲜艳的花来。

她说这些话的时候，好像它们对她没有任何意义。这不是因为紧张。实际上，根本不是紧张，完全就是她自己要这么念的。她就是演技差。她的演出彻底失败了。

连正厅后座和顶层那些没有受过教育的平庸观众也对演出失去了兴趣。他们骚动起来，开始大声说话，乱吹口哨。站在花楼后面的犹太经理气得跺脚怒骂。唯一无动于衷的只有姑娘自己。

第二幕结束时，剧场里响起了暴风雨般的嘘声，亨利勋爵从座位上站起来，披上外套。"她很漂亮，道林，"他说，"但她不会演戏。我们走吧。"

"我要看完,"小伙子生硬而痛苦地回答,"很抱歉让你们浪费了一个晚上,哈里。我向你们俩道歉。"

"亲爱的道林,我看文小姐是病了,"霍尔沃德打断他,"我们改天再来吧。"

"我希望她是病了,"道林回答,"但我觉得她简直变得冷漠无情了。她完全变了。昨晚她是个伟大的艺术家,今晚她只是个普普通通的平庸女演员。"

"不要这样说你爱的任何人,道林。爱情是比艺术更美妙的东西。"

"两者都只不过是模仿的形式而已,"亨利勋爵说,"但我们还是走吧,道林,你不能再待在这儿了。看拙劣的表演对人的身心没好处。再说,我想你也不会让自己的妻子去演戏的吧,所以,她把朱丽叶演得像木偶一样又有什么关系呢?她很可爱,如果她对生活的了解和对演戏的了解一样少,她会活得很开心的。真正让人着迷的只有两种人——一种是无所不知的人,一种是一无所知的人。天哪,亲爱的孩子,别这么垂头丧气!保持年轻的秘密就在于绝不动不该动的感情。跟巴兹尔和我一起去俱乐部吧,我们去抽会儿烟,为西碧尔·文的美丽干一杯。她是个美人,你还想要什么呢?"

"走开,哈里,"小伙子喊道,"我想自己静一静。巴兹尔,你也走吧。啊!你们看不出来我的心都碎了吗?"他热泪盈眶,嘴唇颤抖,冲到包厢后面,靠在墙上,双手捂着脸。

"我们走吧,巴兹尔。"亨利勋爵说,声音里带有一种奇怪的温柔。两个年轻人一起走了。

没过一会儿,脚灯亮起,第三幕开始了。道林·格雷回到座位上,看上去脸色苍白,又傲慢,又冷漠。演出冗长乏味,似乎无休无止。一半观众离场了,他们一路讥笑着,靴子踏得硌硌响。整个演出是一场惨败。最后一幕几乎是演给空荡荡的座位看的。帷幕在嗤笑和叹息声中落下。

一结束,道林·格雷就冲进了后台的演员休息室。姑娘正独自站在那儿,脸上露出胜利的表情,眼里亮着美妙的火光。她看上去神采奕奕,双唇微张,为某个秘密而微笑着。

一看到他,她脸上就露出无限喜悦。"今晚我演得真是太糟糕了,道林!"她喊道。

"太糟糕了!"他回答,一脸诧异地盯着她,"糟糕透顶,太可怕了。你病了吗?你不知道糟成什么样了,你不知道这让我多痛苦。"

姑娘笑了。"道林,"她唱歌似的拖长了他的名字,仿佛对花瓣似的红唇来说,这名字比蜜还甜,"道林,你应该明白的。但你现在明白了,是不是?"

"明白什么?"他气呼呼地问。

"为什么我今晚演得那么糟糕,为什么我会一直演得糟糕,为什么我以后再也不会演好了。"

他耸了耸肩:"我想你是病了。病了就不该演出。你让自己出了丑。我的朋友们都看不下去了，我也看不下去。"

她似乎没在听他说话。她高兴得容光焕发，完全沉浸在幸福的狂喜里。

"道林，道林，"她叫道，"在认识你之前，表演是我生命里唯一的现实。只有在剧院我才是活着的。我把那些都当作真的。一天晚上我是罗瑟琳，另一天晚上我是鲍西娅[1]；贝特丽丝[2]的快乐就是我的快乐，考狄利娅[3]的悲伤就是我的悲伤。我什么都信。和我同台演出的普通人在我眼里都有如神明，画出来的布景就是我的世界。我什么都不知道，除了这些角色的影子，我把它们当成真的。可你来了——哦，我美丽的爱人！——你把我的灵魂从囚牢中解救了出来，你教我知道了什么是真正的现实。今晚，我生平第一次看穿了自己一直在空洞、虚假和滑稽的戏剧里表演。今晚，我第一次意识到罗密欧多么丑陋、年迈和虚假；意识到果园里的月光是假的，景色是庸俗的，我不得不念的台词是不真实的，不是我自己的话，也不是我想说的话。你给我带来了更高尚的东西，所有艺术只是它的投映。你让我明白了什么是真正的爱。我的爱人！我的爱人！白马王子！我生命中的王子！我已经厌倦了当个影子。你对我来说比什么艺术都要重要。我和戏里的傀儡有什么关系？今晚我上场的时候，我不知道为什么一

---

1. 莎士比亚戏剧《威尼斯商人》的女主角。
2. 莎士比亚戏剧《无事生非》的女主角。
3. 莎士比亚戏剧《李尔王》的女主角。

切都离我而去了。我以为我会演得很好，却发觉自己什么也演不了了。突然，我的灵魂领悟了这一切意味着什么。对我来说这觉醒美妙极了。我听见了他们的嘘声，但我笑了，他们怎么能理解我们这样的爱呢？带我走吧，道林——带我走吧，到只有我们俩的地方去。我讨厌舞台。我可以模仿我自己感觉不到的激情，但没法模仿像火一样燃烧着我的激情。啊，道林，道林啊，你现在明白这意味着什么了吧？即使我能做到，但在恋爱中表演也是一种亵渎。是你让我明白了这一点。"

道林跌坐在沙发上，转过脸去。"你已经扼杀了我的爱。"他喃喃低语。

她惊讶地看着他，笑了起来。他没有理会。她走到他身旁，用纤弱的手指抚摸他的头发，跪下来，把他的手按在自己的唇上。他抽出手，浑身一阵战栗。

接着他跳起来，往门口走去。"是的，"他叫道，"你已经扼杀了我的爱。你曾经激发了我的想象力，但现在，你甚至无法激起我的好奇心。你对我一点影响都没有了。我爱你，是因为你很奇妙，因为你有天分和智慧，因为你让伟大诗人的梦变成了真的，因为你给艺术的影子赋予了形象和实质。你把这一切都丢了。你又浅薄又愚蠢。天哪！我爱上你真是疯了！我真是个傻子！你现在对我来说什么都不是了。我再也不想见你了，也永远不会再想起你了。我永远不会再提起你的名字。你不知道你曾经对我意味着什么。啊,曾经……哦,一想起来我就受不了!我真希望从来没见过你!你毁了我一生的浪漫。如果你说爱情破坏了艺术,那你对爱情的了解真是太少了!没有艺术,你什么都不是。我本来可以让你成名,让你灿烂夺目、事业辉煌,整个世界都会爱慕你,而你也会冠上我的姓氏。你现在是什么呢?一个脸蛋漂亮的三流女演员啊。"

姑娘脸色越来越白,浑身颤抖。她紧握着双手,声音似乎哽在了喉咙里。"你不是认真的吧,道林?"她轻声说,"你是在演戏吧。"

"演戏!还是你演吧。你演得多好啊。"他刻薄地说。

她站了起来,带着痛苦的表情,穿过房间走到他面前,把手放在他手臂上,望着他的眼睛。道林把她推开。"别碰我!"他叫道。

她发出一声低沉的呻吟,扑到他脚下,像一朵被践踏过的花似的倒在那儿。"道林,道林,别离开我!"她低声说,"我没演好,真对不起,我一直在想你。但我会努力的——真的,我会努力。我对你的爱来得太突然了,如果你没有亲我——如果我们没有亲吻,我就不会意识到这份爱。再亲亲我吧,亲爱的。不要离开我。我受不了。啊!不要离开我。我的弟弟……不,没什么。他不是当真的,他是说着玩的……可是你,噢!你就不能原谅我今晚的事吗?我一定会认真工作,努力演得更好。别对我那么残忍,我爱你胜过爱世界上的一切。毕竟我只有这一次没让你满意。但你说得很对,道林,我应该表现得更像一个艺术家。我真傻,但我情不自禁。噢,别离开我,别离开我。"一阵情绪激动的抽噎让她透不过气来。她像受伤的动物一样蜷伏在地板上,而道林·格雷那双漂亮的眼睛俯看着她,秀丽的嘴唇不屑地撇了撇。当你不再爱一个人了,就会觉得他的感情多少有点可笑。在他看来,西碧尔·文是在荒唐地煽情,她的眼泪和哭声都让他心烦。

"我走了。"他最后冷静、清晰地说,"我不想不近人情,但我不能再见你了。你让我失望了。"

她默默地流着泪,没有回答,只是爬近了些,一双小手茫然地伸着,仿佛在找他。他转身离开了房间,不一会儿,就出了剧院。

他几乎不知道自己后来去了哪儿。只记得自己在昏暗的街道上徘徊,经过凄凉的黑洞洞的拱门和阴森森的房子;声音嘶哑、笑声尖厉的女人们招呼着他;醉汉从他身旁骂骂咧咧、踉踉跄跄地走过,活像巨大的猿人;他看到奇形怪状的孩子蜷缩在门口的台阶上,听到阴暗的庭院里传来尖叫和诅咒。

破晓时分,他发现自己来到了考文特花园[1]附近。夜色消散,霞光乍现,天空就像一颗无瑕的珍珠。满载着摇曳的百

---

1. 伦敦中部的一个蔬果和花卉市场。

合花的大车在空旷洁净的大街上轰隆隆地慢慢驶过。空气里弥漫着浓郁的花香,花的美似乎可以抚慰心中的伤痛。他跟着走进市场,看人卸货。一个穿白色罩衫的车夫送给他一些樱桃,他道了谢,不明白为什么那人不肯收钱。他无精打采地吃起了樱桃,樱桃是午夜摘的,沁入了月亮的寒凉。一长串男孩扛着一筐筐带斑纹的郁金香,还有黄玫瑰和红玫瑰,从他面前成堆的浅绿色蔬菜当中穿过。门廊下,被太阳晒褪了色的柱子旁边,有一群没戴帽子的邋遢姑娘在闲逛,等着拍卖结束,还有一些人挤在市场咖啡馆的旋转门周围。拉车的大马踏着粗糙的石子路,不时打一下滑,铃铛和饰物一路摇晃着。有些车夫躺在一堆麻袋上睡着了。彩颈红趾的鸽子跳来跳去啄着种子。

过了一会儿,他叫了一辆马车回家。他在家门口徘徊了一会儿,看着寂静的广场,四下空荡荡的,只有紧闭的窗户和凝视着他的百叶窗。此时的天空像一大块纯净的蛋白石,房子的屋顶在它的映衬下闪烁着银光。对面某个烟囱里升起了一缕轻烟,像一条紫色的丝带,旋转着穿过了珠母贝色的空气。

宽敞的门厅里嵌着橡木板,天花板上挂着一盏从某条总督船上拆下来的镀金威尼斯大吊灯,三个喷嘴上还点着火,像镶着白边的薄薄的蓝色花瓣。他把灯熄灭,把帽子和斗篷扔在桌上,穿过书房走向卧室。卧室在一楼,是一间八角形的大房间,由于最近对"奢华"有了新的感觉,他刚把卧室重新装饰了一下,墙上挂了一些奇特的文艺复兴时期的壁毯,那是在塞尔比皇家庄园的一个废弃阁楼上找到的。当他转动门把时,目光落在了巴兹尔·霍尔沃德为他画的肖像上,然后退了一步,好像吓了一跳,接着继续走进了自己的房间,似乎疑惑不解。拿下插在外套纽扣孔上的花以后,他犹豫了一下,最后又回到画像前,仔细看了起来。在好不容易穿过奶白色丝绸百叶窗的朦胧光线里,他觉得画像上的脸好像有点儿变了,表情看起来不太一样,也许可以说,嘴角露出了一丝残忍,这当然很奇怪。

他转身走到窗前,拉起百叶窗。明亮的晨光泻满了房间,把如梦般怪诞的影子扫进昏暗的角落,躺在那里瑟瑟发抖。但他在画像上注意到的奇怪的表情似乎还在那儿,甚至更明显了。抖动着的强烈阳光,分明照出了画像嘴边残忍的线条,就像他做了什么可怕的事之后照镜子看到的自己一样。

他打了个寒战,从桌上拿起一面边上镶着象牙雕的丘比特的椭圆镜子——那是亨利勋爵送给他的诸多礼物之一——急忙往那锃亮的深处看了一眼,没有像那样的线条使他的红唇扭曲。这是怎么回事?

他揉了揉眼睛,凑近画像,又仔细端详起来。他在看画时,画并没有任何变化的迹象,但毫无疑问,画像的整个表情已经变了。这不是他的幻想,事实再明显不过了。

他倒在椅子上，思考起来。突然，他的脑海里闪现出画作完成那天他在巴兹尔·霍尔沃德的画室里说的话。是的，他记得很清楚，他曾说了一个疯狂的愿望，希望自己能保持年轻，而画像却会变老；希望自己的美永不褪色，而由画布上的脸来承受他激情和罪孽的重荷；希望痛苦和思虑的线条都烙印在画中的形象上，而他能保持自己当时刚刚意识到的，少年的娇艳青春和可爱。他的愿望不会成真吧？这种事情是不可能的，甚至连想一想都觉得很畸形。然而，那幅画像就在他面前，嘴角分明带着一丝残忍。

残忍！他残忍了吗？那是那个姑娘的错，不是他的。他曾经把她梦想成一位伟大的艺术家，因为觉得她了不起，而把自己的爱献给了她。可她让他失望了。她很肤浅，配不上他。然而，一想到她伏在自己脚边像个小孩一样哭泣时，他心里就涌起了无限的悔恨。他还记得自己多么冷酷无情地看着她。为什么他会变成现在这样？为什么自己拥有这样一颗灵魂？但他自己也很痛苦啊。在看戏的可怕的三个小时里，他经受了几个世纪的痛苦、亿万年的折磨。他的性命完全抵得上她的。如果说他伤了她一辈子，那么她也至少伤了他一时。再说，女人比男人更能承受痛苦。她们就靠情感生活，她们只考虑自己的感情，她们找情人，也就是想找个可以一起制造戏剧性场面的对象。亨利勋爵就是这样告诉他的，他了解女人是什么。他为什么要为西碧尔烦恼呢？她现在对他来说什么都不是了。

但那幅画呢?他要怎么解释?它蕴含着他生活的秘密,讲述着他的故事。是它教会他爱护自己的美。它会教他厌恶自己的灵魂吗?他还会去看它吗?

不,那只是紊乱感官产生的幻觉,他所经过的那个可怕的夜晚遗留下了种种幻影。突然他想起一个小红点就能让人发疯的事。画没有变,觉得它变了真是愚蠢。

可是它正看着他,美丽而受了损伤的脸上带着残忍的笑容,明亮的头发在初升的阳光下闪耀,蓝色的眼睛和他自己的眼睛对视着。他心中升起无限的怜悯,不是为自己,而是为自己的画像。它已经改变了,而且还会变更多。它的金色会褪成灰白,它的娇艳有如红白玫瑰会枯萎。他每犯一次罪,就会出现一个污点,破坏它的美丽。但他不会犯下罪孽了,这幅画,无论变不变,都是他良心的看得见的象征。他会抗拒诱惑,不会再去见亨利勋爵——无论如何,不会再去听那些潜移默化的有毒的理论,这些理论在巴兹尔·霍尔沃德的花园里第一次激起了他的痴心妄想。他要回到西碧尔·文身边,补偿她,娶她,努力再爱上她。是的,他有责任这么做。她一定比他更痛苦,可怜的孩子!他太自私了,对她太残忍了。她还会重新充满魅力的,他们会幸福地在一起,他们在一起的生活会是美丽而纯洁的。

他从椅子上站起来,拉过一个大屏风挡在画像前,瞥见它，他就不寒而栗。"真可怕！"他自言自语说着，走到窗户前，打开了窗，又走到了外面的草地上。他深深地吸了一口气，清晨的新鲜空气似乎驱走了他所有阴郁的情绪。他只想着西碧尔，他的爱的微弱回音又在他的脑海里重新荡漾起来。他一遍又一遍地重复着她的名字。被露水浸湿的花园里，鸟儿在歌唱，似乎在对花儿讲着西碧尔的事。

Chapter 8　悲剧

他醒来的时候已经过了中午。仆人几次蹑手蹑脚地走进房间，想看看他有没有什么动静，不知道少爷为什么会睡到这么晚。最后他终于按铃了，维克多用一个塞夫勒古瓷盘端着一杯茶和一叠信轻轻走了进来，然后拉开了挂在三扇高大的窗户前的橄榄色缎子窗帘，蓝色衬里闪着光亮。

"先生今天早上睡得很好啊。"他笑着说。

"几点了，维克多？"道林·格雷还没完全睡醒的样子。

"一点一刻，先生。"

这么晚了！他坐起来，喝了点茶，翻起信来。有一封是亨利勋爵早上派人送来的。他犹豫了一下，把它放到一边。他没精打采地拆开了其他信，都是些普通名片、晚宴请柬、私人展览门票、慈善音乐会节目单之类的东西，这个季节里，时髦青年每天早上都会收到这些。有一张数目不菲的账单，是买了一套路易十五时代的银制梳妆用具，他还不敢让他的监护人知道，他是极度守旧的人，没有意识到我们生活在一个没必要的东西才是我们唯一的必需品的时代。还有几封信是杰明街的放款人寄来的，措辞非常谦恭，说可以随时预支他任何数额的款项，且利息极为合理。

大约十分钟后，他起了床，穿上一件精美的丝绣羊绒晨衣，走进玛瑙铺地的浴室。清凉的水让睡了很久的他神清气爽。他似乎已经忘了昨天经历的一切，只有一两次模模糊糊地觉得自己好像参与了什么奇怪的悲剧，但就像梦一样虚幻不真实。

穿好衣服，他走进书房，坐在窗边的小圆桌上，吃已经为他摆好的清淡的法式早餐。天气好极了，温暖的空气中似乎带着芳香。一只蜜蜂飞进来，围着他面前一只装满柚黄色玫瑰的龙纹青瓷碗嗡嗡转。他感到非常快乐。

突然，他看到了自己放在画像前的屏风，一激灵。

"太冷吗，先生？"仆人问，一边把煎蛋卷放在桌子上，"我把窗关上？"

道林摇了摇头。"我不冷。"他喃喃说。

这一切都是真的吗？画像真的变了吗？还是仅仅是他自己的想象，让他把原本愉快的表情看成了邪恶的？画好了的画一定不会变吗？这事太离谱了，有天可以当成个故事讲给巴兹尔听,他听了会笑的。

然而,整件事真是历历在目啊!先是在朦胧的黎明,接着在明亮的清晨,他都看到了扭曲嘴唇边的残酷的笔触。他几乎害怕仆人离开房间。他知道,他一个人的时候就会去仔细看那幅画。他害怕这件事是真的。仆人送来咖啡和香烟后,转身就走,他特别想叫他留下。当仆人要关门时,他叫住他,看了他一会儿,叹了一口气说:"维克多,无论谁来,都说我不在家。"仆人欠身退下了。

随后,他从桌旁站起来,点了一支烟,躺倒在放着很多豪华靠垫的躺椅上,面对着屏风。屏风是老式的,镀金的西班牙皮革做的,印着路易十四风格的华丽图案。他打量着它,好奇这块屏风以前是否也掩藏过什么人的生活秘密。

他到底要不要把它挪开?为什么不让它留在那里呢?知道了又有什么用?如果事情是真的,那就太可怕了。如果不是真的,又何必为它烦恼呢?但是,如果不凑巧,有别人往屏风后看,看到了那可怕的变化呢?如果巴兹尔·霍尔沃德来要求看自己的画,那怎么办?巴兹尔一定会的。不,还是要好好看一看这幅画,现在就看。无论如何都比这样疑神疑鬼、提心吊胆要好。

他起身把两扇门都锁上。至少他要自己一个人查看自己的羞耻面具。他把屏风拉开,面对面地看到了自己。千真万确,画像变了。

他后来经常回忆起来,都惊奇不已。他发现自己一开始是用一种近乎科学研究的兴趣来看画像的。发生这样的变化,他觉得不可思议。但事实就是如此。会不会那些在画布上形成了形状和颜色的化学原子与他的灵魂之间,有着某些微妙的密切联系?它们是不是能体现灵魂的想法,把灵魂的梦变成现实?他不禁战栗,感到害怕,又回到躺椅上躺着,凝望着画像,感到一种恶心的恐怖。

不过,他觉得画像也为他做了一件事,就是让他意识到,自己对西碧尔·文是多么不公平、多么残忍。现在要弥补还不算太晚,他还可以娶她为妻。他那虚幻自私的爱会屈服于某种更高尚的影响,会转化成更高贵的激情,巴兹尔·霍尔沃德为他画的画会成为他一生的指南,就像神圣之于一些人,良心之于另一些人,对上帝的畏惧之于我们所有人那样。有治疗悔恨的鸦片剂,也有使道德感沉睡的药物,但它是罪孽和堕落的可见象征,是一个人毁坏了自己灵魂的永远存在的证据。

钟三点敲响了,然后是四点,四点半,但道林·格雷一直没动。他正试图把生活中的红线理出来,编织成一个图案。他游荡在堕落的激情迷宫里,想找到一条出路。他不知道该做什么,也不知道该想什么。最后,他走到桌前,给他爱过的姑娘写了一封激情洋溢的信,骂自己疯了,乞求她原谅。他写了一页又一页,满纸狂热的悲伤和更狂热的痛苦。自我谴责中有种奢侈,当我们自责时,就觉得别人无权再责备我们了。

赦免我们的是忏悔,而不是神父。道林写完信,觉得自己已经被原谅了。

突然有人敲门,他听到外面亨利勋爵的声音:"亲爱的孩子,我必须见你。快让我进去。我受不了你这样把自己关起来。"

他一开始没有回答,一声也没吭。敲门声继续着,越来越响。好吧,还是让亨利勋爵进来吧,跟他解释一下他将要过的新生活,如果有必要争吵,就和他吵,如果绝交不可避免,就绝交。他跳起来,匆匆拉过屏风遮住画像,开了门。

"我对这一切感到非常抱歉,道林,"亨利勋爵一进门就说,"但你千万别想太多了。"

"你是说西碧尔·文的事吗?"小伙子问。

"是啊,当然。"亨利勋爵答道,坐进椅子里,慢慢脱下黄手套,"从某个角度来说,是很可怕,但这不是你的错。告诉我,戏演完以后你去后台见她了吗?"

"去了。"

"我觉得你肯定去了。你和她大吵了一场吗?"

"我很残忍,哈里——太残忍了。但现在没事了,我对任何事都不后悔,它让我学会了更好地认识自己。"

"啊,道林,你能这样接受这件事我真高兴!我还担心你会悔恨得要命,扯你那头漂亮的鬈发呢。"

"都过去了,"道林摇头笑着说,"我现在很开心。首先,我知道了什么是良心。它不是你告诉我的那样,而是我们身上最神圣的东西，别再对它嗤之以鼻了，哈里——至少在我面前不要。我想做个好人。我不能忍受我的灵魂是丑陋的。"

"很迷人的伦理学艺术基础，道林！我祝贺你。但你打算怎么做呢？"

"娶西碧尔·文为妻。"

"娶西碧尔·文！"亨利勋爵叫道，站起身来，一脸困惑地看着他，"可是，亲爱的道林——"

"是的，哈里，我知道你要说什么，又是关于婚姻的可怕的事情，别说了。不要再对我说那种话了。两天前我向西碧尔求了婚，我不会食言，我要娶她。"

"娶她！道林！……你没有收到我的信吗？我今天早上给你写了信，派我自己的人送来的。"

"你的信？哦，对，我想起来了。我还没看呢，哈里。我怕里面有我不喜欢的内容。你用你那些格言警句把生活切成了碎片。"

"那你什么都不知道啊？"

"什么意思？"

亨利勋爵走过来，在道林·格雷身边坐下，拉起他的两只手，紧紧握住。"道林，"他说，"我的信——别害怕——是告诉你，西碧尔·文死了。"

小伙子嘴里迸出一声痛苦的叫声，他挣脱了亨利勋爵的手跳起来："死了！西碧尔死了！这不是真的！这是个可怕的谎言！这种谎你都敢说啊？"

"是真的，道林，"亨利勋爵严肃地说，"各家晨报都登了。我写信给你就是叫你在我来之前不要见任何人，肯定会调查的，你不能被牵扯进去。这样的事在巴黎会让一个人变成风头人物，但伦敦人的偏见很深，在这里，一个人可不能用丑闻来崭露头角，留到晚年增添点趣味还行。我想剧院里的人不知道你名字吧？不知道最好。有没有人看见你去她的房间？这点很重要。"

道林好一会儿没有回答，他吓呆了。最后，他结结巴巴地闷声说："哈里，你说要调查吗？什么意思？西碧尔她——哦，哈里，我受不了了！快点都告诉我吧。"

"我觉得肯定不是意外，道林，虽然对公众只能宣称是意外。据说她和她母亲正要离开剧院，大约十二点半，然后她说忘了东西在楼上。他们等了她一段时间，但她没再下来。最后他们发现她躺在化妆间的地板上，死了。她误吞了一些东西，剧院里用的某种有毒的东西。我不知道是什么，里面不是有氢氰酸就是有白铅，我猜是氢氰酸，因为她好像当场就死了。"

"哈里，哈里，太可怕了！"小伙子喊道。

"是啊，是很悲惨，但你千万别把自己搅进去。我在《标准报》上看到，说她才十七岁。我还以为她比这还小，她看起来就像个孩子，好像对表演一窍不通的样子。道林，你不能让这件事影响你的情绪，你要来和我一起吃饭，然后我们再去看歌剧，今晚帕蒂[1]演出，大家都会去看的，你可以到我妹妹的包厢来，她那里有些时髦的姑娘。"

"所以我杀了西碧尔·文，"道林·格雷半是自言自语地说，"就像是我用刀亲手割断她细细的喉咙。但是玫瑰并没有因此减少一丝娇艳，鸟儿在我的花园里依然快乐地歌唱，晚上我还要和你一起吃饭，然后去听歌剧，我猜听完还要去哪儿吃点东西。生活怎么这么戏剧化啊！如果我在书里读到这样的事，哈里，我肯定会哭的。不知道怎么的，现在这一切都真实地发生了，我却觉得它太奇妙了，哭不出来。这是我这辈子写的第一封热烈的情书，奇怪的是，我的第一封热烈的情书竟然是写给一个已经死了的姑娘的。不知道那些我们称为死人的苍白沉默的人，他们有感觉吗？西碧尔！她能感觉、能知道、能听见吗？哦，哈里，我曾经多爱她啊！现在好像已经是好几年前的事一样。她曾经是我的一切。然后是那个可怕的夜晚——真的只是昨晚吗？——她演得那么糟糕，我的心都要碎了。她向我解释了一切，好可怜，可我无动于衷，还觉得她很肤浅。后来突然发生了一件很吓人的事，我不能告诉你是什么事，但真的很可怕。我说我要回到她身边，我觉得我做错了，结果她死了。天啊！天啊！哈里，我要怎么办？你不知道我已经危险了，没有救了。她本来可以拯救我的，她没有权利自杀，她太自私了。"

---

1. 阿德里娜·帕蒂（1843—1919）：意大利著名歌剧演员。

"亲爱的道林，"亨利勋爵说，一边从烟盒里拿出一支烟，又拿出一个镀金火柴盒，"女人改造男人的唯一办法，就是让他彻底厌倦，失去一切可能有的对生活的兴趣。如果你娶了这个姑娘，你就惨了。当然，你会对她很好的。一个人对自己毫不在意的人，总是可以好好对待的，但她很快就会发现你对她根本就不在意。当一个女人发现自己丈夫是这样的时候，她要么变得邋邋遢遢，要么变得花枝招展，戴的时髦帽子还是别人的丈夫买的。我还没说你们的门第很不配呢——当然我不会那么卑鄙——但我跟你保证，无论如何，整件事是不会有好结果的。"

"我想也是，"小伙子嘟囔着，在房间里走来走去，脸色苍白得可怕，"但我觉得这是我的责任。这个可怕的悲剧让我做不了正确的事了，这不是我的错。我记得你说过，好的决心都有一点致命——总是下得太晚了。我的决心当然也是这样。"

"好的决心只不过是想要干涉科学规律的徒然尝试，根源是纯粹的虚荣心，结果绝对是一场空。它们时不时给我们带来一些华而不实的情绪，只有弱者才会被吸引，没别的好说的，它们只是些空头支票罢了。"

"哈里，"道林·格雷喊道，走到亨利勋爵身边坐下，"为什么我对这场悲剧没有想要有的感受呢？我觉得我不无情啊，你觉得呢？"

"过去两个星期你干了太多傻事了，没资格被称作'无情',道林。"亨利勋爵带着他那甜蜜而忧郁的微笑说。

小伙子皱了皱眉头。"我不喜欢这种解释,哈里,"他说,"但我很高兴你不觉得我无情。我不是那种人,我知道我不是。可是我必须承认,发生的这件事并没有对我产生应该有的影响。对我来说,它就像是一出精彩戏剧的精彩结局,具有希腊悲剧所有可怕的美,我是这场悲剧的主角之一,却没有受到伤害。"

"这个问题有意思,"亨利勋爵说,他从玩弄小伙子无意识的自负里找到了微妙的乐趣,"非常有意思。我想真正的解释是这样:生活里真正的悲剧往往是以毫不艺术化的方式发生的,它们用残忍的暴力、绝对的不和谐、荒谬的意义和彻底的无格调来伤害我们。它们对我们的影响就像庸俗对我们的影响一样。它们给我们的印象是纯粹的蛮力,而我们会反抗。然而,有时,我们在生活里遭遇了带着艺术美感的悲剧。如果这些美的成分是真实的,那么整件事就只能从我们欣赏戏剧效果的角度来打动我们了。突然间我们发现,我们不再是演员,而是这出戏的观众。或者说,我们既是演员又是观众。我们看着自己,光是奇异的场面就让我们迷醉了。在目前这件事里,到底发生了什么?有人因为爱你而自杀了。我希望我也有这样的经历,它会让我一生都爱着爱情。爱我的人——虽然不多,但也有一些——总是坚持活下去,我早就不关心她们,或者她们早就不关心我了,但一直还活着。她们变得又胖又无聊,一碰到我,又马上开始怀念过去。女人可怕的记忆力啊!真吓人!那只说明,她们的心智已经完全停滞了!人应该吸收生活的色彩,但绝不要记住细节,细节总是庸俗的。"

"我要在花园里种点罂粟花[1]了。"道林叹了口气。

"没必要,"他的同伴又说,"生活的手里总是有罂粟花的。当然,有些事情总是挥之不去。我曾经一整个季节都只戴紫罗兰,作为一种艺术形式,来哀悼一段不愿忘却的恋情。然而最终它还是过去了。我忘了是什么扼杀了它。我想是因为她提出要为我牺牲整个世界。那样的时刻总是可怕的,让人充满对永恒的恐惧。好吧——你相信吗——一个星期前,在汉普夏尔夫人家,我发现我吃饭时就坐在她旁边,她坚持要把过去的事重新回忆一遍,把往事都挖出来,再提一下未来。我已经把自己那份浪漫埋在了长春花[2]底下,而她又把它挖了出来,还非说是我毁了她的生活。我要声明,她晚餐吃得可不少,所以我一点儿也没当回事。但她的行为举止实在太没品了!往事的唯一魅力在于它已经是往事了。但女人们从不知道大幕已经落下。她们总想着还有第六幕[3],戏已经没趣了,她们还想继续演下去。如果都由着她们,那每出喜剧都会以悲剧结尾,而每出悲剧都会变成闹剧。她们的做作有

---

1. 象征忘却。
2. 长春花象征死亡。
3. 英国传统戏剧一般只有五幕。

点儿迷人，但毫无艺术感。你比我幸运。相信我，道林，我认识的所有女人里没有一个会像西碧尔那样，为了我那样做的。普通的女人总是会安慰自己，有的女人喜欢靠穿带感情色彩的衣服来安慰自己，比如千万别信穿淡紫色衣服的女人，不管她年龄大小，或爱戴粉红色缎带的过了三十五岁的女人，这些都表示她们有一段过往。还有些女人在突然发现丈夫的优点时，会得到很大的安慰。她们在人前炫耀婚姻的美满，好像它是最迷人的罪过。宗教也安慰了不少人，它的神秘具有调情的魅力——曾经有个女人这样告诉我，我很能理解。此外，最值得炫耀的是被人说成罪人。良心把我们都变成自我中心的人。是的，女人们真的可以在现代生活里找到无穷无尽的安慰。实际上，最重要的安慰我还没说呢。"

"是什么，哈里？"小伙子无精打采地问。

"哦，那种显而易见的安慰。失去了自己的爱慕者，就去抢别人的爱慕者。在良好的社会里，这样总是能伪饰一个女人。但说真的，道林，西碧尔·文和人们碰到的女人太不一样了！在我看来，她的死相当美丽。我很庆幸自己生活在一个还有这种奇迹发生的时代。那让人相信我们都在赏玩的东西是真实存在的，比如浪漫、激情和爱情。"

"你忘了，我对她非常残忍。"

"恐怕女人最欣赏的就是残忍了，彻头彻尾的残忍。她们有着奇妙的原始本能。我们已经解放了她们，但她们仍然像奴隶一样寻找着主人,她们喜欢被支配。我相信你一定干得很出色,我从来没见过你大发雷霆,但我可以想象你的样子有多可爱。毕竟前天你跟我说了那些话,当时我觉得只是幻想,但现在我觉得全是真的,它是打开一切的钥匙。"

"我说了什么,哈里?"

"你说西碧尔·文在你眼里代表了所有浪漫主义的女主角——她今晚是苔丝狄蒙娜[1],明晚是奥菲利娅[2],如果她作为朱丽叶死去,还会以伊莫金的身份活过来。"

"她现在再也不会活过来了。"小伙子双手掩面喃喃道。

"是啊,她再也不会活过来了。她已经演完了最后一个角色。但是你一定要把在那个低俗化妆间里的孤独的死亡,当成只是詹姆斯一世时代的某出悲剧里的怪异恐怖的片段,当成韦伯斯特、福特,或西里尔·图尔纳[3]笔下的精彩场景。这个女孩从来没有真正地活过,所以她也没有真正地死去。至少对你来说,她一直就是一个梦,一个在莎士比亚戏剧里飞舞的幻影,让那些戏剧更加可爱,她是一支让戏剧的音乐更丰富、使之充满欢乐的芦笛。当她接触到实际生活的那一刻,她就把生活破坏了,生活也破坏了她,于是她就香消玉殒了。如果你愿意,就凭吊奥菲利娅吧,因为科迪莉亚被

---

1. 莎士比亚戏剧《奥赛罗》女主角。
2. 莎士比亚戏剧《哈姆雷特》女主角。
3. 这三位都是英国剧作家。

绞死而把灰撒在自己头上吧[1],因为勃拉班修[2]的女儿死了而向上苍呼喊吧。但不要为西碧尔·文浪费眼泪,因为她还没她们真实呢。"

一阵默然。房间里渐渐暗了下来。银色脚的阴影无声无息地从花园爬了进来。颜色疲惫地从事物上褪去。

过了一会儿,道林·格雷抬起头来。"你剖析了我,哈里,"他仿佛解脱般地出了一口气,喃喃说道,"你说的我都感觉到了,但我很害怕,也没办法跟自己说清楚。你真了解我啊!已经发生的事就别再谈了。这是一次奇妙的经历,仅此而已。我不知道生活还有没有为我准备其他同样奇妙的事情。"

"生活为你准备了一切,道林。凭你那非凡的美貌,没有什么事是你做不到的。"

"但是,哈里,如果我憔悴了,老了,满脸皱纹了呢?然后会怎么样?"

"啊,那时候嘛,"亨利勋爵一边说着,一边站起来要走,"亲爱的道林,那时候你就要努力才能胜利啦。现在,胜利是自动送上门来的。不,你还是要保持你的美貌。我们生活在一个读书太多反而不聪明、思考太多就漂亮不了的时代。我们少不了你。现在你最好换衣服,坐车去俱乐部。实际上我们已经晚了。"

1.《圣经》里写到古犹太人往自己头上撒炉灰或尘土以示哀悼或忏悔。
2.《奥赛罗》男配角,苔丝狄蒙娜之父。

"我想我们还是在歌剧院见吧,哈里。我太累了,什么也吃不下。你妹妹的包厢是几号?"

"二十七号吧,我想。在正面看台上,门上有她名字。你不能来跟我们一起吃饭真可惜。"

"我不想吃,"道林无精打采地说,"我很感谢你对我说的话。你显然是我最好的朋友。没人像你这么了解我。"

"我们的友谊才刚开始,道林,"亨利勋爵握了握他的手答道,"再见。我希望在九点半之前见到你。别忘了,是帕蒂演唱啊。"

亨利勋爵一关上门,道林·格雷就按了按铃,几分钟后,维克多提着灯来了,放下百叶窗。道林不耐烦地等着他离开,这人就像干什么事都要花无穷无尽的时间似的。

他一走,道林就冲过去拉开了屏风。不,画面上没有新的变化。在他知道之前,它已经收到了西碧尔·文的死讯。它知道生活中发生的事。那嘴角的优美线条扭曲成恶毒的凶相,肯定是在姑娘喝下不管是什么毒药的那一刻发生的。还是说,它对结果无所谓,只察觉灵魂里流逝掉的东西?他猜想着,希望有一天能亲眼看到它变化的时刻,想到这里他不禁颤抖起来。

可怜的西碧尔!这是怎样一段恋情啊!她常在舞台上表演死亡,然后死神真的来了,碰了碰她,把她带走了。她是怎么演那可怕的最后一幕的?她死的时候有没有诅咒他?不会的,她是因为爱他而死的,从此爱对他来说就永远是一种圣礼。她用生命献祭,补偿了一切。他不会再去想在剧院的那个可怕的夜晚,她让他经受的一切。当他想起她时,那就是一个美妙的悲剧人物,被送到人间的舞台上,来展示爱情的绝对真实的存在。他想起了她孩子般的模样,梦幻般楚楚动人的举止,还有羞怯柔软的优雅,眼泪不禁夺眶而出。他匆匆拭去泪水,又看了看画像。

他觉得真的到了做出选择的时候了。或者说,他已经做出选择了?是的,生活已经为他决定了——生活,还有他对生活的无限好奇心。永恒的青春,无限的激情、微妙而隐秘的快乐、狂野的欢乐和狂野的罪恶——他要拥有这些东西。画像将替他承担羞耻的重担。就这样吧。

他想到画布上那张俊美的脸将要遭受玷污,心头掠过一阵痛楚。曾有一次,他孩子气地模仿纳喀索斯,去亲吻,或者说假装亲吻了此刻正对着他残忍微笑的双唇。一个又一个早晨,他坐在画像前,惊异于它的美,几乎被它迷住。它会随着他的心境而改变吗?它会变成一个可怕的、讨厌的东西,要被锁进房间藏起来吗?阳光再也没法把它飘扬的秀发照耀得更加金光熠熠了吗?可惜啊!真可惜!

有那么一会儿,他想到了祈祷,祈求存在于自己和画像之间的那种可怕的感应能够终止。它因为祈祷而起了变化,或许也会因为祈祷而停止变化。然而,只要知道什么是生活，有谁会愿意放弃永葆青春的机会呢？无论这个机会多古怪，或者可能导致什么致命的后果。再说，这真的是他能控制的事吗？真的是祈祷产生了这种对调的效果？有没有可能存在一些奇怪的科学原因？如果思想能对一个活的有机体产生影响，那它为什么不能对死的无机体产生影响呢？还有，如果外界的事物没有想法或欲望，它们会不会也能跟我们内在的情绪和情感产生共鸣呢？原子和原子之间会不会因为隐秘的爱或奇特的吸引而相互呼应呢？但原因不重要。他再也不会通过祈祷来诱发什么可怕的力量了。如果画像要变，就变吧，随便吧，干吗要深究呢？

但观察画像有种真正的乐趣。他能追踪自己的思想，进入心灵隐秘的地方。这幅画像会成为他最神奇的镜子。就像它已经向他展现了自己的肉体一样，它还会向他揭露自己的灵魂。当冬天来临时，他还会站在春夏之交的变幻时节。当血色从它脸上消退，留下一张苍白脸孔和呆滞的眼睛时，他还会保持着少年的魅力。他可爱的花朵一朵也不会凋谢，他生命的脉搏不会减弱。他会像希腊的神一样强壮、敏捷、快乐。画布上的彩色形象怎么样了有什么关系呢？反正他自己安然无恙就好了。

他笑着把屏风拉回原位，挡住了画像，然后走进卧室，仆人已经在那里等他了。一个小时后，他在歌剧院里，亨利勋爵朝他的位子探过身来。

Chapter 9　**秘密**

第二天早上,他正坐着吃早餐,巴兹尔·霍尔沃德被引进了房间。

"找到你真高兴,道林,"他严肃地说,"我昨晚来找你,他们说你去听歌剧了。当然,我知道那是不可能的。但我真希望你留下话说你到底去了哪儿。我这一夜真难熬,生怕又一个悲剧会跟着发生。我想你可能会在第一次听说的时候就给我发电报。我是在俱乐部里偶然翻到《环球报》晚刊才看到的,然后我马上就来了,可是却找不到你,急死了。我没法告诉你我对整件事有多心碎。我知道你一定很痛苦,可你去哪儿了?你去看了那姑娘的母亲吗?我还想过要跟你一起去呢。他们在报纸上写了地址,在尤斯顿路的什么地方,是吧?但我怕打扰到她的悲痛,又没法为她减轻一点儿。可怜的女人!她肯定难过极了!她就这么一个孩子!她怎么说的?"

"亲爱的巴兹尔,我怎么知道?"道林·格雷喃喃道,一边从一只精致的带小金珠泡泡的威尼斯玻璃酒杯里喝着淡黄色的酒,一脸不耐烦,"我是在歌剧院啊。你应该去的。我第一次见到了格温德琳夫人,哈里的妹妹。我们在她的包厢里。她非常迷人。帕蒂也唱得神乎其神。别说什么可怕的话题了。如果不说,它就没发生过。就像哈里说的,只是言语赋予了事物真实性。我可以顺便说一下,那个女人不只她一个孩子,她还有个儿子,大概也很好看,但他不是演员,是个水手还是什么的。现在,说说你自己吧,你在画什么?"

"你去听歌剧了?"霍尔沃德一个字一个字地说出这句话,声音里带着压制住的痛苦,"西碧尔·文死了,尸体还寄存在某个肮脏的地方,这时候你去听歌剧?你爱的姑娘还没入土为安,你就跟我说别的女人很迷人,说帕蒂唱得神乎其神?为什么,伙计?多少可怕的事在等着她那小小的苍白躯体啊!"

"别说了,巴兹尔!我不想听!"道林跳起来喊道,"你可别给我上课了,事情发生了就发生了,过去就过去了。"

"你把昨天就说成是过去了?"

"这跟具体的时间长短有什么关系?只有肤浅的人才需要经年累月来摆脱一段情感。一个能做自己主人的人,可以轻松终止忧伤,就像能轻松创造快乐一样。我不想受感情的摆布,我只想利用它、享受它、支配它。"

"道林,这太可怕了!什么东西把你完全改变了。你看上去和那个曾经每天来我画室里当模特的美丽男孩一模一样,但那时你单纯、自然、充满爱心。你是整个世界上最纯真的孩子。现在我不知道你怎么了,说起话来好像没有心肝,毫无同情心。这都是哈里的影响,我看出来了。"

小伙子脸红了,走到窗前,望了一会儿太阳下绿油油、闪着光的花园,最后说:"我欠哈里很多,巴兹尔,比欠你的还多。你只教会了我虚荣。"

"好吧,我现在受到了惩罚,道林——或者将来有天会受惩罚的。"

"我不知道你是什么意思,巴兹尔,"他转过身来大声说,"我不知道你想要什么。你想要什么?"

"我想要我以前画过的道林·格雷。"画家伤心地说。

"巴兹尔,"小伙子走到他身边,把手放在他的肩膀上说,"你来得太晚了。昨天,我听说西碧尔·文自杀的时候——"

"自杀!天哪!确定吗?"霍尔沃德抬起头来,一脸惊恐地看着他,喊道。

"亲爱的巴兹尔!你不会觉得那是一起庸俗的事故吧?她当然是自杀的。"

画家双手掩面,"真可怕,"他喃喃道,浑身一阵颤抖。

"不,"道林·格雷说,"这没什么可怕的。这是当代一出伟大的浪漫悲剧。一般来说,演员都过着最普通的生活,他们是好丈夫、忠实的妻子或类似这种的乏味家伙。你知道我的意思——中产阶级美德之类的东西。但西碧尔多么不一样啊!她活在她最美的悲剧里,永远是个女主角。她演出的最后一个晚上——你看到她的那个晚上——她演得很糟糕,是因为她知道了爱情是真实存在的。等她发现爱情又是虚幻的时候,她就死了,和朱丽叶死了一样。她又进入了艺术的国度。她有种殉道者的气质,她的死包含了殉道者所有可悲的徒劳、所有浪费了的美。可是我说你千万别以为我没受苦,如果你昨天某个时候来了——大概是五点半,或者是六点一刻,你会看到我在流泪。就连当时在这里、告诉我这个消息的哈里,其实都不知道我经受了什么。我承受了巨大的痛苦。然后就过去了。我没法重复一种情感。除了多愁善感的人,谁都办不到。你太不公平了,巴兹尔。你来是为了安慰我,你真好,可你发现我好了,却很生气。你这算是有同情心的人吗!你让我想起哈里讲的一个故事,说一位慈善家花了二十年时间,想要为人申冤,或是改变一些不公正的法律——我忘了具体是什么了,最后他终于成功了,结果他却失望透顶,他完全没事干了,几乎死于无聊,变成了一个彻头彻尾的厌世者。还有,亲爱的老巴兹尔,如果你真的想安慰我,就教我怎么忘记发生的事,或者怎么从恰当的艺术角度去看它。戈蒂埃[1]是不是写过什么'艺术的慰藉'？我记得有天我在你的画室里翻到过一本牛皮纸封面的小书，正好看到这行讨人喜欢的话。我们一起在马洛的时候，你跟我说，有个年轻人经常说黄绸子能慰藉生活中的所有痛苦，我不像他，我喜欢可以触碰和把玩的好看的东西，古老的锦缎、青铜器、漆器、象牙雕塑、优雅的环境、奢华、豪华——从这些东西里人能得到很多，而对我来说最重要的是它们所营造的、至少是表面上给人感觉到的艺术气质。像哈里说的，成为自己生活的旁观者，就能逃避生活的痛苦了。我知道你听我说这种话很惊讶，你还没有意识到我的成长。你认识我的时候我还是个学童，现在我是个男人了，我有了新的激情、新的思想、新的观念。我是变了，但你不能不喜欢我。我变了，你也必须永远是我的朋友。当然，我很喜欢哈里。但我知道你比他好。你没他强——你太害怕生活了——但你更好。我们以前在一起多开心啊！别离开我，巴兹尔，也别和我吵。我现在就是这么个人，没别的好说的了。"

画家被奇怪地感动了。他无比珍爱道林，道林的魅力是他艺术的重大转折点。他不忍心再责备他了。毕竟，他的冷漠可能只是一种情绪，会慢慢不见的。他身上有那么多善良和高尚的东西。

"好吧，道林，"他终于哀戚地笑笑说，"从今往后我再也

---

1. 戈蒂埃（1811—1872）：法国诗人、小说家、评论家。

不和你说这件可怕的事了。我相信你的名字不会跟这件事有牵连的。调查会在今天下午进行。他们传唤你了吗？"

道林摇了摇头，一听到"调查"这个词，他的脸上就浮起一丝厌烦，凡是这一类的事情，都有那么一点粗鄙和庸俗。"他们不知道我名字。"他说。

"但她肯定知道？"

"她只知道我的教名，而且她肯定从来没对任何人说过。她跟我说过，他们都很好奇地想知道我是谁，她总是告诉他们我叫白马王子。她真好，你一定要给我画一幅西碧尔的画，巴兹尔。我还想多留一些她的东西，不光是记忆里的几个吻和几句破碎可怜的话。"

"我会尽力而为，道林，只要你高兴。但你一定要再来让我画像。没有你我就画不了了。"

"我不能再当你的模特了，巴兹尔。不可能啦！"他后退了一步，大叫着说。

画家瞪着眼睛看着他。"亲爱的小伙子，你在胡说什么！"他喊道，"你是说你不喜欢我给你画的画吗？那幅画在哪儿？你为什么用屏风挡着它？让我看看。这是我最好的画啊。把屏风拉开，道林。你的仆人这样把我的画遮起来真不像话。我进来的时候就觉得这房间看起来变了。"

"这不关我仆人的事，巴兹尔。你不会真觉得我会让他布置房间吧？他有时帮我弄弄花。不，是我自己遮的。照在画上的光线太强了。"

"太强了？不会吧，亲爱的伙计，挂在这里挺好的，给我看看。"霍尔沃德说着向屋角走去。

道林·格雷不禁惊恐地叫出了声，冲到画家和屏风之间。"巴兹尔，"他脸色煞白地说，"你千万别看。我不想你看。"

"不能看我自己的画！你开玩笑的吧，为什么我不能看？"霍尔沃德笑着说。

"如果你看了，巴兹尔，我用名誉担保，我一辈子都不会跟你说话了。我很认真说的。我不解释了，你也别问。但是你记住，你只要碰一碰这个屏风，我们就一刀两断。"

霍尔沃德如遭雷击。他看着道林·格雷，完全惊呆了，他从没见过他这样。这个小伙子真的愤怒得脸色煞白，他双拳紧攥，瞳孔就像喷出蓝色火焰的圆盘，浑身颤抖。

"道林！"

"别说话！"

"但是怎么啦？如果你不让我看，我当然不会看，"他很冷静地说，转身朝窗户走去，"可是，说真的，我不能看自己的画，好像很荒唐啊，特别是我秋天还想送到巴黎去展出呢，去之前我可能还要给它再上一层光，所以我总要看到它的，为什么今天不能看呢？"

"展出？你要把它拿去展出？"道林·格雷大叫起来，一种奇怪的恐惧感爬遍了他全身。难道要让全世界的人都看到他的秘密？让人都为他的生命之谜瞠目结舌？绝对不行。要做点什么——虽然他不知道能怎么办——但必须马上想想办法。

"是啊，我想你不会反对的。乔治·佩蒂特要收集我最好的画，在塞兹路办一个特展，在十月第一周开幕。这幅画像只拿走一个月。这点时间我想你让我用一下没问题的吧。实际上，你肯定要出城的。而且如果你一直用屏风挡着它，说明你也不是很在乎它。"

道林·格雷用手擦了一下额头上冒出的汗珠，觉得自己处在可怕的危险边缘。"一个月前你跟我说永远不会展出它，"他叫道，"你为什么改主意了？你们这些主张信守诺言的人和其他人一样心情反复无常，唯一的区别是你们的心情相当没意义。你不会忘了吧，你曾经郑重向我保证，世界上没有任何东西能让你把它送去展出。你对哈里也是这么说的。"他突然停了下来，眼里闪出一丝光亮。他想起亨利勋爵曾经半认真半开玩笑地对他说："如果你想经历一次奇特的一刻钟，就让巴兹尔告诉你，他为什么不展出你的画像。他告诉过我原因，让我大开眼界。"是的，也许巴兹尔也有他的秘密。他要问问他试试。

"巴兹尔，"他走到他身边，靠得很近，直视着他的脸说，"我们两个都有秘密。你告诉我你的，我就告诉你我的。你之前为什么不肯展出我的画像？"

画家不由自主地打了个寒战："道林，如果我告诉你，你就不会像现在这样喜欢我了，还肯定会笑我。这两件事我都受不了。如果你希望我再也不看你的画像，我也愿意的，我情愿永远可以看你本人就够了。如果你希望把我最好的画藏起来不让世界上任何人知道，我也愿意的，对我来说，你的友谊比什么名气、声望都珍贵。"

"不行，巴兹尔，你一定要告诉我，"道林·格雷坚持说，"我觉得我有权利知道。"他的恐惧已经被好奇心代替了。他一心想发掘出巴兹尔·霍尔沃德的秘密。

"我们坐下来吧，道林，"画家看起来很烦恼，"我们坐下来。就回答我一个问题，你有没有注意到这幅画里有什么奇怪的东西？——可能一开始你并没有注意到，但后来突然发现的东西？"

"巴兹尔！"小伙子喊道，双手颤抖着抓住了椅子扶手，惊恐狂乱地望着他。

"我看你已经发现了。别说话，听我说完。道林，从我见到你的那一刻起，你的样子就对我产生了非同小可的影响。我的灵魂、大脑和力量都被你控制了。我们艺术家心里一直会有那种魂萦梦绕但看不见的理想，你对我来说就是那个理想可视的化身。我爱慕你，我嫉妒每个和你说话的人，我想独占你，只有和你在一起的时候我才开心。你不在的时候，你仍然存在于我的艺术里……当然，我从来没让你知道这件事。不可能让你知道，你也不会理解的，我自己都不太理解。我只知道，我面对面地看到了完美，世界在我的眼里也变得神奇了——也许太神奇了，因为在这种疯狂的爱慕里存在着危险，忽然觉得不爱了的危险和继续爱下去的危险一样大……时间一个礼拜一个礼拜过去，我对你越来越着迷。后来又有了新的发展，我把你画成身穿精美甲胄的帕里斯[1]和披着猎人斗篷、手里拿着铮亮标枪的阿多尼斯。你戴着沉甸甸的莲花冠，坐在阿德里安皇帝的船头，凝视着尼罗河浑浊的绿色河水。你俯身在希腊森林中一汪潭水边，从宁静的银色水面上看到了自己惊世的美貌。那都是艺术，艺术就是那样——无意识、理想化、遥不可及。有天——我有时觉得那是命中注定的一天——我决定给你画一幅了不起的画像，就是你真实的样子，不是穿着古装，而是就穿着你自己的衣服，就在你现在这个时代。我说不上来，是因为画法的现实主义，还是纯粹是你美貌的奇迹，就那样毫无掩饰地直接呈现在我面前，但我知道，当我画画的时候，每一笔、每一层颜色都透露出了我的秘密。我开始担心别人看出我的爱慕。道林，我觉得我流露得太多了，把自己太多东西都画进了画里。于是我决心决不展出这幅画。你那时有点不高兴，你不明白这对我意味着什么。我跟哈里说这件事的时候，他就嘲笑我。不过我不在意那些。这幅画画完的时候，我一个人坐在画前，

---

[1] 希腊神话中的特洛伊王子、美男子，因诱拐斯巴达王后海伦而引起了特洛伊战争。

觉得自己是对的……过了几天，这幅画离开了我的画室，我摆脱了它在那儿对我产生的难以忍受的魅力以后，就觉得我好像很愚蠢，除了你很美和我很会画以外，竟会想象在这幅画上还能看出别的什么来。现在我还是忍不住觉得，认为一个人在创作时的激情会表现在作品里，那种想法是不对的。艺术总是比我们幻想的还要抽象。形状和色彩只能展现形状和色彩。我觉得艺术对艺术家的掩饰，比对他们的揭露更彻底。所以我收到巴黎的邀请时，就决定把你的画像作为我展览的主要展品。我没想过你会拒绝。我现在明白了，你是对的，这幅画不能展出。你别因为我告诉你的事生我的气，道林，就像我之前对哈里说过的，你生来就是让人爱慕的。"

道林·格雷长吁了一口气，脸上恢复了血色，唇边露出了笑容。危险过去了，他暂时安全了。然而他不禁对这位刚刚向他作了奇怪表白的画家感到无限的怜悯，不知道自己会不会被朋友的容貌如此左右。亨利勋爵危险而有魅力，但也仅此而已。他太聪明，太玩世不恭，并不真的讨人喜欢。会不会有人让他满怀这样奇怪的爱慕呢？生活有没有为他准备那样的事情？

"我觉得很奇怪，道林，"霍尔沃德说，"你竟然在画上看出来了。你真的看出来了？"

"我看到了一些，"他回答说，"挺奇怪的东西。"

"好吧，现在你介意我看看这些东西吗？"

道林摇了摇头:"你别再要求这件事了,巴兹尔。我不可能让你看的。"

"以后总可以吧?"

"永远不行。"

"好吧,也许你是对的。那再见了,道林。我生命里真正影响了我的艺术的人就是你了。不管我画了什么好东西,都是你的功劳。啊!你不知道我要花多大力气才能把刚才那些话告诉你。"

"亲爱的巴兹尔,"道林说,"你告诉我什么了?只说你觉得你太爱慕我了,这也不算什么恭维嘛。"

"本来就不是恭维,那是告白。说完好像少了点什么。也许人不该把自己的爱慕用语言说出来。"

"这个告白挺让人失望的啊。"

"为什么,你希望是什么啊,道林?你没在画里看到别的吧?没别的了吧?"

"没有,没别的可看。你为什么这么问?不过你千万别说什么爱慕,那太傻了,你和我是朋友,巴兹尔,我们一定要永远当朋友。"

"你已经有哈里啦。"画家伤心地说。

"哦,哈里!"小伙子笑起来,"哈里白天就说些不可信的事,晚上就做不可能的事。我挺想过那种生活的。但我想如果我遇到困难还是不会去找哈里的。我情愿找你,巴兹尔。"

"你还会给我当模特吗?"

"那不会了!"

"你不肯就是毁了我作为艺术家的生命啦,道林。没人能碰到两个符合理想的人,碰到一个的都不多。"

"我没法跟你解释,巴兹尔,但我就是不能再给你当模特了。画像里有种要命的东西,它有自己的生命。我会来和你一起喝茶,那也会很愉快的。"

"恐怕是你比较愉快,"霍尔沃德懊丧地咕哝说,"好了,再见了。很遗憾你不让我再看看那幅画。但这也没办法。我很理解你对它的感觉。"

他出去的时候,道林·格雷暗暗笑了。可怜的巴兹尔!他哪里知道真正的原因呢!真奇怪,他没被逼出自己的秘密,却靠运气套出了朋友的秘密。那个奇怪的自白向他解释了多少事啊,画家莫名其妙的嫉妒、疯狂的忠诚、夸张的赞美、奇怪的沉默——他现在都明白了,也觉得很遗憾。他觉得,这么具有浪漫色彩的友情里,有着一些悲剧性的东西。

他叹了口气,按了铃。必须不惜一切代价把画像藏起来。他再也不能冒这种败露的危险了。他真是疯了,竟然让那东西留在他的朋友可以来的房间里,留在这里一个小时都不行。

Chapter 10 掩藏

仆人进来后，道林目不转睛地看着他，想看他会不会想往屏风后看一眼，但他没什么反应，只等待着他的吩咐。道林点了一支烟，走到镜子前，朝镜子里看了一眼，他完全可以从镜子里看到维克多的脸，它就像一张温驯的面具，充满了奴性，没什么好怕的。但他想最好还是小心点儿。

他说得很慢，让他告诉管家他要见她，然后去找画框师傅，让他马上派两个人来。他觉得仆人在出去的时候往屏风那儿瞄了一眼，要么是自己幻想出来的？

过了一会儿，身穿黑绸衣裙、满是皱纹的手上戴着老式线手套的利夫太太，匆匆忙忙地进了书房。他问她要了小书房的钥匙。

"那间老书房,道林先生?"她嚷道。"哎呀,里面全是灰,我要先收拾收拾。现在您去不合适,先生,真的。"

"不用收拾,利夫。我只想要钥匙。"

"好吧,先生,您要是进去会一身蜘蛛网的。哎呀,快五年没人去过了——自从老爷过世以后就没打开过。"

听人提到外祖父,他打了个寒战,他对他怀着恨呢。"没关系,"他说,"我只是想看看那儿——没别的,钥匙给我。"

"钥匙在这儿,先生,"老太太手抖抖索索地翻着钥匙圈,"这把,我这就从钥匙圈上拿下来。你不会想去住吧,先生,这里还舒服吗?"

"不会不会,"他急躁地说,"谢谢你,利夫。没事了。"

她又待了一会儿,絮叨了一些家里的琐事。他叹了口气,让她只管按自己的想法去办。她满脸笑容地走了。

门一关上,道林就把钥匙放到口袋里,环顾了一下房间,目光落在一条大的紫色缎子床罩上,上面密密麻麻地用金线绣着花,是十七世纪晚期威尼斯的精品,他外祖父从博洛尼亚附近的一个修道院里弄来的。可以,用来裹那个可怕的东西正好。说不定它原来就是盖棺材的,现在也用它来裹一个会自己腐败掉的东西,比死亡带来的腐败更可怕——它会滋生恐怖,却永远不会死。他的罪孽对画像来说就是尸体上的蛆,它们破坏它的美丽,啃噬它的丰姿,玷污它,让它变得恶心。然而那玩意还继续活着。它会永远活下去。

他打了个激灵，有那么一刻，他懊悔没告诉巴兹尔他想把画藏起来的真正原因。巴兹尔会帮他抵御亨利勋爵的影响，还有源自自己身上的更有害的影响。他对他的爱——那是真正的爱——里面没有一丝不高尚，而且是智慧的。那不是那种发自感官，也会随感官疲倦而消逝的对美的倾慕。那是米开朗琪罗、蒙田、温克尔曼[1]和莎士比亚都了解的那种爱。是的，巴兹尔本来可以救他的。但现在太晚了。过去总是可以被消灭的。后悔，否认，或遗忘都可以做到这一点。但未来是不可避免的。他身上的激情会找到可怕的出口，梦想会令其邪恶的阴影变得真实。

他从躺椅上拿起盖在上面的紫金色大织物，拿在手里，走到屏风后面。画布上的脸变得更狰狞了吗？他觉得没变，但他更厌恶它了。金发，碧眼，红唇——它们依然如故，只是表情变了，残忍得可怕。跟他从中受到的谴责和非难相比，巴兹尔因为西碧尔·文对他的责备多轻啊——轻得简直不算什么。他自己的灵魂从画布上看着他，要他接受审判。一阵痛苦袭来，他把华丽的棺罩蒙到画上，这时传来了敲门声，他从屏风后出来，仆人进来了。

"人来了，先生。"

他觉得应该马上把仆人打发走，决不能让他知道画像要

---

1. 温克尔曼（1717—1768）：德国考古学家、艺术史家，以研究古希腊文物著称。

搬到哪去,他有点狡猾,长着一双老谋深算的奸诈的眼睛。道林在写字台前坐下,给亨利勋爵写了一张便条,请他给他送些书来看,并提醒他当晚八点一刻见面。

"等着回信,"他把便条递给仆人,"叫那些人进来。"

过了两三分钟,敲门声又响起了,南奥德利街著名的画框师傅哈伯德先生亲自带着一个长得粗相的年轻助手来了。哈伯德先生是个脸色红润、长着红胡子的小个子,他对艺术的敬佩之情由于跟他打交道的大多数艺术家一向都没什么钱而大打折扣。通常他是不出店门的,就等着别人上门找他,但他总是为道林·格雷破例。道林身上有种魅力,能迷住所有人,见到他都是种享受。

"有何吩咐,格雷先生?"他搓着那双长满雀斑的胖手问,"我觉得我还是亲自来的好。我刚进了一个漂亮的画框,先生,是在拍卖会上买的,老佛罗伦萨式的,我想是从方特希尔[1]来的,非常适合宗教题材,格雷先生。"

"真不好意思让您费心过来一趟,哈伯德先生。我一定会去看看那个画框的——虽然我现在没怎么关注宗教艺术——今天我只想把一幅画搬到顶楼去,它挺重的,所以我才想找您借点人手。"

"不麻烦的,格雷先生。我很乐意为您效劳。先生,是哪幅画?"

---

1. 位于英格兰南部的一座哥特式建筑,1822年易主时曾有大批艺术品出售。

"这个,"道林拉开屏风说,"能不能就这么连着罩着的布一起搬?我怕它上楼时被刮到。"

"没问题,先生。"温和的画框师傅说着,在助手的帮助下,把画从挂它的长铜链上解下来。"那么,要搬到哪儿去,格雷先生?"

"我来带路,哈伯德先生,请跟我走。或者你们最好走在前面,要到房子正顶上呢。我们从前面的楼梯上去,那边比较宽。"

他为他们拉住门,他们进了门厅,开始上楼。画框材质精良,使得这幅画非常沉重,尽管哈伯德先生一再婉拒,他秉承他地道生意人的精神,不愿看到一位绅士动手帮忙,但道林还是时不时地搭把手。

"还真有点分量,先生。"到了顶层楼梯口的时候,那个小个子喘着气说,一边擦了擦汗津津的额头。

"恐怕是相当重吧。"道林喃喃说着,一边打开了门锁,里面就是那个将为他保守生命中的奇异秘密、为他将灵魂隐藏起来不让人看见的房间。

他已经四年多没进过这个房间了——实际上,小时候他把这里当游戏室,长大一点之后又把这里当作书房,后来就没来过了。那是个比例匀称的大房间,是已故的凯尔索勋爵特意为小外孙建造的,因为他和母亲长得很像,也因为其他原因,他一直很讨厌这个小外孙,希望他离自己远一点。道林觉得这间屋子几乎没什么变化。那个巨大的意大利橱柜，上面有着精美的彩绘嵌板和已经暗淡了的金色线条装饰，他小时候经常躲在里面。那个椴木书架，上面放满了他卷角的课本。后面的墙上还挂着那幅破旧的佛兰德壁毯，上面隐约可见国王和王后在花园里下棋，一队驯鹰人骑马经过，戴护臂的手腕上停着戴头罩的鹰隼。他对这一切记得多清楚啊，环顾四周，他孤独的童年的每一刻都浮现在眼前。回忆起童年时代的纯洁无瑕，而致命的画像也藏在这里，他觉得有点可怕，在那些逝去的日子里，他又怎么会想到日后这里会发生什么呢。

但这所房子里没有其他地方像这里这么安全、不会被人窥探了。钥匙在他手里，没别人可以进来。在紫色的棺罩下面，画布上的面孔会变得凶残、麻木、肮脏，这又有什么关系呢？没人看得到它。他自己也不会看。他为什么要去看自己灵魂可怕地腐烂呢？他保持着青春——这就够了。再说，他的天性难道就不会变好吗？没理由觉得未来会如此充满耻辱。他的生命里也许还会有爱出现，净化他，使他免受那些似乎已经在精神和肉体中激荡的罪孽的伤害——那些奇怪的、没有被画出来的罪孽，它们的神秘让它们具有难以捉摸的魅力。也许有一天，残忍的神情会从那敏感的红唇上消失，等那时他就向世人展示巴兹尔·霍尔沃德的杰作。

不，不可能的。画布上的东西一小时一小时、一星期一星期地越来越老。它或许能逃过可怕的罪孽，但逃不过可怕的衰老。脸颊会凹陷松弛；黄色的鱼尾纹会爬上日渐憔悴黯淡的眼睛周围，让它们变得可怕；头发会失去光泽；嘴巴会张开或下垂，像老人的嘴一样，愚蠢又难看；喉咙会皱巴巴；手会冰凉而又布满青筋；身体会扭曲。他童年时从严厉的外祖父身上记得的就是这般模样。这幅画一定要藏起来，没别的办法。

"请搬进来吧，赫伯德先生，"他疲惫地转过身来说，"对不起，耽误您这么久，我在想别的事情。"

"能歇一下总是好的，格雷先生，"还在喘气的画框师傅回答，"放哪里，先生？"

"哦，哪里都行，就这里吧，这里就行。我不想挂起来，就靠墙上吧。谢谢。"

"可以看看这幅画吗，先生？"

道林吃了一惊："您不会感兴趣的，哈伯德先生。"他一直盯着他，如果他胆敢掀开掩藏了他生命秘密的华丽帷幔，他就跳过去把他扑倒在地上。"现在我不想再麻烦您了，很感谢您好心亲自跑一趟。"

"不客气，不客气，格雷先生。随时愿意为您效劳，先生。"于是哈伯德先生就笨重地下楼去了，助手跟在后面，还回头看了一眼道林，粗糙的脸上露出了羞涩、惊奇的神情，他从来没见过这么好看的人。

他们的脚步声消失后，道林锁上门，把钥匙放进口袋，觉得安全了。没人会看到这个可怕的东西了。除了他自己，没人会看到他的耻辱了。

回到书房，他发现五点多了，茶已经上好了。在一张嵌满了珠母的小黑檀木桌上——这是他监护人的妻子拉德利夫人送给他的礼物，她是一个漂亮的职业病号，去年冬天还在开罗疗养——躺着一张亨利勋爵的便条，旁边还有一本黄色封面的书，封面有点破旧，边角都脏脏的。茶盘上放着一份《圣詹姆斯公报》第三版。很明显，维克多已经回来了。他想知道他有没有在门厅遇到那两个人出去，跟他们打听他们来干什么。他肯定注意到画不见了——毫无疑问，他上茶时就发现了，屏风还没拉回去，墙上明显空空的。也许哪天晚上，他会发现他偷偷摸摸地爬上楼，想强行打开房门。家里有密探真可怕。他听说过有的有钱人被仆人看了一封信，或偷听到了一段谈话，或捡到了一张写着地址的卡片，或在枕头下面发现了一朵枯萎的花或是一条皱巴巴的花边，就被勒索了一辈子。

他叹了口气，给自己倒了杯茶，打开了亨利勋爵的便条，上面说给他送来了晚报和一本他可能会有兴趣的书，还说他会在八点一刻到俱乐部。他懒洋洋地打开《圣詹姆斯公报》翻看起来。第五页上的一个红笔记号，让他注意到了下面这段话：

女演员验尸调查——今晨，地区验尸官丹比先生于霍克斯顿路的贝尔酒馆，对霍尔本皇家剧院的年轻女演员西碧尔·文的尸体，进行了验尸调查。验尸结论为意外死亡。死者母亲在提供证词及比勒尔医生做尸体鉴定时，情绪非常激动，人们深表同情。

他皱了皱眉头，把报纸撕成两半，走过房间，把碎片扔掉。这一切多丑陋啊！而丑陋又把一切事情搞得多么真实！他有点生气亨利勋爵给他送来这份报纸，还用红笔标出了那篇报告，太蠢了，维克多可能会读到的，他认的字读这个足够了。

也许他已经读过了，而且已经开始起疑了。不过这又有什么关系呢？道林·格雷和西碧尔·文的死有什么关系？没什么好怕的，道林·格雷又没有杀她。

他转而去看亨利勋爵寄给他的那本黄色的书，不知道是本什么书，他走到那张珍珠色的八角小茶几旁，他一直觉得这张茶几有点像一种奇怪的埃及蜜蜂用银子做出来的。他拿起书，倒进扶手椅里，翻看起来。没几分钟他就入迷了，那是他读过的最奇怪的书。他仿佛看到世界上的罪恶都披着精美的外衣，伴着轻柔的笛声，从他面前无言地走过。他以前朦朦胧胧想到的东西，突然在他面前变得真实起来。他过去从来没有想过的，也在他面前渐渐显露出来。

这是一本没有情节、只有一个人物的小说，实际上，只是对一个巴黎青年的心理研究。那个青年一生都试图在十九世纪实现从前每个世纪中的所有激情和思维方式，想在自己身上汇集世界精神所经历过的各种情绪。他欣赏被人们愚蠢地称为德行的那种纯粹人为的自我克制，也喜欢那种被贤哲称作罪孽的天性的反叛。这本书的写作风格奇特，像镶嵌着宝石一样，既生动又晦涩，充满了隐语、古语、术语和精心的注释，那是法国象征主义最优秀的艺术家的典型特征。很多比喻像兰花一样，形状奇怪，颜色微妙。作者用神秘的哲学语言描述着感官生活，让人有时几乎搞不清楚自己到底是在读一个中世纪圣人的精神狂想，还是一个现代罪人的病态忏悔。这是一本有毒的书，书页间仿佛散发着浓郁的香味，扰乱人的头脑。道林一章章往下看的时候，光是句子的节奏，那音调中的微妙单音，许多复杂的叠句和乐章精巧的重复，就能在他脑海中激起一种遐想，一种梦幻症，使他对夕阳西下、夜幕降临浑然不觉。

天空中没有一丝云，一颗孤零零的星点破了那片青铜绿，照进窗来。他借着这点微光读着，直到看不清了才停下。仆人已经提醒过几次时候不早了，他这才站起来，走进隔壁房间，把书放在床边的佛罗伦萨小桌上，开始换衣服去吃饭。

快九点他才到俱乐部，发现亨利勋爵一个人坐在休息室里，百无聊赖。

"对不起,哈里,"他喊,"但其实这都是你的错。你给我的那本书太吸引人了,我忘了时间了。"

"是啊,我知道你会喜欢的。"亨利勋爵站起来说。

"我没说我喜欢,哈里。我说它吸引我。这不一样。"

"啊,你发现了吗?"亨利勋爵喃喃地说。他们走进了餐厅。

Chapter 11 艺术生活

多年来，道林·格雷都无法摆脱这本书的影响，或者说他从没想过要摆脱它的影响会更准确一点。他从巴黎弄来了不下九册这本书大开本的初版，并把它们装帧成不同的颜色，来配合他的各种情绪，和他天性里各种变幻莫测、有时几乎要失控的奇想。书的主人公，一个奇妙的巴黎青年，浪漫和科学的气质神奇地在他身上混合，在道林看来，那是自己未来的写照。实际上，他觉得整本书似乎写的就是他自己的生命故事，在他经历之前已经写好了。

有一点，他比小说中奇异的主角更幸运。他从来不知道——事实上也没有理由知道——那种对镜子、抛光的金属表面和平静的水面的恐惧，而这种有点怪异的恐惧很早就降临在了那个巴黎年轻人的身上，因为他看到了一个曾经明艳过人的美人突然衰颓走样。道林常常怀着一种残酷的喜悦读这本书的后半部分——也许在几乎所有喜悦里，就像在所有的快乐中一样，残酷都有它的位置。

因为那曾让巴兹尔·霍尔沃德和其他许多人着迷的惊人的美，似乎永远也不会离开他。有关他生活方式的诡异传闻不时在伦敦到处流传，成为俱乐部的谈资，但即使听过他最邪恶传闻的人，见了他，也不相信他会有任何不光彩的事。他总是一副不染世事的样子。他一走进房间，那些粗话连篇的人都闭嘴了，他的一脸纯洁仿佛在责备他们，他一出现就让他们回想起自己被玷污了的天真，他们不知道像他这么迷人优雅的人是怎么免于被这个肮脏而纵情声色的时代玷污的。

他常常神秘地长时间消失，然后回家，使得他的朋友或自认为是他朋友的人做出种种离奇的猜测。他回到家，总是先悄悄溜到楼上那间锁着的房间，用那把现在从不离身的钥匙打开门，拿着一面镜子，站在巴兹尔·霍尔沃德为他画的肖像前，看看画布上那张邪恶而衰老的脸，再看看镜子里对自己回报以微笑的年轻漂亮的脸，这样鲜明的对比让他倍感快乐。他越来越迷恋自己的美貌，越来越对自己灵魂的腐败感兴趣。他会带着一种畸形而可怕的愉悦，一丝不苟地察看那丑陋的线条刻上皱巴巴的前额或爬到丰唇周围，有时还琢磨，罪恶的迹象和衰老的迹象，哪个更可怕。他把自己白皙的手放在画中粗糙臃肿的手旁，微笑起来，笑那变形的躯体和衰退的四肢。

的确，有的时候，夜里，当他躺在自己那散发着淡淡香味的房间里，或是躺在码头附近那家声名狼藉的小酒馆的肮脏房间（那是他常用假名乔装打扮光顾的地方）无法入眠时，他就会想到他毁了自己的灵魂，纯粹出于自私，心酸地自怜起来。但像那样的时刻是很少的。亨利勋爵最开始在他们一起坐在朋友花园里的那次，为他激起的那种对生活的好奇心，似乎随着满足而递增，他知道的越多就越想知道，越是饕餮越是无法餍足。

然而他并不是毫无顾忌，至少在与社交界的关系上不是。冬天每个月一两次，或社交季里的每星期三晚上，他都会把自己美丽的宅邸对外开放，请时下最有名的音乐家用艺术奇迹来使客人陶醉。他的小型晚宴，总是由亨利勋爵帮忙安排，对宾客的精挑细选，座位的得体安排，餐桌的品味高雅的布置，异国花卉、绣饰桌布、金银古盘的微妙而和谐的摆放……都使道林的宴会相当有名。

事实上，有很多人，特别是很年轻的人，都在道林·格雷身上看到，或觉得他们看到了他们在伊顿或牛津大学上学时所梦想的一切——真正的学者的教养与世界公民的优雅、优秀和完美风度的结合。对他们来说，他就是但丁笔下的"通过对美的崇拜而使自己变得完美"的那种人，就像戈蒂埃一样,"现实世界为他而存在"。

当然,对他来说,生活是第一位的,是最伟大的艺术,其他艺术都只能算是它的准备。时尚让真正奇妙的东西迅速地普及,而纨绔主义,以它自己独有的方式试图维护美的绝对现代性。当然,这两者他都爱。他的穿衣方式和他时不时的做派,对梅菲尔舞厅和蓓尔美尔俱乐部窗边的时髦青年,都有巨大影响。他们模仿他的一举一动,他偶尔半开玩笑地搞点儿公子哥儿的花哨玩意,他们也跟着学。

虽然他很乐意接受他一成年就会得到的地位,而且一想到自己对当今的伦敦来说,可能会像《萨蒂利孔》的作者[1]对于尼禄皇帝统治时期的古罗马一样,他确实有种妙不可言的愉快,但在内心深处,他不只是想做"美的鉴赏权威",让人咨询些珠宝搭配、领带系法和手杖握姿之类的事。他想阐述一种新的生活方式,具有理性的哲学和井然的秩序,并在升华的感官里找到它的最高境界。

对感官的崇拜经常受到谴责,而且还挺有道理,人们似乎对比自己强大的激情和感觉有一种天然的本能的畏惧,那让他们意识到自己和低等的动物有着同样的欲望和感受。但道林·格雷觉得,感官真正的本质还从来没被人理解,它们之所以一直保持着原始和兽性,只是因为世人在用禁止的方

---

[1] 长篇讽刺小说《萨蒂利孔》创作于罗马帝国时期,人们认为作者是佩特罗尼乌斯。小说用诗文间杂的体裁写成,故事由四处游荡的主人公自述,描写了公元1世纪意大利南部城镇的社会生活。

式来迫使它们屈服，或用痛苦扼杀它们，而不是把它们变成一种新精神的要素，这种新精神的最主要特征就是：对美有着更精细敏锐的直觉。回顾人类发展的历史时，他被一种失落感所困扰。这么多的东西都被放弃了！出于如此微不足道的目的！那些疯狂任性的抵制、病态的自我折磨和自我否定，都是源于恐惧，结果却是比他们在无知中试图逃避的幻想出来的堕落更可怕的堕落；自然有个绝妙的讽刺：把修道士赶去与沙漠里的野兽一同茹毛饮血，又为隐士送来荒野中的野兽作伴。

是的，正如亨利勋爵所预言的那样，将会出现一种新的享乐主义，它将重新创造生活，并把生活从目前正在奇怪地复兴的那种严酷的、不近人情的清教主义中拯救出来。当然，它是服务于理智的，但不接受任何以牺牲情感体验为代价的理论或体系。事实上，它的目的就是体验本身，而非体验的结果，不管这种结果是苦是甜。对于扼杀感官的禁欲主义，或使感官钝化的低俗的纵欲，它一无所知。它只是要人学会把注意力集中在生活里的一个个瞬间，而生活本身也只是一个瞬间。

我们很少有人没在黎明前醒来过，那一夜也许无梦，让我们几乎迷恋上了死亡，又或许充斥着恐怖和怪异的欢乐，那时，脑中掠过了比现实更可怕的幻象；还有潜藏在所有怪诞事物背后活生生的本能，它们赋予了哥特艺术持久的生命力，人们觉得那种艺术就是那些为幻想所苦的心灵创造的。白色的手指慢慢爬过了窗帘，似乎在颤抖。奇形怪状的黑影默默钻进房间的角落，蜷缩在那里。屋外，鸟儿在树叶间骚动，人出去工作，风从山上下来，绕着寂静的房子徘徊、叹息和呜咽，好像既怕惊醒睡梦中的人，又必须把睡神从她紫色的洞穴里喊出来。一层又一层朦胧的纱幔被揭开，渐渐地，事物重新有了形状和颜色，我们看着黎明以它古老的方式重塑着世界。苍白的镜子又获得了它模仿的生命，熄灭的蜡烛站在原地，旁边是我们读到一半的书，或是我们在舞会上戴过的花，或是我们一直不敢读或读了太多遍的信。我们似乎觉得，一切都没有改变。我们熟识的现实生活从黑夜虚幻的阴影里回来了，我们又要从昨天中断的地方继续下去，一种可怕的感觉向我们袭来，那就是必须在一成不变、令人厌烦的陈旧习惯中继续努力，或是狂热地渴望：可能在某个早晨睁开眼，看到一个在黑夜里按照我们的喜好重新塑造了的世界——万物都有了新的形状和颜色，新的秘密。在新世界，过去微不足道，或干脆不存在了，即使留着，也不会再让人意识到责任，以及欢欣的记忆里带着辛酸、快乐的回味中也含着痛苦这样的遗憾。

道林·格雷觉得创造这样的世界才是他生活的真正目标，或者至少是真正的目标之一。他在寻找新鲜、快乐的感觉和浪漫中必不可少的怪异元素的时候，常常采用那种他知道跟自己天性格格不入的思维方式，任凭自己受到它们微妙的影响，然后，在抓住了它们的色彩，满足了自己智力上的好奇之后，就冷淡地把它们丢下了。这种奇怪的冷淡和真正的热情气质并不是不相容，而且根据一些现代心理学家所说，真正热情的气质里往往都要有那种冷淡。

有一次，传说他要加入罗马天主教派。天主教的仪式确实一直很吸引他，每天的献祭比古时候的献祭还要可怕，那种对感官事实的超然拒绝，以及它所竭力象征的人类悲剧原始的朴素和永恒的悲哀，都深深地激起他的兴趣。他喜欢跪在冰冷的大理石地板上，看着穿着笔挺的绣花法衣的神甫用苍白的手慢慢拉开神龛的帷幕，或高高举起镶嵌珠宝的灯笼形圣体匣，里面装着白色的圣饼，而有时人们真的觉得那是"天使的面包"。有时神甫穿着基督受难时的衣服，把圣饼掰碎，放进圣杯里，然后为了罪孽而捶打胸脯。神情庄重的男孩们穿着镶花边的红衣服，把烟雾缭绕的香炉甩到空中，像一朵朵镀金的大花，这对他也有难以言说的吸引力。走出教堂时，他常惊奇地看一眼黑幽幽的告解室，想象自己坐在那儿的一个阴影里，听男人和女人隔着破旧的栅栏低声诉说他们生活中的真实故事。

但是，他从来没有犯这样的错误，比如正式接受某一信条或体系，让它阻碍自己的智力发展；或者误以为只适合住一晚、或是在月黑风高的晚上逗留几个小时的小客栈是可以真正住下来的地方。神秘主义能化平庸为神奇，又总伴随着微妙的唯信仰论，这打动过他一段时间；有段时间，他又倾向于德国达尔文主义运动的唯物主义学说，通过把人的思想和激情追溯到大脑里某个珍珠般的细胞或体内某条白色神经中获得了乐趣，他喜欢这种观点：精神绝对取决于某些生理条件，不管是病态的还是健康的，正常的还是残缺的。然而，就像之前说的，他觉得跟生活本身相比，什么理论都不重要。他强烈地意识到，脱离了行动和实验，一切理性思考都很贫瘠。他知道，感觉跟灵魂一样，都有精神上的奥秘有待揭开。

所以他开始研究香水和制造香味的秘密了——蒸馏气味浓郁的香油，燃烧东方芳香的树脂。他发现感官与情绪都是可以对应上的，于是探索起它们之间真正的关系，他想知道乳香中有什么让人感到神秘的东西，龙涎香中有什么能催发人的情欲，紫罗兰中有什么能唤起人们对逝去浪漫的回忆，麝香中有什么能扰乱人的大脑，黄兰中又有什么能玷污人的想象。他想阐释真正的香水心理学，研究气味香甜的根、满载花粉的香花、香浓的油膏、黑色的香木、让人恶心的甘松、让人发狂的枳椇，还有据说能驱除心灵中的忧郁的芦荟，评估它们的各种影响。

又有段时间，他把自己完全献给了音乐，在一个长长的房间里，他举办过奇怪的音乐会，房间装着格子窗，嵌着朱红金黄两色天花板，墙壁漆成橄榄绿色，疯狂的吉卜赛人在齐特琴上弹出狂野的音乐,黄头巾的突尼斯人拨动着巨大的琵琶上紧绷的琴弦,而笑眯眯的黑人单调地敲打着铜鼓,瘦削的缠头的印度人蹲坐在红垫子上吹奏长长的芦笛或铜笛,迷住了——或假装迷住了——大眼镜蛇和可怕的角蝰。这些野蛮的音乐的刺耳音程和尖锐的不协调时时激荡着他,而舒伯特的优雅、肖邦的美丽忧伤和贝多芬的强大的谐调,在他听来都没什么感觉。他从世界各地收集了能找到的最奇怪的乐器——从灭绝了的民族的坟墓里,从少数幸存下来、与西方文明有接触的土著部落中。他喜欢抚摸和拨弄那些乐器。他有内格罗河[1]流域的印第安人的"朱鲁巴里斯",这种乐器是女人不可以看的,青年男子也要经受了禁食和鞭挞以后才能看到;有能发出鸟的尖叫声的秘鲁人的土罐;有阿方索·德·奥瓦莱[2]在智利听到过的人骨笛子;还有在库斯科[3]附近发现的能奏出甜美音符的色泽浑厚的绿玉。他有几个彩绘葫芦,里面装满了小石子,摇晃起来嗒啦作响;有墨西哥人的单簧管,演奏方式不是吹,而是吸;有亚马逊部落的刺耳的"图尔",是整天坐在高高的树上的哨兵用的,据说九英里外都能听到;有"特波纳兹特里",它有两个振动的木舌片,用涂着从植物汁液里来的弹性胶质的棍子敲打发声;有阿兹特克人的"约特"铃,像葡萄一样一串一串的;还有一个

---

1. 亚马孙河的一条支流。
2. 阿方索·德·奥瓦莱(1601—1651):西班牙探险家。
3. 秘鲁南部山城,11世纪初时是印加帝国的首都。

巨大的圆柱形的鼓，蒙着巨蟒的皮，就像贝纳尔·迪亚兹[1]跟着科尔特斯[2]进入墨西哥神庙时看到的那个鼓，他还为我们生动描述了它阴沉的声音。这些乐器的奇异特性使他着迷，他想到艺术也像大自然一样，有自己的怪物，外形凶残、声音可怕，就感到一丝奇异的愉悦。但是过了一段时间，他就对这些东西厌倦了，宁愿一个人或是和亨利勋爵一起坐在歌剧院的包厢里，津津有味地听《汤豪舍》[3]，并在这部伟大艺术作品的序曲里看到自己灵魂悲剧的上演。

一度，他研究起珠宝来。在一次化装舞会上，他打扮成法国海军上将乔尤斯公爵[4]，穿着缀了五百六十颗珍珠的衣服。这种癖好他迷恋了好多年，实际上可以说他从没厌倦过。他常会花一整天翻来覆去地摆弄那些盒子里的宝石，比如在灯光下会变红的橄榄色金绿宝石、带着银线的波光玉、阿月浑子色的橄榄石、玫瑰粉与酒黄色的黄玉、闪着十字光华的火红色红榴石、火焰红的肉桂石、橙色和紫色的尖晶石、红蓝两色的紫水晶等等。道林喜欢日长石的金红、月长石的珍珠白和乳白色蛋白石夹杂的碎彩虹。他从阿姆斯特丹买了三颗色彩多样的特大号祖母绿，还拥有一颗令所有鉴赏家都眼馋的古董

---

1. 贝纳尔·迪亚兹（1496—1584）：西班牙历史学家。
2. 科尔特斯（1485—1547）：埃尔南·科尔特斯，西班牙殖民者，征服了阿兹特克帝国和今天的洪都拉斯和危地马拉等地区。
3. 瓦格纳的一部歌剧。
4. 乔尤斯公爵（1560 或 1561—1587）：法国亨利三世的密友，作为宠臣，拥有穿戴皇家颜色和佩戴宫廷珠宝的特权。

绿松石。

他还发现了一些关于宝石的传奇故事。在阿方索的《教士戒律》[1]里写到过一条蛇，眼睛是真正的红锆石。在亚历山大的传奇故事里说，这位伊玛底亚[2]的征服者在约旦河的山谷里发现了"背上长着一圈圈真正的祖母绿"的蛇。菲洛斯特拉托斯[3]告诉我们，龙的大脑里有一颗宝石，只要"展示金色的字母和大红色的长袍"，就可以使怪物昏睡过去并将它杀死。根据大炼金术士皮埃尔·德·博尼法斯的说法，钻石能让人隐身，印度玛瑙能使人口齿伶俐，红玉髓能安抚愤怒，红锆石能催眠，紫水晶能解酒，石榴石能驱魔，吉丁虫的鞘翅能使月亮失色，透明石膏能随月亮盈亏，而能识别盗贼的美乐石，只有小孩的血才能使它失灵。里奥纳多·卡米勒斯[4]曾见过一块从刚杀死的蟾蜍脑中取出的白色石头，那是一种解毒剂。在阿拉伯鹿的心脏里有种结石是瘟疫的克星。阿拉伯鸟巢里有种银色的石头，按照德谟克利特[5]的说法，它能使佩戴者远离任何火的危险。

锡兰国王在加冕典礼时，骑着马穿过整个都城，手里拿

---

1. 西班牙学者佩特鲁斯·阿方索在12世纪初写的一本书。
2. 古希腊城邦之一。
3. 古希腊雄辩家、诡辩学派哲学家和作家。
4. 意大利天文学家、矿物学家和医生，著有《矿物学》(1502)，论述了200多种矿物。
5. 古希腊唯物主义哲学家。

着一块巨大的红宝石。主教约翰[1]的宫殿大门"用玛瑙做成，镶嵌着整只角蝰蛇的角，携毒者因此无法入内"，山墙上有"两只金苹果，苹果里有两块红榴石"，白天金子闪光，夜晚红榴石发亮。洛奇[2]的怪谈传奇《一颗美洲珍珠》里说，在女王的寝宫，可以看到"世界上所有贞洁女子的银雕像，对着镶满橄榄石、红榴石、蓝宝石和绿宝石的镜子顾影自怜"。马可·波罗曾见到日本人把玫瑰色的珍珠放进死者嘴里。有一只海怪迷恋一颗珍珠，这颗珍珠却被一个潜水者采走献给了俾路斯一世[3]，海怪杀了盗珍珠的潜水者，为失去珍珠哀悼了七个月。当匈奴人把俾路斯王引诱进了陷阱时，他就把它扔掉了——普罗科皮乌斯[4]是这么说的——虽然阿纳斯塔修斯一世[5]悬赏五百镑金币寻找，但再也找不到它了。马拉巴尔国王曾给一个威尼斯人看过一串由三百零四颗珍珠穿成的念珠，每颗珍珠都代表一个他崇拜的神。

亚历山大六世之子，瓦伦蒂诺公爵谒见法王路易十二时，根据布朗托姆[6]记载，他的马上挂满了金叶，帽子上镶着两排光辉灿烂的红宝石。英王查理的坐骑马镫上有四百二十一颗钻石。理查二世有一件缀满巴拉斯红宝石的外套，价值三万

---

1. 中世纪传奇中的基督教国王和牧师。
2. 托马斯·洛奇（1558？—1625）：英国"大学才子派"诗人和剧作家。
3. 俾路斯一世（？—484）：萨珊帝国君主（沙赫）。
4. 普罗科皮乌斯（499？—565）：拜占庭帝国历史学家。
5. 阿纳斯塔修斯一世（430？—518）：拜占庭帝国皇帝。
6. 皮埃尔·布朗托姆（1540—1614）：法国编年史家。

马克。霍尔描述亨利八世在前往伦敦塔加冕的路上，穿着一件"金线凸纹上衣，胸甲上饰满钻石和宝石，颈甲上镶着大块巴拉斯红宝石"。詹姆斯一世的宠臣们都佩戴金丝线细织箍祖母绿耳环。爱德华二世曾赐给皮尔斯·加维斯顿[1]一副镶着红锆石的红金甲胄，一副镶绿松石的金玫瑰颈甲和一顶缀满珍珠的头盔。亨利二世的手套长及肘部，缀满珠宝，还有一只镶了十二颗红宝石和五十二颗大东珠的猎鹰手套。"大胆的查理"——勃艮第家族的最后一位公爵，他的公爵帽上挂满了梨形珍珠，还镶嵌着蓝宝石。

生活曾经多么精美啊！排场和装饰多么华丽！哪怕只在书里读一读已逝者的穷奢极欲，都是很美妙的。

后来他又把注意力转向了刺绣和壁毯，那些壁毯在北欧诸国寒冷的房间里起着壁画的作用。当他研究这个主题时——他有种非凡的能力，无论他着手在什么事情上，都能一下子全情投入——就想到时间给美妙之物带来的摧残，不禁感到悲哀。无论如何，他已经逃过了这一劫。一个又一个夏天过去了，黄色的长寿花开了又谢了许多次，可怕的夜晚里，仍不断发生着那些可耻的事情，但他没有改变，没有一个冬天能损坏他的脸庞、弄脏他的花样青春。物质的东西是多么不同啊！它们会怎么样呢？那件棕皮肤的姑娘们为取悦雅

---

[1] 皮尔斯·加维斯顿（1284—1312）：英国贵族，以作为英格兰国王爱德华二世的佞臣而闻名。

典娜做的,绣着诸神与巨人之战的场面的番红花色长袍,它到哪儿去了?尼禄在罗马斗兽场上方张过一张巨大的紫色天幕,上面画着星空和驾着金缰绳白骏马的战车的阿波罗,它又到哪儿去了?他渴望看到为太阳神祭司制作的奇异桌布,上面绣着宴会上需要的所有珍馐;希尔佩里克王[1]的尸衣,上面有三百只金蜜蜂;激怒了本都[2]的主教的那些奇妙的袍子,上面画着"狮子、豹、熊、狗、森林、岩石、猎人——实际上,大自然中的一切,画家都能复制";奥尔良的查理[3]穿过一件外套,袖子上绣着一首歌词,开头是"夫人,我满心欢喜",伴奏的乐谱都是金线绣的,当时的音符是方的,每个音符用四颗珍珠组成。道林读到过在兰斯[4]王宫为勃艮第的琼王后准备的房间,里面装饰着"一千三百二十一只刺绣鹦鹉,身上都有国王的纹章,还有五百六十一只蝴蝶,蝴蝶的翅膀上也有皇后的纹章,所有这些都是金质的";凯萨琳·德·美第奇[5]特制的黑天鹅绒灵床上,绣满了新月和太阳,帐幔是锦缎的,金银底上绣满了一圈圈叶子和花环,边缘垂下珍珠流苏,安放灵床的房间里挂满了一排排王后的纹章,都是用黑丝绒缝缀在银线底布上拼成的;路易十四的寝宫里有一根十五英尺高的

---

1. 法国莫洛温王朝国王,561—584年在位。
2. 古代小亚细亚北部的一个地区,在黑海南岸。
3. 指奥尔良公爵(1394—1465),奥尔良第二王朝的公爵,他是法国历史上最伟大的宫廷诗人之一。
4. 法国的一个城市,位于巴黎东北。
5. 法国亨利二世的王后。

金饰女像柱;波兰王索别斯基的御床,上面铺着士麦那[1]的金锦,床上刻有缀着绿松石的《古兰经》经文,床柱镀银,雕刻精美,镶满了珐琅和珠宝的团花,这张床是从维也纳城前的土耳其营地里得来的,当时穆罕默德的军旗就立在它闪闪发光的镀金顶篷下。

因此,整整一年,他都在努力收集他能找到的最精美的纺织品和刺绣。他找到了精致的德里细棉布,上面用金线绣满了精巧的掌状叶和亮晶晶的甲虫翅膀;达卡薄纱,因其透明度在东方被称作"织出来的空气""流水"和"夜露";花样奇特的爪哇布匹;精细的中国黄色帷幔;茶色锦缎或蓝色丝绸装订的书籍,上面有百合花、鸟和人的图样;匈牙利绣的方网眼花边的面纱;西西里的锦缎和硬挺的西班牙天鹅绒;乔治王朝时期缀满金币的纺织品;还有日本的织锦,上面有绿色的金绣和羽翼精美的鸟儿。

他对教会的法衣也有特别的热情,实际上他对一切与侍奉教会有关的东西都很有兴趣。在他家西边走廊两旁的长雪松箱里,存放着许多可以称作是"基督的新娘"穿的稀有而美丽的衣服,她只有穿上紫色的和亚麻的衣服,戴上珠宝,才能掩饰那被她自己所追求的苦难和伤痛折磨得苍白消瘦的身躯。他有一件深红丝绸和金丝锦缎做的华丽斗篷,上面绣满了六瓣花中镶嵌着金石榴的连续图案,两边是用小珍珠做的

---

1. 土耳其的一个城市。

凤梨，还有分成一格一格的刺绣，每格里都描绘了圣母玛利亚的生平事迹，她加冕的一幕用彩色丝线绣在了兜帽上，这是十五世纪意大利的制品。他还有一件绿丝绒法袍，绣着对生的心形叶子，上面开着长茎的白花，细节用银线和彩色水晶勾勒出来，纽扣上用金线绣了凸起的六翼天使头像，饰带用红金丝线织成菱形图案，点缀着包括圣塞巴斯蒂安[1]在内的众多圣人和殉道者的圆形头像。他还有琥珀色丝绸、蓝色丝绸搭金色锦缎、黄色丝绸缎子还有金缕布料子做成的各色十字褡[2]，上面绣着基督受难图，还有狮子、孔雀和其他象征图案；还有白缎和粉色丝锦缎的法衣，上面有郁金香、海豚和百合花图样；还有深红色天鹅绒和蓝色亚麻布做的祭坛帷幕；还有许多圣体布、圣餐杯罩和圣手帕。在使用这些东西的神秘仪式里，有些什么东西能刺激他的想象。

这些宝贝，和他在他可爱的房子里收集的一切，都是他用来忘却的手段，可以让他暂时摆脱那些有时简直难以承受的恐惧。在那个他曾经度过那么多童年时光、紧紧锁上的孤寂的房间里，他亲手把那幅可怕的画像挂到墙上，蒙上紫金棺罩，下面是它变化着的脸，向他展示着他生活的真正堕落。有时，他会几个星期不去那里，忘了那幅丑陋的画，找回轻松的心情、美妙的快乐，单纯享受自己的存在。然后，他会突然

---

1. 3世纪时因不愿放弃基督教信仰而殉道的罗马教徒。
2. 牧师主持圣餐、弥撒时穿的无袖长袍。

在晚上悄悄出门,到蓝门场附近那些可怕的地方去,在那里一连待上好几天,直到被赶走。回到家,他就坐到画像前,厌恶它和他自己,但有时又为自己的个人主义而骄傲,骄傲中一部分是出于对犯罪的迷恋,他对着画上扭曲的影像暗自得意地微笑,因为它替他承担了他的重负。

几年以后,他受不了长期离开英国,就放弃了他和亨利勋爵在特鲁维尔共有的别墅,以及他们在阿尔及尔度过好几次冬天的带围墙的白色小房子。他不愿意和这幅画分开,这幅画是他生活的一部分,他也害怕在他不在的时候,有人会进这个房间,尽管他在门上装了精心设计的栅栏。

他很清楚别人不会从画像里看出什么的。的确,那幅画像上的脸邪恶、丑陋,但还是能看出和他有点像,可是他们又能从中发现什么呢?如果谁想讽刺他,他就笑话回去,那画的又不是他,它看起来卑鄙可耻,跟他又有什么关系呢?就算告诉他们真相,他们会信吗?

但他还是害怕。有时,当他在诺丁汉郡的豪宅里招待他主要的玩伴——和他自己地位相当的时髦年轻人,恣意不羁和奢靡华贵的生活方式震惊了乡里时——他会突然抛下客人,匆匆赶回城里,看看门有没有被人动过,画像是不是还在那里。要是画像被偷了怎么办?想到这个他就吓得浑身发冷。到时候全世界都会知道他的秘密。或许他们现在已经在怀疑了。

因为，虽然他让很多人着迷，但也有不少人不信任他。在西区的一家俱乐部，论出身和社会地位他完全有资格成为会员，可他差点因为反对意见而进不去。据说有一次，他被一位朋友带进丘吉尔的吸烟室的时候，伯里克公爵和另一位绅士就那么站起来走了。他过了二十五岁以后，关于他的奇怪流言就传开了。传言说，有人看见他在白教堂远处的一个下流窝点和外国水手斗殴，又说他和小偷以及造伪币的人来往，知道那些行当的秘密。他不寻常的消失已经是人尽皆知的事，等他重新出现在社交场上的时候，人们会在角落里窃窃私语，或带着讥笑从他身边走过，或用冷冰冰的追根究底的目光看着他，好像决心要挖出他的秘密一样。

当然，他对那些傲慢无礼和侮慢的意图不以为意。在大多数人看来，他坦率潇洒的做派、天真迷人的笑容，以及那似乎永驻的青春的无穷魅力，本身就足以回应四处流传的对他的"诽谤"——他们是这样看待那些传言的。然而也有人注意到，有些一度和他十分亲密的人，过一段时间以后就跟他疏远了。有些曾经疯狂崇拜他、为了他甘受社会责难并挑战传统习俗的女人，一看见道林·格雷走进房间，就因为羞愧或惊恐而脸色发白。

不过那些流言蜚语在许多人看来只是增加了他奇怪而危险的魅力。他拥有的巨大财富是一种安全保障。社会，至少是文明社会，从来都不怎么愿意相信任何对那些既富有又迷人的人不利的事。社会本能地觉得,风度比道德更重要,在它看来,最高尚的人品也比不上家里有一个好厨师。毕竟,如果有人请你吃了一顿糟糕的饭、喝了差劲的酒,告诉你他在私生活中无可指责,也不能安慰到你多少。就像亨利勋爵有次讨论这个话题时说的,最高尚的美德也弥补不了一道半凉不热的主菜。要支持他的观点还有很多话可以讲。因为上流社会的准则和艺术的准则是一样的,或者说应该是一样的:形式是极其重要的,要有仪式的庄严感和不真实性,要把浪漫剧的虚假与使我们觉得这些戏剧可爱的机智和美结合起来。虚假真的那么可怕吗?我不觉得。它只是我们丰富自己个性的一种方法而已。

至少,道林·格雷是这么认为的。有些人以为人的自我是简单、持久、可靠并且只具有一种本质的东西,那样浅薄的想法让他感到惊奇。对他来说,人是一种有无数生活和无数感觉、复杂多样的生物,精神秉承了思想和激情的奇怪遗产,肉体沾染着祖先的奇怪疾病。他喜欢漫步在他乡间别墅凄凉阴冷的画廊里,看那些和自己有血缘的人的画像。这位是菲利普·赫伯特,弗朗西斯·奥斯本在他的《伊丽莎白女王和詹姆斯国王时代回忆录》里说他"因其英俊的面孔而在宫廷中受宠,然而姿容却未能长驻"。他现在过的会是赫伯特年轻时的生活吗?是不是有种奇怪的毒菌在身体里代代相传?是不是就是对失宠的朦胧记忆,使他如此突然、几乎毫无理由地在巴兹尔·霍尔沃德的工作室里讲出了疯狂的祈祷,从而改变了他的生活?这儿,穿着绣金的红色紧身短上衣、宝石装饰的无袖铠甲罩衣、轮状皱领和腕口镶着金边、脚边堆着银黑两色的甲胄,站着的这位,是安东尼·谢拉德爵士,他给他留下了什么遗产?这位那不勒斯的乔万娜[1]的情人,留下的是不是罪孽和耻辱?他现在所做的,会不会只是死者当年不敢实现的梦想?这儿,褪色的画布上,伊丽莎白·德弗勒夫人微笑着,戴着薄头纱,穿着饰珍珠的三角胸衣配粉红镂空袖子,右手拿着一朵花,左手握着一个绣了白色和淡红色玫瑰的珐琅领圈,身边的桌子上放着一把曼陀林和一个苹果,玲珑的尖头鞋上缀着大朵的绿玫瑰。他知道她的生活,以及她情人们的奇闻。他身上是不是也有她的气质?那椭圆形的眼睛垂下来,好像好奇地看着他。那乔治·威洛比呢?他的头发上扑着粉,脸上贴着奇怪的美人痣,他看起来多邪恶啊!面孔黧黑而阴沉,性感的嘴唇轻蔑地扭曲着,精制的花边褶袖盖住了那双戴满戒指的瘦黄的手。他是十八世纪的花花公子,年轻时是费拉斯勋爵的朋友。第二代贝肯汉姆勋爵呢,他是摄政王[2]最疯狂时期的玩伴,也是他和菲茨赫伯特夫人秘密结婚的证婚人之一。他多英俊骄傲啊,一头栗色鬈发,一副目空一切的姿态!他又传下来了什么样的激情?在世人

---

1. 乔万娜一世(1326—1382):1343-1382年期间是那不勒斯女王、普罗旺斯和佛卡尔基耶女伯爵。
2. 英王乔治四世(1762—1830)。

中间他声名狼藉。他带头在摄政王的卡尔顿府纵情狂欢,胸前的嘉德勋章熠熠闪光。他旁边挂着他妻子的画像,脸色苍白,嘴唇很薄,穿一身黑,她的血也在他身体里激荡。这一切真奇怪!还有他的母亲,脸长得很像汉密尔顿夫人[1],湿润的双唇上沾着酒滴——他知道自己从她那里继承了什么:美,和追求别的美的激情。她穿着宽松的酒神女祭司的衣服,对他笑着,头发上有藤叶,紫色的酒从她端着的杯子里溅出来,画上的血色已经消退,但那双眼睛仍然深邃明亮,无论他走到哪里,那双眼睛似乎都望着他。

诚然,人既有种族的祖先,也有文学上的祖先,很多人的气质和类型可能和文学上的祖先更接近,也更能明确地意识到。有时,道林似乎觉得,整个人类历史都只不过是自己生活的记录,不是说他真的在那些事件和环境里生活过,但他的想象力为他创造了历史,历史就在他的大脑里、激情里。他觉得自己仿佛认识他们所有人,那些奇怪而可怕的身影,在世界舞台上匆匆走过,让罪孽显得神奇,把邪恶变得微妙。他仿佛觉得,通过某种神秘的方式,他们的生活变成了他自己的。

那本对他的生活产生了巨大影响的奇异小说里,主人公自己也有过这样的奇想。第七章里,他讲述了自己如何像提庇

---

1. 汉密尔顿夫人(1761?—1815):英国外交官威廉·汉密尔顿之妻,海军名将纳尔逊的情妇。

留[1]一样，头戴月桂冠以避雷，坐在卡普里岛的花园里，读着厄勒芳迪斯[2]写的荒淫无耻的书，一群侏儒和孔雀在他身边大模大样地走来走去，长笛手嘲笑着摆弄香炉的人；像卡利古拉[3]一样，在马厩里与绿衫骑师饮酒作乐，和一匹额饰珠宝的马在象牙马槽里共进晚餐；像图密善[4]一样，在大理石镜子的走廊里徘徊，憔悴的双眼四下搜寻着将会结果他性命的匕首的影子，并感到了无生趣——那种永远想要什么就有什么的人会感到的无聊和厌倦；他还透过一块透明的绿宝石欣赏竞技场上的杀戮，然后坐上珍珠装饰的紫色轿子，由钉着银蹄的驴子拉着，穿过石榴大街到黄金大厦，一路都能听见人们在高喊着自己"尼禄皇帝"；像埃拉伽巴路斯[5]那样，在自己脸上涂抹颜色，和女人一起摇着纺纱杆，把月亮神从迦太基[6]带来，并把她神秘地嫁给了太阳。

道林一遍又一遍地读这奇妙的一章和紧接着的两章，那两章就像珍奇的挂毯或精巧的珐琅画一样，画出了那些被罪恶、血腥和厌倦弄成魔鬼或疯子的人的可怕而又美丽的样子：米兰

---

1. 提庇留（前42—37）：罗马第二代皇帝，14—37年在位。
2. 厄勒芳提斯（1世纪晚期）：希腊诗人和医生，作为一本性爱手册的作者而闻名于古典世界。
3. 卡利古拉（12—41）：罗马皇帝，37—41年在位，以暴虐著称。
4. 图密善（51—96）：罗马皇帝。
5. 罗马帝国赛维鲁斯王朝皇帝，218—222年在位，是罗马帝国建立以来，第一位出生在帝国东方——叙利亚的皇帝。
6. 非洲北部古代城邦。

的菲利普公爵,他杀死妻子,在她唇上涂上红色的毒药,让她的情人在啜饮爱人的嘴唇时中毒死去;威尼斯人皮埃特罗·巴尔博,也就是保罗二世,因为虚荣,想要得到"福尔摩苏斯"教皇的封号,不惜犯下可怕的罪行换来价值二十万弗罗林的教皇三重冠;吉安·马利亚·维斯康提[1]曾放猎狗追咬活人,后来被谋杀,尸体被一个爱过他的妓女用玫瑰盖满;波吉亚[2]骑着白马,杀死了手足,斗篷上还沾着佩洛托的血;彼得罗·瑞阿里奥,佛罗伦萨年轻的红衣主教,西克斯图斯四世的儿子与宠臣,他的美貌只有其放荡能与之媲美,他在红白丝绸帐篷里接待阿拉贡[3]的利奥诺拉,周围的人扮成仙女和半人马,还有一个全身涂了金色的男孩,充当伽倪墨得斯[4]或许拉斯[5],在宴会上当侍童;埃泽林[6]的忧郁只有在见到死亡的景象时才能治愈,他嗜血,犹如人们嗜好红酒,据说他是魔鬼的儿子,和他爸爸玩骰子的时候作弊赢得了自己的灵魂。詹巴迪斯塔·希波,讽刺地号称"无辜"[7],却让一个犹太医生把三个男孩的血注入了他

---

1. 吉安·马利亚·维斯康提(1388—1412):意大利北部以米兰为中心的伦巴第世家子弟。
2. 切萨雷·波吉亚(1476?—1507):波吉亚家族是文艺复兴时期的显赫家族,而他是该家族中最恶名昭彰也是最具魅力的一个,被达·芬奇形容拥有"宁静的面孔和天使般清澈的双眼"。
3. 1035—1707年时伊比利亚半岛东北部阿拉贡地区的封建王国。
4. 希腊神话中的美少年,宙斯将他带走为众神斟酒。
5. 希腊神话中的美少年,大力神赫拉克勒斯的侍童。
6. 埃泽里诺三世(1194—1259):意大利封建领主。
7. 即教宗因诺森特八世(1432—1492):罗马教皇,因诺森特意为天真的、无辜的。

枯干的血管；西吉斯蒙多·马拉泰斯塔，伊索塔的情人和里米尼的领主，被视为上帝和人类之敌，雕像在罗马被焚烧，他用餐巾勒死了波利西娜，用绿玉酒杯盛毒酒给吉内弗拉·德·埃斯特喝，还为了纪念一段苟且之情，建造了一座异教徒的教堂给基督徒朝拜；查理六世，疯狂地爱上了嫂子，连麻风病人都提醒他，他快神经错乱了，当他大脑不正常的时候，只有用画着爱情、死亡和疯狂场景的撒拉逊纸牌才能安抚他；还有穿着镶边皮甲、头戴宝石帽、留着萱草般的鬈发的格里芬内托·巴廖尼，他杀死了阿斯托雷和他的新娘、西蒙纳多和他的侍从，他如此好看，以至于当他躺在佩鲁贾[1]的黄色广场上快要死的时候，那些恨他的人也不禁流泪，而诅咒过他的阿塔兰塔[2]也为他祝福。

他们身上都有一种可怕的魅力。他在夜里看到他们，白天也不由自主想象着他们。文艺复兴时代的人熟知各种奇怪的下毒方法——用头盔、点燃的火把、刺绣手套、宝石装饰的扇子、镀金的香盒或者琥珀项链。道林·格雷却被一本书下了毒。有的时候，他只把邪恶看成实现自己美的理念的一种方式。

---

1. 意大利的一个城市。
2. 希腊神话中一位善于疾走的女猎手，非常讨厌男人。

Chapter 12　午夜邂逅

　　那是十一月九日,他三十八岁生日的前夕,这一天后来他常常记起。

　　十一点左右,他从亨利勋爵家吃完饭回家,夜里又冷又有雾,他裹着厚厚的皮裘。在格罗夫纳广场和南奥德利街的拐角处,有个人在雾中从他身边经过,走得很快,灰色的阿尔斯特大衣的领子向上翻着,手里提着包。道林认出他是巴兹尔·霍尔沃德,一阵莫名的恐惧涌上心头。他假装没认出他,快步往家走。

　　但霍尔沃德已经看到他了。道林听到他先是在人行道上停了一下,然后就追过来了,不一会儿,他的手就抓住了自己的胳膊。

"道林！真巧啊！我九点就一直在你的书房里等你了，最后我可怜仆人太累了，让他去睡觉，他才把我送出来了。我要坐半夜的火车去巴黎，特别想在走之前见你一面。你从我旁边过去的时候我就觉得是你，觉得衣服像，但吃不准。你没认出我吗？"

"这么大的雾，亲爱的巴兹尔，哎，我连格罗夫纳广场都认不出来。我觉得我家就在这附近，但我也吃不准。真可惜你要走了，好久没见了。不过你很快就会回来的吧？"

"不，我要去半年呢。我打算在巴黎找间画室，埋头画画，直到把我脑子里的一幅杰作画好。不过我不是想说我的事，到你家了，让我进去一会儿，我有话和你说。"

"我是很乐意啊，但你不会赶不上火车吗？"道林·格雷走上台阶掏出钥匙打开门，懒洋洋地说。

霍尔沃德借着浓雾中的一点微弱的灯光看了看表，说："时候还早，十二点一刻的火车，现在才十一点。其实刚才碰到你的时候我就是去俱乐部找你的。你看，我也没什么行李，大件都托运了，所有的东西就这一个包，二十分钟就能到维多利亚车站。"

道林看着他，笑了起来："时髦画家就是这么旅行的！一个包、一件大衣！快进来，不然雾气要进来了。不过拜托别谈什么严肃的事情。如今没什么事是严肃的了，至少没有什么事应该严肃。"

霍尔沃德摇摇头，进了门，跟着道林进了书房。一个敞口的大壁炉里，柴火烧得正旺。灯亮着，一张镶嵌工艺的小木桌上放着一个打开的荷兰银制酒盒、几瓶苏打水和几个雕花玻璃酒杯。

"你看你的仆人让我感觉宾至如归，道林。他把我想要的东西都给我了，包括你最好的金嘴香烟。他真是勤快，我喜欢他，比你以前的那个法国人好多了。对了，那个法国人怎么样了？"

道林耸耸肩："我想他娶了拉德利夫人的侍女，让她在巴黎当了一个英国裁缝。听说那边现在很流行英国式样。法国人挺傻的，是吧？但是，我跟你说，他是个挺好的下人。我没喜欢过他，但也没什么好抱怨的。人常常会瞎想。他对我真的挺忠心的，走的时候好像还挺难过。再来一杯白兰地苏打？还是白葡萄酒加气泡矿泉水？我自己一直喝白葡萄酒气泡水的。隔壁房间肯定有。"

"谢谢，我什么也不喝，"画家说着，脱下帽子和大衣，扔在角落里的包上，"现在，亲爱的朋友，我想认真地和你谈谈。别这样皱眉头，你让我没法说了。"

"要说什么啊？"道林倒在沙发上，任性地喊，"我希望跟我没什么关系，今晚上我烦我自己啦，都想变成别人了。"

"是关于你的，"霍尔沃德严肃深沉地说，"我必须要说。只耽误你半小时。"

道林叹了口气，点了一支烟。"半小时！"他喃喃道。

"不算久吧，道林，我要说的完全是为了你好，我觉得应该让你知道，伦敦正在流传关于你的可怕谣言。"

"我一点也不想知道。我喜欢听别人的丑闻，对我自己的不感兴趣。没什么新鲜的听头。"

"你一定有兴趣的，道林。每个上等人都关心自己的清誉。你不想别人把你说成是卑鄙堕落的人吧。当然，你有地位、财富，还有诸如此类的东西。但地位和财富不是一切。我跟你说，我根本不相信那些传言，至少一看到你我就不信了。罪恶是写在一个人脸上的东西，藏不了的。人有时候会说什么隐秘的罪恶，其实根本就没这种事，如果一个可怜的人干了坏事，就会写在他嘴角的线条里、耷拉的眼皮里，甚至手的形状里。有人——我不想说他名字，但你认识他——去年来找我为他画像。我以前没见过他，当时也没听说过关于他的任何事，不过后来我听说了不少。他开了一个很高的价钱，但我拒绝了，我讨厌他手指的形状。现在我知道我对他的感觉是对的。他的生活很可怕。但是你，道林，你的脸那么纯洁、明朗、天真，你的青春无忧无虑，令人赞叹——我不相信任何关于你的坏话。但我见你太少了，你也不来画室了，你不在的时候，我听到关于你的流言蜚语，不知道该说什么。道林，为什么像伯里克公爵这样的人，看到你进俱乐部就会走？为什么伦敦那么多绅士从来不去你家，也不邀请你去他们家?你以前是斯塔夫利勋爵的朋友,我上个星期吃晚饭的时候碰到他,谈话时偶尔提到了你的名字,说你把袖珍画借给达德利[1]展览,斯特夫利撇着嘴说你可能很有艺术品味,但你是个纯洁的姑娘都不应该认识的人,贞洁的女人都不应该和你同处一室。我提醒他说我是你的朋友,问他那话是什么意思。他就跟我说了,他当着大家的面说的。太可怕了!为什么你的友谊对年轻人来说这么要命?皇家卫队里有个可怜的男孩自杀了,你是他的好朋友。亨利·阿什顿爵士落得声名狼藉,不得不离开英国,你跟他形影不离。阿德里安·辛格尔顿结局那么惨是怎么回事?肯特爵士的独生儿子和他的前途又是怎么回事?我昨天在圣詹姆斯街碰到了他的父亲,他好像因为羞耻和悲伤整个儿垮了。还有年轻的珀斯公爵,他现在过着什么样的日子?还有哪个体面人会和他来往?"

"别说了,巴兹尔。你根本就不了解那些事,"道林·格雷咬着嘴唇,声音里带着无限轻蔑,"你问我为什么我一进房间,伯里克就会走,因为我知道他所有事,而不是他知道我什么事。他血管里流着那样的血,他的底子能干净吗?你问我亨利·阿什顿和年轻的珀斯的事,是我教他们一个去犯罪、一个去放荡的吗?肯特的傻儿子要从街上找个妓女做太太,关我什么事?阿德里安·辛格尔顿假冒朋友在支票上签名,我是他的监护人吗?我知道英国人是怎么聊天的,中产

---

[1] 伦敦一座私人美术馆,为达德利勋爵所有。

阶级在粗俗的餐桌上肆意发表他们的道德偏见，再叽叽喳喳地说那些比他们过得好的人多么'玩得开'，假装他们也属于上流社会，跟他们诽谤的人关系很近似的。在这个国家，一个人只要有名望、有头脑，就足以让每个普通人说长道短了。而这些自诩有道德的人，自己又过着什么样的生活呢？亲爱的朋友，你忘了，我们这是伪君子的故乡。"

"道林，"霍尔沃德叫道，"问题不是这个，英国是很糟糕，我知道，英国社会简直荒谬，所以我才希望你好好的。但你没有好好的。我们是可以根据一个人对他朋友的影响来判断这个人的。你的朋友好像都对荣誉、正直、纯洁这些事没感觉了，你让他们疯狂享乐，他们都掉进了深渊，是你把他们带进去的，而你居然还笑得出来，就像你现在这样笑一样。然后还有更糟糕的，我知道你和哈里是密友。不说别的，就因为这个你也不应让他妹妹的名字变成笑柄啊。"

"说话小心点，巴兹尔。你说得过分了啊。"

"我一定要说，你也一定要听。听着，格温德琳夫人遇到你之前，跟一丝丑闻都不沾边。现在伦敦有哪个正派女人愿意在公园里和她一起坐车？连她的孩子都不被允许和她一起住了。还有别的故事——有人看到你天亮的时候从下流的房子里溜出来，又乔装打扮进了伦敦最脏的地方。这是真的吗？有可能是真的吗？我第一次听到这些的时候笑了，现在再听到却不寒而栗。你乡下的别墅和那里的生活是怎么回事？道林，你不知道别人是怎么说你的。我不想和你说：我不想对你说教。我记得哈里说过，每个临时要当业余牧师的人，说话开头都是这句，紧接着就推翻了这句话。我就是想对你说教。我希望你过受人尊敬的生活，我希望你名声清白、事迹干净，我希望你能跟狐朋狗友断绝来往。别那么耸肩膀，别这么无动于衷。你有非常强的影响力，用它来为善，不要作恶。他们说，你会让每一个跟你要好的人堕落，而你进了谁家门，谁家就要蒙羞。我不知道是不是这样，我怎么会知道呢？他们就是这么说你的。我听到的事都没什么怀疑的余地。格洛斯特勋爵是我在牛津最好的朋友之一，他给我看了一封他妻子写给他的信，是她一个人在芒通[1]的别墅里死之前写的，那是我看过的最可怕的忏悔，里面写到了你的名字。我跟他说这太荒谬了，我很了解你，你不可能做这种事。了解你？我不知道，我了解你吗？回答这个问题之前，我应该先看看你的灵魂才行啊。"

"看我的灵魂！"道林·格雷喃喃自语，从沙发上站起来，几乎吓得脸色惨白。

"是的，"霍尔沃德严峻地回答，声音里透着深沉的忧伤，"看你的灵魂，可是只有上帝才能做到这件事啊。"

道林嘴里发出一声嘲讽的苦笑。"你就能看到，就今晚！"他叫道，从桌子上抓起一盏灯，"来，这是你自己的杰

---

[1]. 法国东南部濒临地中海的城市，疗养胜地。

作,你为什么不能看呢?如果你高兴,以后你可以把一切昭告天下,没人会相信你的,如果他们真信了,只会因此更喜欢我。我比你更了解这个时代,尽管你总是唠唠叨叨。来啊,我告诉你,关于堕落你已经说得够多了,现在你还是当面看看它吧。"

他说的每个字都带着近乎疯狂的骄傲,他像小孩一样粗鲁地踩着地板,想到有人要分享他的秘密,想到这个人画了这幅代表自己一切耻辱之源的画像,也因此一生都要背负着对所作所为的可怕记忆,他就感到一种可怕的快乐。

"是的,"他继续说道,走近他,直直地盯着他严厉的眼睛,"我就让你看看我的灵魂,让你看看你以为只有上帝才能看到的东西。"

霍尔沃德开始后退。"你这是亵渎神明啊,道林!"他喊道,"你不能说这种话,太可怕了,而且毫无意义。"

"你这么觉得吗?"他又笑起来。

"我知道是这样。至于我今晚对你说的,都是为你好。你知道我一直把你当好朋友的。"

"别碰我。你接着说。"

画家的脸上闪过一丝痛苦扭曲的表情,他停了一下,一股狂热的怜悯之情涌上心头。毕竟,他有什么权利去窥探道林·格雷的生活?如果他干了那些传闻里的十分之一的事情,他一定也很痛苦吧!他直起身子,走到壁炉旁,站在那里,看着燃烧的木头,上面的灰烬像霜一样,火焰跳动着。

"我等着呢,巴兹尔。"年轻人生硬而清晰地说。

他转过身来。"我要说的是,"他喊道,"那些对你的可怕指控,你要给我一个答案。如果你跟我说,它们彻头彻尾都不是真的,我就相信你。你说'不是'吧,道林,说'不是'吧!你看不出来我很难过吗?上帝!别告诉我你是邪恶、堕落、可耻的。"

道林·格雷笑了,唇边有一丝轻蔑。"上楼来吧,巴兹尔,"他静静地说,"我每天都记日记呢,不拿出房间的。你跟我来,我就给你看。"

"你要我去我就去,道林。我看我已经误了火车了,没关系,我可以明天去。但今晚别叫我读什么东西了,我只想要个简单的回答。"

"上楼来就给你回答,在这里我给不了,你也不用看很久的。"

Chapter 13　谋杀

他走出房间，开始上楼，巴兹尔·霍尔沃德紧随其后。他们走得很轻，人在夜里本能地就会那样。灯光在墙和楼梯上投下了奇怪的影子。突然刮起一阵风，把窗户吹得咔嗒咔嗒响。

他们来到顶层楼梯平台，道林把灯放在地上，拿出钥匙，插进锁里转了一下。"你还是想知道吗，巴兹尔？"他低声问。

"嗯。"

"我很高兴，"他笑着答道，随即又有点严厉地补充说，"你是世界上唯一有资格知道我所有事的人。你和我的生活的关系比你以为的要大得多。"说完，他拿起灯，打开门走了进去。一股冷风从他们身边吹过，火焰的气流穿过他们，暗橙色的灯火晃了一下。他打了个寒战，低声说："把门关上。"一边把灯放在桌上。

霍尔沃德疑惑地四下看了看,这间屋子看起来像是很多年没人住过了。一幅褪色的佛兰芒壁毯、一幅帘子遮住的画、一个老式意大利橱、一个几乎空着的书柜,还有一张桌子、一把椅子,这个房间里只有这些东西。道林·格雷点燃壁炉架上的一支剩半截的蜡烛时,他看到整个房间里布满了灰尘,地毯也是千疮百孔。一只老鼠在壁板后面惊慌跑过。屋里一股潮湿的霉味。

"你觉得只有上帝才能看到灵魂,巴兹尔?把那个帘子拉开,你就会看到我的灵魂了。"说话的声音冷漠而残忍。

"你疯了,道林,这不是在演戏吧。"霍尔沃德皱着眉头咕哝道。

"你不拉?那我自己来吧。"说着,他一把把帘子从杆子上扯了下来,甩在地上。

画家在昏暗的光线里,看到画布上那张狰狞的脸在向他微笑,他不禁惊呼了一声。在它的表情里,有些东西让他充满了厌弃和憎恶。天哪!他看到的是道林·格雷自己的脸!恐怖还是什么的,还没完全破坏他奇妙的美。稀疏的头发里还有一点金色,肉感的嘴唇上还有一点红润,呆滞的眼睛里还留着一点可爱的蓝色,高贵的曲线还没有完全从精致的鼻子和柔软的脖子上消失。没错,这是道林本人。但这是谁画的呢?他似乎认出了自己的笔法,画框是他自己设计的。但这个想法很荒唐，让他害怕。他紧握着点燃着的蜡烛，凑近画像。左下角是他的签名，用鲜艳的朱红色细长字母写的。

这是拙劣的仿作，卑鄙无耻的讽刺。他从没画过这样的画。但它还是他的作品，他认识它。他感到血好像一下子从火凝结成了冰。他自己的画！这是怎么回事？为什么画变了？他像病了似的回头看了看道林·格雷，嘴角抽搐着，口干舌燥，说不出话来。他用手摸了摸额头，上面都是湿漉漉的汗。

道林倚靠在壁炉架上，望着他，脸上一副奇怪的表情，当一个伟大的艺术家在表演的时候，那些沉浸在戏剧中的人脸上就是这种表情，那里面既没有真正的悲伤，也没有真正的喜悦，有的只是旁观者的情绪，眼睛里还隐约闪烁着胜利的光芒。他从外衣上拿下了一朵花，闻着，或者假装闻着。

"这是什么意思？"霍尔沃德终于叫起来。他自己都觉得自己的声音又尖又奇怪。

"很多年前，我还是个孩子的时候，"道林·格雷说着，捏碎了手里的花，"你遇见了我，赞美我，教我学会为我自己的外表感到虚荣。有天，你给我介绍了一个朋友，他向我阐释了青春的神奇，而你为我画了一幅画，向我揭示这种美的神奇。我一时疯狂，直到现在，我也不知道自己后不后悔，我许了个愿，也许你可以称之为祈祷……"

"我记得！哦，我记得清清楚楚！不！这不可能。这个房间太潮湿了，画布上发霉了。我用的颜料里有些有毒的矿物。

我告诉你,这种事是不可能的。"

"啊,有什么不可能的?"年轻人喃喃道,走到窗前,把额头抵在冰冷的、沾满雾气的玻璃上。

"你跟我说你已经把它毁了。"

"我说错了,是它把我毁了。"

"我不相信这是我的画。"

"你在那上面看不到你的理想吗?"道林酸溜溜地说。

"我的理想,你说这是我的理想……"

"那是你自己说的。"

"我的理想里没有邪恶,没有耻辱。你就是我的理想,我再也不会遇到像你这样的了。但这是一张萨梯[1]的脸。"

"这是我灵魂的脸。"

"天哪!我爱慕的是个什么东西啊!它有双魔鬼的眼睛。"

"我们每个人身上都有天堂和地狱,巴兹尔。"道林绝望地做了个手势,喊道。

霍尔沃德又转身盯着那幅画。"天哪!如果这是真的,"他大叫道,"如果你把你的人生变成了这样,那么,你肯定比那些指责你的人想的还要坏啊!"他又把灯举到画布前,仔细地看。画的表面似乎完好无损,和他上次见到时一样。显然,邪恶和恐怖是从里面产生的,某种奇怪的内在生命活动的加剧,使得罪恶的病菌正在慢慢侵蚀着画像,尸体在潮湿的坟墓里的腐烂

---

1. 希腊和罗马神话中半人半兽的森林之神,喜欢无节制地寻欢作乐。

都没这么可怕。

他的手一抖,蜡烛从烛台上掉到地上,还在那儿噼里啪啦地烧着,他把它踩灭了,然后跌坐在桌边那张摇摇欲坠的椅子上,双手掩面。

"天哪,道林,真是个教训!多可怕的教训啊!"没人回答,但他听见了那个年轻人在窗边抽泣。"祈祷吧,道林,祈祷吧。"他喃喃地说,"我们小时候是教我们怎么说的?'勿把我们引向诱惑。赦免我们的罪孽。洗刷我们的罪恶。'我们一起来说吧。你骄傲的祈祷已经得到回应了。你悔改的祈祷也会得到回应的。我太爱慕你了,我因此受到了惩罚。你太爱自己了。我们都受到了惩罚。"

道林·格雷缓缓地转过身来,泪眼蒙眬地看着他。"太晚了,巴兹尔。"他颤抖着说。

"永远不会晚的,道林。我们跪下来,看能不能想起一些祈祷词。不是有句诗吗,'虽然你的罪孽猩红,我仍将之变雪白'?"

"现在这些话对我已经没有意义了。"

"嘘!别这样说。你这辈子干的坏事已经够多了。天哪!你没看见那个该死的东西斜着眼睛在看我们吗?"

道林·格雷瞥了一眼那幅画,心里突然升起一股难以控制的对霍尔沃德的恨。画布上的形象仿佛一直在提醒他这种恨,那狞笑着的嘴唇在他耳边窃窃私语。一股困兽般的疯狂情绪涌来,他恨这个坐在桌旁的人,比他一生中恨任何事都要强烈。

他狂躁地四处张望。正对着他的一只彩绘箱子上有什么东西在闪着光。他的目光落到了上面。他知道那是什么,那是一把刀,前几天他拿上来割绳子忘了带走的。他慢慢朝它走去,经过霍尔沃德……一到他身后,他就抓起刀,转过身。霍尔沃德在椅子上动了动,好像想站起来。道林冲向他,一刀插进了他耳后的大动脉,把他的头按在桌子上,一刀又一刀地刺。

一声窒息的呻吟,被血呛到了的可怕的声音,霍尔沃德手臂抽搐着举起来三次,在空中挥舞着怪异的、手指僵硬的手。道林又刺了两刀,霍尔沃德不动了。有什么东西滴到地板上。道林等了一会儿,还按着霍尔沃德的头。然后他把刀丢在桌上,听着。

什么也听不见,只有破旧地毯上的嗒嗒的滴水声。他打开门,走到楼道上。屋里一片寂静。没有人。有几秒钟,他撑在栏杆上,弯着腰,看着黑暗中的幽暗深渊。然后他拿出钥匙,回到房间里,像以往一样把门反锁。

尸体还坐在椅子上,垂着头,弓着背,伸出两条形状奇怪的长手臂,趴在桌子上,还没掉下去。要不是脖子上的锯齿状的红色裂口和桌子上一摊慢慢扩大、逐渐凝结的黑色血迹,别人还以为他只是在睡觉。

一切发生得好快啊!他感到出奇地平静,走到窗边打开窗，走上阳台。风把雾气吹散了，天空就像一条巨大的孔雀尾巴，繁星点点，有如金色的眼睛。他低头看见一个警察正在巡逻，灯笼长长的光柱扫过寂静房屋的大门。街角闪出一个红点，一辆双轮马车经过又消失了。一个女人沿着栏杆慢慢地走着，披肩飘动着，她摇摇晃晃的，还时不时停下回头张望，走着走着，她用沙哑的声音唱起歌来，警察走过来，对她说了些什么，她笑着跌跌撞撞地走了。一阵凛冽的风扫过广场，吹得煤气灯闪烁不定，火光变成了蓝色，光秃秃的树的黑铁般的枝条摇来摇去。他打了个寒战，退回屋里，关上了窗。

走到门口，他转动钥匙开了门，甚至没看一眼那个被杀的人。他觉得整件事的关键就是不要意识到目前的状况。那位画出了他一切痛苦之源的致命画像的朋友已经死了。这就够了。

然后他想起了那盏灯。那是摩尔人的手艺，造型独特，暗银上镶着锃亮的钢制阿拉伯花样，还嵌着粗大的绿松石。可能他的仆人会想起这盏灯，然后前来询问。他犹豫了一下，转身从桌子上把灯拿起来，于是不由自主地看到了那具尸体。它多么安静啊！长长的手看起来白得吓人！就像一具恐怖的蜡像。

他锁上门，悄悄下楼。木楼梯吱吱作响，似乎痛得哭了。他停下来几次等着。什么声音都没有，那只是他自己的脚步声。

他来到书房，看到角落里的包和大衣。它们一定要藏起来。他打开壁板里的一个秘密橱柜，里面是他放他奇怪的伪装道具的地方,他把它们放了进去,之后可以轻易地把它们烧掉。然后他掏出表,两点二十分了。

他坐下来开始思考。每年,甚至每个月,英国都有人因为干了他刚才干的事而被绞死。空气中弥漫着疯狂的谋杀气息。是某颗红色的星球离地球太近了……然而,有什么证据能指控他呢?巴兹尔·霍尔沃德十一点就走了,没人看到他再进来。大部分仆人都在塞尔比庄园。他的贴身男仆也睡了……巴黎!是的,巴兹尔去巴黎了,坐半夜的火车走的,就像他原来打算的那样。他性格内向,要过几个月才会有人怀疑吧。几个月呢!在那之前,什么蛛丝马迹都没了。

他突然想起一件事。他穿上皮袄,戴上帽子,走到大厅里,停了下来,听到外面人行道上警察沉重缓慢的脚步声,看到窗户上一闪而过的牛眼般的灯光。他屏住呼吸等着。

过了一会儿,他拉开门闩溜了出去,很轻地把门关上,然后他按起了门铃。大约过了五分钟,他的贴身男仆出来了,披着衣服,睡眼惺忪。

"很抱歉只好叫醒你,弗朗西斯,"他说着进了门,"但我忘了带钥匙。现在几点了?"

"两点十分,先生,"那人看了看钟,眨巴着眼睛说。

"两点十分?那么晚啦!明天九点你一定要叫醒我,我有事。"

"好的,先生。"

"今天晚上有人来过吗?"

"霍尔沃德先生来过,先生,他待到十一点,然后就去赶火车了。"

"哦,真遗憾没见到他,他留下什么话了吗?"

"没有,先生,只说如果他在俱乐部找不到你,会从巴黎给你写信。"

"好的,弗朗西斯。明天九点别忘了叫我。"

"不忘,先生。"

那人趿拉着拖鞋,摇摇晃晃地沿着过道走开了。

道林·格雷把帽子和大衣扔在桌上,进了书房。他在房间里来回踱了一刻钟,咬着嘴唇思索着。然后从书架上拿了一本蓝皮书翻了起来,"艾伦·坎贝尔,梅费尔赫特福德街152号。"对,他就是要找这个人。

Chapter 14　毁尸灭迹

第二天早上九点,仆人用托盘端着一杯巧克力进来,打开百叶窗。道林睡得很香,往右侧卧,一只手放在脸颊下,看上去就像一个玩耍或学习累坏了的孩子。

仆人推了他肩膀两下他才醒,他睁开眼睛,唇上就露出淡淡的微笑,仿佛还沉湎在某个愉快的梦里。然而他根本就没做梦,他一整夜睡眠都没被任何快乐或痛苦的画面打扰。但青春的微笑是不需要理由的,这正是它最主要的一个魅力。

他转过身来,用肘支起身体,开始喝巧克力。十一月的和煦阳光流进了房间。天空晴朗,空气也暖和,简直像五月的早晨。

渐渐地,前一天晚上发生的事挪着沾血的脚步悄无声息地爬进了他的大脑，并在那里重新成形，清晰得可怕。想起昨晚所经受的一切，他皱了皱眉，内心又泛起了当时杀掉坐在椅子上的霍尔沃德时所产生的那种异样的憎恶，在那种激情下他变得冷酷无情。那个死人还静静地坐在那儿，此刻也在阳光下。真可怕啊！这种可怕的东西只属于黑夜，不属于白天。

他觉得要是自己一直想着那些事会生病或者发疯的。

有些罪恶在事后回想的时候比真正做的时候更有魅力，有些奇怪的胜利满足的不是激情而是骄傲，增强理智的愉悦感，比它们曾经带来或可能带来的感官快感都更强烈。但这件事不属于那种，这件事应该从心里赶出去，该用罂粟麻醉，该扼死，免得自己被它扼死。

九点半钟响，他用手摸了一下额头，匆忙起了身，比平时更细心地穿衣打扮，精心挑选了领巾和领巾扣针，戒指换了不止一次。他在吃早餐时也花了很长时间，品尝各色菜肴，对贴身男仆说他想给塞尔比的仆人们一些新制服，还看了信，有几封让他笑了，有三封让他厌烦，有一封他反复读了几遍，然后不高兴地撕了。"女人的记性真可怕！"亨利勋爵曾经说过。

他喝完一杯黑咖啡，用餐巾慢慢地擦了擦嘴，让仆人等着，走到桌边坐下来写了两封信，一封放进口袋，另一封交给仆人。

"把这封信送到赫特福德街 152 号,弗朗西斯,如果坎贝尔先生不在城里,就问清楚他去哪了。"

仆人一走,他就点了一支烟,开始在一张纸上随手画画,先画了花,又画了点建筑,然后是人脸。忽然他发现他画的每张脸好像都和巴兹尔·霍尔沃德有点像。他皱了皱眉,站起身来,走到书架前,随手抽出一本书,下定决心,除非万不得已,否则不去想那件事。

他四肢舒展地躺到沙发上,看了看书的扉页。那是戈蒂埃的《珐琅与玉雕》,夏庞蒂埃[1]的日本纸版本,配着雅克马特[2]的蚀刻画,黄绿色皮革装帧,上面有描金格子和石榴图案,是阿德里安·辛格尔顿送给他的。他翻着书,看到一首写拉塞内尔[3]的手的诗,那只冰冷蜡黄的手"残留着罪恶的痕迹",长着红色的绒毛和"牧神的手指"。他看了一眼自己白皙尖细的手指,不禁微微颤抖了一下,接着往下翻,看到了几节写威尼斯的可爱的诗:

　　灿然一现,
　　珍珠流转的胸膛,

---

1. 法国著名出版商。
2. 克马特(1837—1880):法国蚀刻画家、插画家和水彩画家。
3. 拉塞内尔(1800—1836):一个罪行累累的法国杀人犯,1836 年被处死,在狱中写有回忆录。

亚得里亚海[1]的维纳斯，

粉白的身躯探出水上。

碧波的圆弧，

随乐句起伏，

喉咙里满涨着，

爱的叹息声声高昂。

它靠码头我上岸，

船儿缆绳抛上岸桩，

在粉红色的门前，

在台阶的大理石上。

多精美啊！读着这首诗，人就仿佛坐着一条黑色的贡多拉[2]，漂在那粉红色和珍珠白色的城市的绿色水道上，船头是银色的，船尾挂着帘子。在他眼里，那一行行诗句，就像坐船去利多岛[3]，船后划出的碧绿线条。那些突然闪动的色彩让他想起脖颈五颜六色的鸟，它们常常在蜂房般的钟楼周围飞翔，或是庄重优雅地在昏暗的沾满灰尘的拱廊里漫步。他半闭着双眼，靠在沙发上，反复念着：

在粉红色的门前，

---

1. 意大利东边、夹在意大利和巴尔干半岛之间的地中海水域。
2. 又译作刚朵拉，威尼斯特有的和最具代表性的小船。
3. 意大利威尼斯的一个细长小岛。

在台阶的大理石上。

整个威尼斯就在这两行里。他想起了在那里度过的那个秋天，以及一段美妙的恋情，那次他干了不少疯狂而快乐的傻事。浪漫的事到处都有，但威尼斯和牛津一样，本身就是浪漫的背景，对真正的风流人物来说，背景就是一切，或者说几乎是一切。巴兹尔和他一起在那里待过一阵子，还疯狂地迷上丁托列托[1]。可怜的巴兹尔！死得太惨了！

他叹了口气，又拿起书，想要忘却。他读到燕子在士麦那的小咖啡馆飞进飞出，哈吉[2]们坐在那里数着琥珀念珠，裹着头巾的商人们抽着带流苏的长烟斗，严肃地交谈着；他读到协和广场上的方尖碑，因为被孤独地流放到这个没有阳光的地方而流下花岗岩的眼泪，渴望回到炎热的、开满莲花的尼罗河边，那里有狮身人面像、玫瑰红的朱鹭、金爪子的秃鹰，还有小绿玉眼睛的鳄鱼，在蒸气腾腾的绿色烂泥潭里爬行。他沉浸进了诗句里，戈蒂埃从留着吻痕的大理石里听到了音乐，把现在坐在卢浮宫的斑岩厅里的"迷人的怪物"——一个奇特的雕像比作女低音。但不一会儿，书从他手里掉了，他紧张起来，一阵强烈的恐惧涌上心头。要是艾伦·坎贝尔不在英国怎么办？等他回来说不定要好几天。也

---

1. 丁托列托（1518—1594）：文艺复兴时期威尼斯著名画家。
2. 到麦加朝圣过的伊斯兰教徒。

许他还会不肯来。那怎么办?每一刻都生死攸关。

他们曾经是很好的朋友,五年前——几乎是形影不离的。后来这种亲密关系就突然结束了。现在他们在社交场合碰到的时候,就只有道林·格雷会笑一下,艾伦·坎贝尔从来不笑。

他是一个极其聪明的年轻人,虽然他对视觉艺术没有真正的鉴赏力,他对诗歌的美的一些领悟也都是从道林那里获得的,他主要的智力兴趣在科学上。在剑桥,他在实验室里花了大量时间,在他那一届的自然科学荣誉学位考试中名列前茅。实际上,他到现在还致力于化学研究,有一个自己的实验室,他常常整天把自己关在里面,惹得他母亲很生气,因为她一心想让他去竞选议员,而且模糊地觉得化学家只是个开药方的。而且,他在音乐上也很有造诣,小提琴和钢琴演奏得比大多数业余爱好者都好。事实上,他和道林·格雷最初结识就是通过音乐——音乐和道林那种说不清道不明的魅力,道林似乎随时都能施展那种魅力,而且实际上经常不自觉地就施展出来。他们是在鲁宾斯坦[1]在伯克希尔夫人家演出的那个晚上认识的,之后,无论在歌剧院还是在任何有好音乐的地方,人们总是能看到他们在一起。他们的亲密关系持续了一年半。坎贝尔不是在塞尔比庄园,就是在格罗夫纳广场。对他来说,就像对其他很多人一样,道林·格雷是生活中一切美好和迷人的典型。没人知道他们之间是否发生

---

1. 鲁宾斯坦(1829—1894):俄国钢琴家、作曲家。

过争吵。但大家突然发现,他们见了面几乎不说话了,有道林·格雷在场的晚会,坎贝尔好像都会早早地离开,而且他也变了,不时莫名地忧郁,似乎连音乐都不喜欢听了,自己也不玩乐器了,有人邀请他演奏,他就推说自己沉迷科学,没时间练习。这也的确是事实,他对生物学的兴趣日益浓厚,有一两次,他的名字还出现在了与某些奇怪实验相关的科学评论里。

这就是道林·格雷在等的人。每一秒钟他都要看看钟,时间一分一秒地过去,他越来越焦躁不安,最后他站起来在房间里踱来踱去,看起来像一只美丽的笼中物。他不声不响地大步走着,手奇冷无比。

事情吊在那里让他受不了,觉得时间像是在爬行,脚里灌满了铅,而他已经被一阵阵狂风刮到了黑色断崖的参差的边缘。他知道那里有什么东西在等着自己,实际上他已经看到了。他哆嗦着,用湿漉漉的手挤压着灼热的眼睑,想把大脑的视力夺走,把眼珠赶回眼眶,可是没有用,大脑可以自己为自己提供素材,而想象被恐惧弄得奇形怪状,像个活物因为痛苦而扭曲,像丑陋的木偶在支架上跳舞,透过活动面具咧嘴笑着。然后,突然地,时间停止了。是的,那个瞎了眼的、呼吸缓慢的家伙不再爬了,时间死了,可怕的念头却敏捷地跑到他面前,把骇人的未来从坟墓里拖出来给他看。道林盯着它,吓得浑身僵硬。

终于，门开了，仆人走进来。道林发直的双眼转向他。

"坎贝尔先生来了，先生。"仆人说。

他发干的嘴唇出了一口气，脸上恢复了血色。

"快请他进来，弗朗西斯。"他觉得自己又活过来了，害怕劲儿过去了。

仆人鞠躬退了出去。不一会儿，艾伦·坎贝尔走了进来，他神情冷峻，乌黑的头发和眉毛让脸色显得更加苍白。

"艾伦！你太好了，谢谢你来了。"

"我本来打算再也不来了，格雷，但你说有性命攸关的事。"他的声音生硬而冷淡，说得缓慢而谨慎。他坚定地望着道林，目光里有对他的探究，还有一种轻蔑。他的双手一直插在羔羊皮大衣的口袋里，似乎没注意到道林伸过来握的手。

"是的，性命攸关，艾伦，而且对不止一个人来说。坐吧。"

坎贝尔在桌边坐下，道林坐在他对面，两人四目相对，道林眼里充满了遗憾，因为他知道他要干的事是可怕的。

在一阵紧张的沉默之后，他身体前倾，开始说话，语调平静，但观察着每一个字在对方脸上引起的反应："艾伦，这座房子最顶上有一个房间，是锁着的，除了我没人能进去，里面有个死人就坐在桌子旁边，已经死了十个小时了。别激动，也别这样看着我。这个人是谁，他为什么死了，怎么死的，都跟你没关系。你只要——"

"停，格雷。我不想再知道什么了。你说的是真的还是假的，我也不关心。我一点也不想掺和到你的生活里去。你自己留着那些可怕的秘密吧，我对它们已经不感兴趣了。"

"艾伦，你一定要感兴趣，这件事你必须感兴趣。我很抱歉，艾伦，但我也没办法。只有你能救我了。我没有什么别的办法，只能把你扯进来。艾伦，你是科学家，你懂化学和那方面的东西，还做过实验。你只要销毁掉楼上的东西——毁干净，让它不留下一点痕迹。没有人看见这个人进这个房子。其实他现在应该在巴黎。几个月里都不会有人想到他的。等有人想起他的时候，这里一定已经没有一点他的痕迹。你，艾伦，你一定要把他还有他的一切都变成能让我往空中一撒的灰。"

"你疯了，道林。"

"啊！我就等着你喊我道林呢。"

"你疯了，我告诉你——疯到以为我会动一根手指来帮你，疯到对我做这么一通吓人的坦白，这件事跟我没关系，不管这是什么事。你觉得我会为了你毁掉自己的名誉吗？你在搞什么鬼，关我什么事？"

"他是自杀的，艾伦。"

"我很高兴。可是，是谁让他自杀？我想是你吧。"

"你还是不肯帮我吗？"

"我当然不肯啊。我绝对不会跟这件事扯上关系的。我不在乎你会蒙受什么耻辱，这都是你应得的，看到你丢脸，当众丢脸，我也不会难过的。世界上那么多人，你怎么敢专门叫我来蹚这潭浑水的?我还以为你比我更懂人性呢,你那个朋友亨利·沃顿勋爵教了你那么多事,但没教你心理学吧。我无论如何也不会帮你的,你找错人了,去找你的朋友吧,别来找我。"

"艾伦,是谋杀。我杀了他。你不知道他让我受了什么苦。不管我的生活怎么样,他都是始作俑者,是他创造或是毁坏的,他的作用比可怜的哈里还大。他可能不是故意的,但结果没什么不一样。"

"谋杀!好家伙,道林,这你都干得出来?我不会告发你的,这不关我的事。另外,我不插手这件事,你肯定会被抓的。没人犯罪不留破绽的。但我不会跟这事扯上半点关系的。"

"你一定要帮我。等等,等一下,听我说,只是听一听,艾伦。我只想请你做个科学实验。你去医院和停尸房,在那里干那种恐怖的事,你也不会怎么样。如果在一个可怕的解剖室或者发着恶臭的实验室里,你看到这个人倒在一张铅桌子上,桌子两边是让血流下去的血槽,你会把他当成一个非常好的实验对象,面不改色的。你不会觉得自己在做什么错事,反而可能觉得是在造福人类,为世界增添知识,或是满足智力上的好奇心,诸如此类。我想要你干的,只是你之前经常干的事。实际上,销毁一具尸体,肯定远远没有你常干的那种工作可怕。而且,别忘了,这是唯一对我不利的证据,要是被发现我就完了,要是你不帮我,我肯定会被发现的。"

"你忘了,我不会想帮你的,我对整件事根本不关心,跟我没关系。"

"艾伦,求你了。想想我的处境吧。你来之前我吓得差点晕过去了。有天你自己可能也会知道恐惧的滋味。不!别想那个了。单纯从科学的角度看吧。你平时也不打听你做实验的尸体是从哪儿来的,现在也不要管好了。我已经告诉你太多了,但是我求你把这件事干了,我们曾经是朋友,艾伦。"

"过去的事就不要说了。道林——它们都死了。"

"死了的东西有时还徘徊不去呢。楼上的那个人就没走,低着头伸着胳膊坐在桌子旁边。艾伦!艾伦!如果你不帮我我就完了。哎,他们会绞死我的,艾伦!你不明白吗?他们会因为这个绞死我的。"

"这么拖下去没什么好处的。我肯定不会管这件事的。你找我真是疯了。"

"你不肯吗?"

"嗯。"

"求你,艾伦。"

"这是没用的。"

道林·格雷眼里又流露出先前那种遗憾,然后伸手拿了一张纸,在上面写了些什么,又看了两遍,仔细地叠好,把它推到桌子对面,然后起身走到窗边。

坎贝尔惊讶地看着他,拿起纸条打开了,一看就脸色惨白,倒回椅子上。他感到一阵强烈的恶心,觉得自己的心在一个空洞的地方跳着,快要死了。

两三分钟可怕的沉默之后,道林转身走到他身后,把手放在他肩上。

"真对不起,艾伦,"他喃喃道,"但你让我别无选择。我已经写了一封信,就是这个,你看地址。如果你不帮我,我只好寄出去了。你知道结果会怎么样。不过你会帮我的。现在你不会不肯了。我本来想放过你的,你自己说是不是?你对我那么严厉、苛刻,没有礼貌。从来没人敢那样对我——至少没有活人会那样。那些我都忍了。现在轮到我说条件了。"

坎贝尔双手掩面,浑身一阵哆嗦。

"对,现在轮到我来说条件了,艾伦。你知道是什么条件。事情很简单。好了,别这么紧张,这件事一定要干的,面对它,就去干吧。"

坎贝尔嘴里发出一声呻吟,浑身发抖。壁炉台上时钟滴滴答答地走着,仿佛把时间分成了一个个痛苦的原子,每个原子都可怕得让他受不了。他觉得好像有一个铁环套在他额头上慢慢收紧,好像他所受到的威胁的耻辱已经降临了。他肩上的手就像铅做的一样沉重,难以承受,似乎要把他压碎。

"来吧,艾伦,快决定。"

"我干不了。"他机械地说道,仿佛言语能改变什么似的。

"你必须干,你没选择了,别拖了。"

他犹豫了一会儿:"楼上房间里有火吗?"

"有,有一个石棉灯芯的煤气灯。"

"我要回家到实验室拿点东西。"

"不,艾伦,你不能离开这座房子。把你要的东西写个单子,我的仆人坐车去拿来。"

坎贝尔潦草地写了几行,用吸墨纸吸干,在信封上写上他助手的地址。道林拿起字条,仔细读了,按铃叫来贴身男仆把字条交给他,叮嘱他尽快把东西拿来。

大厅的门一关,坎贝尔紧张地跳起来,他走到壁炉旁,像得了疟疾似的打着寒战。将近二十分钟,两个人都没说话。一只苍蝇在房间里嗡嗡乱飞,钟的滴答声就像在敲锤子。

钟一点敲响时,坎贝尔转过身来,看着道林·格雷,看到他的眼里满是泪水,那张悲伤、纯洁、精致的脸上似乎有什么东西触怒了他。"你真无耻,太无耻了!"他喃喃地说。

"嘘,艾伦。你救了我的命。"道林说。

"你的命?老天,那是条什么命呀!你一天一天堕落下去,终于到犯罪了。我干那些你逼我干的事,并不是为了救你的命。"

"啊,艾伦,"道林叹了口气喃喃地说,"我希望你对我的怜悯有我对你的千分之一。"他说着转过身去,站在那儿看着外面的花园。坎贝尔没有回答。

过了大约十分钟,有人敲门,仆人进来了,提着一个装化学药品的大红木箱子，还有一大卷铂钢合金丝和两个形状怪异的铁钳。

"东西就放在这里吗，先生？"他问坎贝尔。

"对，"道林说，"而且，弗朗西斯，恐怕还要让你跑一趟，里士满[1]给塞尔比供应兰花的人叫什么来着？"

"哈登，先生。"

"对——哈登。你马上去里士满，当面见到哈登，让他送我订的两倍的兰花来，尽量不要白色的，其实我一朵白色的都不想要。今天天气很好，弗朗西斯，里士满是个很漂亮的地方，不然我不会为这件事麻烦你一趟的。"

"不麻烦，先生。我什么时候回来呢？"

道林看着坎贝尔。"你的实验需要多长时间，艾伦？"他镇静淡然地说。房间里有第三个人在场似乎给了他异常的勇气。

坎贝尔皱着眉头，咬着嘴唇。"大概要五个小时。"他答道。

"那你七点半回来就行了，弗朗西斯，或者在那里过夜也行，帮我准备好一套出去穿的衣服，晚上你自己去玩吧，我不在家里吃饭，没你什么事了。"

"谢谢，先生。"那人说完走了。

"现在，艾伦，一分钟也不能耽误了。这个箱子好重啊！我帮你拿，你拿其他东西。"他说得很快，口气不容置疑。坎贝尔感到被他支配了。他们一起走出了房间。

---

[1] 伦敦西南面的一个城市。

他们来到顶楼,道林拿出钥匙转动了门锁,然后停了下来,眼里流露出不安,他抖了一下,低声说:"我觉得我不能进去,艾伦。"

"无所谓。我不需要你。"坎贝尔冷冷地说。

道林把门开了一半,这时,他看到自己的画像在阳光里狞笑,画像前的地板上躺着扯下来的盖布,他想起前一天晚上,他生平第一次忘了把那张要命的画遮起来,正要冲过去,又打了个寒战缩了回来。

那恶心的红色露水是什么呀?在画像的一只手上亮晶晶、湿漉漉的,好像画布上渗出了血。真可怕!他觉得这比他知道的那个趴在桌上一动不动的东西还要可怕,那个东西投在血迹斑斑的地毯上的奇怪影子告诉他,它没动过,还在那里,就像他离开时一样。

他深深地吸了一口气,把门开大了一点,半闭着眼睛,侧着头,快步走了进去,决心不看那个死人一眼。然后,他弯腰捡起金紫色的布扔过去盖在画上。

他停在那里,不敢转身,眼睛盯着眼前复杂的图案,听到坎贝尔把沉重的箱子、铁器和其他用来干这件可怕的事的东西拿进来。他开始想坎贝尔和巴兹尔·霍尔沃德之前有没有见过,如果见过,是怎么看待对方的。

"出去。"身后一个严厉的声音说。

他转身匆匆走了出去,只知道尸体被推回了椅子上,坎贝尔正盯着那张亮黄色的脸。他下楼的时候听到钥匙转动的声音。

坎贝尔回到书房的时候,已经过了七点很久。他脸色苍白,但非常镇静。"你要我干的我干了,"他低声说,"现在再见吧,我们以后再也不要见面了。"

"你救了我,让我免受灭顶之灾,艾伦,我不会忘记的。"道林干脆地说。

坎贝尔一走,他就跑上楼,房间里有一股刺鼻的硝酸味,之前坐在桌子旁边的东西已经不见了。

Chapter 15 晚会

那天晚上八点半,道林·格雷精心打扮了一番,纽扣眼里插着大朵的帕尔玛紫罗兰,由仆人欠身引入了纳博勒夫人的客厅。他非常兴奋,额头上的神经疯狂地跳着,但他躬身亲吻女主人手的时候却一如既往地优雅从容。也许人在演戏时才最自在。当然,那晚看到道林·格雷的人,谁也不会相信他刚经历了一场可怕程度不亚于任何当代悲剧的悲剧,那精巧的手指绝不可能抓起罪恶的刀子,那微笑的嘴唇也不可能说出亵渎神明之语。他自己都忍不住惊异于自己的泰然自若,一时间敏锐地感受到了双重生活可怕的乐趣。

这是一个小型晚会,是纳博勒夫人相当匆忙组织的。她是个很聪明的女人,身上还看得出亨利勋爵所说的那种显著的丑陋。她的丈夫是我国最无聊的大使，她已经证明她是一位贤妻，她把丈夫好好地安葬在她自己设计的大理石陵墓里，把几个女儿嫁给了有钱的老头，现在致力于享受法国小说、法国烹饪和法国精神——当她能领会到的时候。

道林是她特别喜欢的人之一，她总是对他说，非常庆幸自己年轻时没遇到他。"我知道，亲爱的，我会疯狂地爱上你的，"她常说，"为了你，我会把帽子扔到风车上去[1]。那时你不在我的考虑范围里，真是太幸运了。当时，我们的帽子不够好看，风车又一心忙着招风，所以我从来没和谁调过情。不过那都是纳博勒的错，他眼睛近视得厉害，在一个什么也看不见的丈夫面前耍花样也没乐趣。"

她这天晚上的客人相当无聊。她用一把十分破旧的扇子挡着脸，对道林解释说，她的一个已经出嫁的女儿突然来和她住了，更糟糕的是，她居然把她的丈夫也带来了。"我觉得她这样很不好，亲爱的，"她低声说，"当然，我从洪堡[2]回来以后，每年夏天都会去和他们住，但是，像我这样的老太婆有时也要呼吸点新鲜空气，再说，我真的能让他们活得明白一点儿。你不知道他们在那儿过着什么样的生活，那是不折不扣的乡下人的生活。他们起床很早，因为要干的事很多，睡得也早，因为没什么事可想。自从伊丽莎白女王时代以来

---

1. 把帽子扔到风车上：源自法语，指女人行为放荡，不顾廉耻。
2. 德国的一个城市。

那里就没出任何丑闻,所以他们吃完晚饭就睡了。你可别坐在他们旁边。你应该坐在我旁边,逗我开心。"

道林轻声说了一句得体的客套话,环顾了一下房间。是的,这的确是个无聊的聚会。其中有两个人他从来没见过,其他人包括欧内斯特·哈罗登,伦敦俱乐部里常见的那些中年庸人之一,他们没有敌人,但朋友也根本不喜欢他们;鲁克斯顿夫人,一个过度打扮的四十七岁的女人,长着一个鹰钩鼻,总想让自己的名声变坏一点儿,但她实在太平庸了,没人相信她会有任何伤风败俗的事,让她很是失望;埃尔琳夫人,一个挺积极的小人物,长着一头威尼斯红发,说话大舌头,挺好玩的;爱丽丝·查普曼夫人,女主人的女儿,一个暗淡沉闷的姑娘,长着一张典型的英国脸,见过一次就再也想不起来了;还有她的丈夫,红脸膛,白色络腮胡,和他那个阶级的很多人一样,以为无节制的享乐可以弥补自己完全没思想的缺陷。

道林有点懊悔来了,直到纳博勒夫人看着淡紫色帷幕的壁炉架上那口曲线华丽的镀金大台钟,叫道:"亨利·沃顿还没来,太讨厌了!我今天早上派人去请他,他信誓旦旦地保证不让我失望的。"

哈里要来,是个安慰,门一开,听到他慢吞吞的音乐般的嗓音,让毫无诚意的道歉平添了几分魅力,他就没那么无聊了。

但晚餐时,他什么也吃不下。一道道菜上来,他都没尝就让人撤下去了。纳博勒夫人不断责备他,说"这是对可怜的阿道夫的侮辱,他专门为你研发了菜单"。亨利勋爵时不时从桌子对面看着他,对他沉默和茫然的样子感到奇怪。管家不时给他斟满香槟。他急切地喝着,可是好像越来越渴。

"道林,"亨利勋爵终于在上肉冻的时候说,"你今晚怎么了?心不在焉的。"

"我觉得他是在恋爱,"纳博罗夫人喊道,"他不敢告诉我,怕我吃醋。他没错,我肯定会的。"

"亲爱的纳博勒夫人,"道林微笑着低声说,"我已经整整一个星期没有恋爱了——实际上,自从费罗尔夫人出城以后就没有了。"

"你们男人怎么会爱上那个女人!"老夫人惊呼,"我实在不能理解。"

"只是因为她记得你还是小姑娘时候的样子,纳博罗夫人,"亨利勋爵说,"她是我们和穿短连衣裙的你之间的唯一联系。"

"她根本不记得我的短连衣裙,亨利勋爵。但我对三十年前在维也纳的她记得很清楚,那时她领子那个低呀。"

"她现在领子还是低,"亨利勋爵说,用修长的手指拿起一颗橄榄,"她打扮好了就像一本蹩脚法国小说的精装本。她真的很奇妙,充满了惊喜,她对家庭的爱非比寻常,第三任丈夫去世的时候,她悲伤得头发都变金了。"

"你怎么能这么说,哈里!"道林喊道。

"这是个最浪漫的解释,"女主人笑道,"可是'她的第三任丈夫',亨利勋爵!难道费罗尔是第四任?"

"可不是吗,纳博勒夫人。"

"我一个字也不信。"

"那就问格雷先生吧。他是她最亲密的朋友之一。"

"这是真的吗,格雷先生?"

"她是这么对我说的,纳博勒夫人,"道林说,"我问她,她有没有像玛格丽特·德·纳瓦拉那样,把他们的心做好防腐措施,挂在腰间。她跟我说没有,因为他们都没有心。"

"四个丈夫!要我说,这真是太多情了。"

"太大胆了,我跟她说。"道林说。

"哦!她可是胆子大得什么都做得出来的,亲爱的。那费罗尔又是什么样的人呢?我不认识他。"

"美女的丈夫都属于犯罪阶层。"亨利勋爵喝着酒说。

纳博勒夫人用扇子打了他一下:"亨利勋爵,怪不得全世界都说你邪恶透顶。"

"哪个全世界说的?"亨利勋爵扬起眉毛问,"只能是来世的人吧。这个世界和我关系很好的。"

"我认识的每个人都说你很邪恶。"老夫人摇着头喊道。

亨利勋爵严肃了好一会儿,最后说:"太奇怪了,现在的人在背后议论人,说的居然全都是真话。"

"他是不是无可救药？"道林在椅子上往前倾了倾身体说。

"我觉得这样挺好，"女主人笑着说，"可是说真的，如果你们都这样荒唐地爱慕费罗尔夫人，我也要再结一次婚，赶赶时髦。"

"你是不会再结婚的，纳博勒夫人，"亨利勋爵插嘴说，"你太幸福了。一个女人再婚，那是因为讨厌前夫；一个男人再婚，是因为钟爱前妻。女人碰运气，男人赌运气。"

"纳博勒可不是十全十美。"老夫人喊道。

"如果他十全十美你就不会爱他了，亲爱的夫人，"亨利勋爵反驳道，"女人爱我们，是因为我们的缺陷。只要我们缺点够多，她们就什么都能原谅我们，甚至包括我们的聪明才智。说了这些话，你怕是再也不会请我吃饭了，纳博勒夫人，但真的就是这样的。"

"当然是真的，亨利勋爵。如果我们女人不是因为你们的缺陷而爱你们，你们男人会到哪般田地？你们没一个人结得了婚，会是一群不幸的单身汉。不过那对你们来说变化也不大，如今所有的已婚男人都像单身汉一样生活，所有单身汉都过得像已婚男人。"

"这就是世纪末啊。"亨利勋爵低声说。

"是世界末日吧。"女主人说。

"我希望是世界末日，"道林叹了口气说，"人生就是一场空。"

"啊，亲爱的，"纳博勒夫人一边喊着，一边戴上手套，"别告诉我你已经把一生耗尽了。其实一个人说这话的时候都是生活把他给耗尽了。亨利勋爵很坏，我有时候也希望自己那么坏，但你天生就是做好人的——你长得那么善良。我一定要给你找个好太太。亨利勋爵，你不觉得格雷先生应该结婚了吗？"

"我一直跟他这么说的，纳博勒夫人。"亨利勋爵欠了欠身说。

"好嘛，我们得给他找个好对象。我今天晚上就去把《德布雷特》[1]好好翻一遍，把所有合适的年轻小姐列个单子出来。"

"写上年龄吗，纳博勒夫人？"道林问。

"当然啦，注明年龄，简单改一改，但什么事都不能急于求成。我希望找到《晨报》上说的那种'天作之合'，我希望你们都能幸福。"

"人总说什么幸福的婚姻，真是胡说八道啊！"亨利勋爵说，"一个男人和任何女人在一起都可以很幸福，只要他不爱她。"

"啊！你真是愤世嫉俗！"她把椅子朝后推了推，朝鲁克斯顿夫人点了点头，又对亨利勋爵说，"你一定要赶快再来和我一起吃饭。你真是帖有效的补药，比安德鲁爵士给我开的药好多了。不过你一定要告诉我你想见什么人，我来办一个让人开心的聚会。"

---

1. 即《德布雷特英国贵族年鉴》，初版出版于1803年。

"我喜欢有未来的男人和有过去的女人,"亨利勋爵回答,"你说那样会不会就变成一个衬裙聚会[1]了?"

"大概会的,"她站起来笑着说,"请千万包涵,亲爱的鲁克斯顿夫人,"她又说,"我没看见你烟还没抽完。"

"没关系,纳博勒夫人。我抽得太多了,以后要节制点儿。"

"请别,鲁克斯顿夫人,"亨利勋爵说,"节制是件要命的事,刚好够就像一顿便餐一样糟糕,过量才像筵席一样美好。"

鲁克斯顿夫人好奇地看了他一眼,"哪天下午你一定要来给我讲讲,亨利勋爵。这听起来是个很吸引人的理论。"她咕哝着,大模大样地出去了。

"好了,你们小心,别聊政治和丑闻聊得太久,"纳博勒夫人在门口喊道,"否则我们在楼上要生气的。"

男人们都笑了,查普曼先生严肃地从末座上站起来,来到首座上。道林·格雷换了座位,坐到亨利勋爵身边。

查普曼先生开始高声谈论下议院的情况,大肆嘲笑政敌,他的阵阵大笑间,"教条"这个让英国人充满恐惧的词不时地出现。他用押头韵的前缀装饰他的演讲,在思想的顶峰上升起了英国米字旗,把这个民族传承下来的愚蠢——他欣然称之为"英国人的常识"——视作稳固社会的堡垒。

亨利勋爵的嘴角弯起一个微笑,转身看着道林。

"你好点了吗,亲爱的朋友?"他问,"吃饭的时候你好像

---

[1] 只有女性参加的聚会。

很不舒服。"

"我挺好的,哈里。就是累了。"

"你昨天晚上真迷人。小公爵夫人迷上你了,她跟我说她要去塞尔比。"

"她答应 20 号来。"

"蒙茅斯也去吗?"

"嗯,来的,哈里。"

"我很烦他,跟她烦他差不多。她很聪明,对一个女人来说太聪明了,没有那种讲不清楚的柔弱美。黄金的雕像因为有一双泥脚才珍贵。她的脚很漂亮,但不是泥巴做的。可能是白瓷做的吧,经历过火的考验,没被火烧掉的东西都被火炼硬了。她很老到。"

"她结婚多久了?"道林问。

"一辈子,她跟我说。根据贵族名录,我看有十年了吧,但是和蒙茅斯在一起的十年,肯定像一辈子那么长了,时间全浪费了。还有谁会来?"

"哦,威洛比夫妇,拉格比爵士和他太太,我们的女主人杰弗里·克罗斯顿,老一套。我还请了格罗特里安爵士。"

"我喜欢他,"亨利勋爵说,"很多人不喜欢他,但我觉得他很有魅力。他有时候打扮得有点过头,不过他一直太有教养了,就抵消了。他是很时髦的那种人。"

"我不知道他能不能来,哈里。他可能要跟他父亲去蒙特卡洛。"

"啊!家人真是麻烦!想办法让他来吧。对了,道林,你昨晚很早就溜了,十一点没到就走了。之后你干吗去了?直接回家了吗?"

道林匆匆瞥了他一眼,皱了皱眉头。

"没有,哈里,"最后他说,"我快三点才回到家。"

"去俱乐部了?"

"嗯,"他回答,然后咬了咬嘴唇,"没有,我没去俱乐部,就在外面逛逛,不记得干了什么了……你真爱打听啊,哈里!老是想知道别人干了什么。我就老是想忘记我干了什么。要是你想知道具体时间,我是两点半到家的,我忘了带钥匙,还叫仆人开了门,你要是想叫人作证,可以问他。"

亨利勋爵耸了耸肩:"亲爱的朋友,我也没在意。我们到楼上客厅去吧。不要雪利酒,谢谢,查普曼先生。你有什么事吧,道林,跟我说说,你今天晚上不大正常。"

"别管我,哈里,我烦着呢,脾气也不好。我明天或后天去找你。替我跟纳博勒夫人说声对不起,我不上去了,我要回家了,一定要回去了。"

"好吧,道林。我想明天下午茶的时候就能见到你了,公爵夫人要来。"

"我尽量去,哈里。"他说着出了房间。坐车回家的时候,他发觉,他以为已经被遏制了的恐惧又回来了。亨利勋爵不经意的问话让他一时间惊慌失措,而他希望自己能保持镇定。危险的东西必须销毁。他打了个冷战,想到要碰那些东西,他都很厌恶。

可是这事一定要干,他意识到了。锁上书房的门以后,他打开了藏着巴兹尔·霍尔沃德的包和大衣的秘密橱柜,炉火正旺,他又添了根柴。衣料和皮革烧焦的气味很难闻,花了三刻钟才烧光。最后他觉得头晕恶心,在一个镂空铜香炉里点了一些阿尔及利亚香片,又用麝香味的凉醋洗了洗手和额头。

突然,他发作了,两眼放光,紧张不安地咬着下唇。两扇窗户之间,立着一个佛罗伦萨的乌木大橱,镶嵌着象牙和蓝色的青金石。他看着它,好像它是个让人着迷又让人害怕的东西,好像它里面有他既渴望又憎恶的东西。他的呼吸急促起来,一种疯狂的渴望袭来,他点了一支烟,又扔了。他垂下眼帘,流苏似的长睫毛几乎碰到了脸颊。但还是要去看那个橱。最后,他从躺着的沙发上站起来,走过去,打开了橱上的锁,摸到一个隐蔽的机关,一个三角形的抽屉慢慢伸出来。他的手指本能地伸过去,探进去,摸到了什么东西。那是一个黑色描金中国小漆盒,做工精巧,边上描着波浪图案,丝绳上穿着水晶珠子,垂着金丝辫流苏。他把小盒打开,里面是一种绿色软膏,有着蜡的光泽,气味浓郁而持久。

他犹豫了一会儿,脸上露出了古怪呆滞的笑容,身体忍不住哆嗦起来,尽管房间里很热。他站起来看了一眼钟,十一点四十分。他把盒子放回去,关上橱门,走进卧室。

当午夜的钟声在昏暗的夜空中敲响,道林·格雷穿着便衣,裹着围巾,悄悄溜出家门。他在邦德街看到一辆马车,马很健硕。他叫住马车,低声对车夫说了地址。

车夫摇了摇头。"太远了。"他咕哝着。

"这是一个金币,"道林说,"如果你赶得快,再加一个。"

"好吧,先生,"车夫回答,"一小时内把你送到。"他收好钱,掉转马头,向河那边疾驰而去。

Chapter 16　码头暗夜

天上飘起冷雨,雨雾中路灯模糊,阴森可怕。酒馆正打烊,模模糊糊的男女三三两两聚在门外。有的酒吧里传出骇人的笑声,有的酒吧里,醉汉们在争吵尖叫。

道林·格雷靠在马车里,帽子拉得很低,倦怠地看着这座巨大城市的肮脏和耻辱,不时对自己重复着第一次见到亨利勋爵时他说的话:"通过感官来治疗灵魂,通过灵魂来治疗感官。"是的,奥秘就在这里,他经常用这个办法,现在又要用了。在鸦片馆可以买到遗忘,在一些可怕的窝点里,新罪孽的疯狂可以消除老罪孽的记忆。

月亮低低地挂在天上,像一个黄色的骷髅头,不时有一朵巨大的形状奇怪的云横着伸出长长的手臂把它遮住。煤气灯越来越少,街道益发狭窄阴暗。有一次车夫跑错了方向,不得不走了半英里回头路。马踩过水洼溅起泥水,身上冒着水汽。车窗蒙上一层法兰绒般的灰雾。

"用感官来治疗灵魂,用灵魂来治疗感官!"这句话一直在他耳边响着!他的灵魂无疑已经病入膏肓,感官真的能治好它吗?无辜的鲜血已经流了,能用什么弥补呢?啊!那是无法弥补的。不过,虽然被宽恕是不可能了,但遗忘还是可能的。他决心要忘记它,把那件事踩在脚下,把它踩碎,就像踩扁咬人的毒蛇一样。真是的,巴兹尔有什么资格对他说那种话?谁让他来评判别人的?他说的话那么可怕、那么恐怖,让人难以忍受。

马车不停地走着,他觉得一步比一步慢。他推开天窗让车夫快点。可怕的鸦片瘾开始啃噬他,他的喉咙发烫,纤细的手神经质地扭在一起,他发疯似的用手杖敲打马。车夫大笑着抽起了鞭子,他也回报以大笑,车夫却不作声了。

路仿佛没有尽头,街道就像一只庞大的蜘蛛布下的黑网。单调得难以忍受。雾越来愈浓,他害怕起来。

然后他们经过一个空寂的砖场,这里的雾比较轻,他可以看到那些奇怪的瓮形砖窑吐着扇形的橙色火舌。马车经过时,一只狗吠起来,远处的黑暗里,一些流浪的海鸥在尖叫。马儿在车辙里绊了一下,转向一边,又飞奔起来。

过了一会儿,他们离开了土路,在凹凸不平的路上颠簸起来。大部分窗户都是黑洞洞的，但偶尔也有奇怪的影子投在亮着灯的百叶窗上。他好奇地看着，它们像怪异的牵线木偶一样活动，像活物一样打着手势，让他心生厌恶。他心里积郁着怒火。转过一个拐角时，一个女人从一扇敞开的门里对他们大喊大叫，两个男人追着马车跑了大约一百码，司机用鞭子朝他们打去。

据说，激情会让人翻来覆去想一件事、转不出来。确实是这样，道林·格雷紧咬的嘴唇一直重复着那句关于灵魂和感官的微妙的话，直到他在这句话里找到他所有想表达的东西。他用理性为他的情绪找到了正当性，不过就算没有那样的正当性，情绪还是会左右他的脾气。这个念头从他的一个脑细胞蔓延到另一个脑细胞。人所有欲望中最强烈的一种——求生欲——让他每根颤动的神经都敏锐起来。他曾经厌恶丑陋，因为丑陋使事物真实，现在因为同样的原因，他珍视起丑陋来。丑陋是唯一的真实，那粗野的争吵、下流的窝点、乱糟糟的生活里粗野的暴力、小偷和流浪汉的肮脏，比所有艺术的优雅表象和歌曲的梦幻影子都来得更加清晰生动。他需要这些，用来忘记一切。三天以后他就自由了。

突然，马车在一条暗巷口猛地停了下来。在低矮的屋顶和参差不齐的烟囱背后冒出黑色的船桅，周围的团团白雾如同船帆，幽灵般地挂在帆桁上。

"就在这附近，是吗，先生？"车夫透过天窗粗声问。

道林一惊，往四周望望。"就这里好了。"他答道，匆匆下了车，把他答应的还有一个金币给了车夫，快步向码头的方向走去。一艘大商船尾部有灯笼在闪烁，它的倒影在水洼里摇晃、破碎。一艘准备出航的汽船正在加煤，冒着红色的火光。泥泞的人行道看起来像块湿漉漉的防水布。

他急匆匆地往左走，不时回头看看有没有人跟着他。大约七八分钟后，他到了一间夹在两座废弃工厂当中的小破屋前。顶层有扇窗户里亮着灯。他停下来，用特殊的方式敲了敲门。

过了一会儿，他听到走廊里传来脚步声，还有解门链的声音。门静悄悄地开了，他走进去，没对来开门的家伙说话，那是个长相奇怪的矮胖子，他走过去的时候，那家伙往后退了一步，退进了暗处。门厅尽头挂着一块破旧的绿帘子，被跟着他从街上进来的狂风吹得飘摇起来。他掀开门帘，走进一个长长的低矮的房间，看上去好像以前是个三流舞厅。四周的墙上挂着煤气灯，咝咝响地亮着，映在对面沾满苍蝇屎的镜子里，晦暗变形了。地板上铺着赭色的锯屑，很多地方被踩成了烂泥，脚印周围还有一圈深色的酒迹。几个马来人正蹲在一个小炭炉旁玩着骨牌，聊天时露出一口白牙。一个角落里，有个水手把头埋在臂弯里，趴在桌上。占去房间整整一边的，是一个漆得很俗气的吧台，旁边站着两个憔悴的女人，嘲笑着一个老头，他正一脸厌恶地搓着大衣的袖子。"他以为身上有红蚂蚁呢。"道林经过时，其中一个女人笑着说。老头惊恐地看着她，呜咽起来。

房间尽头有一个小楼梯,通向一个黑乎乎的房间。道林快步走上那三级台阶,浓重的鸦片味扑面而来。他深深吸了一口气,鼻孔快活地翕动起来。进去的时候,一个一头光滑黄发的年轻人正拿着细长的烟杆俯身去灯上点火,他抬头看了看道林,迟疑地冲他点了点头。

"你在这儿,阿德里安?"道林低声说。

"我还能在哪儿?"他没精打采地回答,"现在那群家伙没一个理我了。"

"我以为你出国了。"

"达林顿袖手旁观,最后还是我哥哥付了账。乔治也不跟我说话了……我不在乎,"他叹了口气又说,"只要有这玩意儿,就不需要朋友了。我觉得我以前交的朋友太多了。"

道林打了个寒战,环顾着那些以奇妙姿势躺在破垫子上的怪物。那些扭曲的四肢、张开的嘴、瞪着的毫无光泽的眼睛,吸引着他。他知道他们在何等诡异的天堂里受苦,又在何等阴沉的地狱里学习一些新的快乐的秘密。他们比他好过。他被囚禁在思想里,记忆犹如一种恐怖的疾病,正在蚕食他的灵魂。他似乎经常看到巴兹尔·霍尔沃德的眼睛在看着他。然而他觉得自己不能待在这里,阿德里安·辛格尔顿在这里,让他感到不安。他想待在没人知道他是谁的地方,他想逃避自己。

"我到别家去。"他停了一下说。

"去码头上？"

"对。"

"那只疯猫肯定在那里。他们现在不让她来这里了。"

道林耸了耸肩："我对会爱人的女人已经烦了，会恨人的女人更有意思。而且那边货也更好。"

"差不多吧。"

"我喜欢那边的。来跟我喝一杯吧。我一定要喝点儿。"

"我什么也不想喝。"年轻人喃喃地说。

"没关系。"

阿德里安·辛格尔顿有气无力地起来，跟道林来到吧台边。一个混血儿裹着破烂的头巾，穿着松松垮垮的大衣，把一瓶白兰地和两个酒杯推到他们面前，咧嘴一笑算是打招呼。女人们侧身挨过来搭讪。道林转过身，背对她们，和阿德里安·辛格尔顿小声说了些什么。

一个女人挤出一个马来人式的假笑，嘲讽地说："我们今晚可真荣幸啊。"

"看在上帝的分上，别跟我说话，"道林跺着脚喊，"你想要什么？要钱吗？给你。别再跟我说话了。"

女人无神的眼睛里闪过两道红光，又转瞬即逝，眼睛恢复了黯淡无光。她头一甩，贪婪的手指从吧台上拨拉下硬币。她的同伴嫉妒地看着她。

"没用的,"阿德里安·辛格尔顿叹了口气,"我也不想回去。有什么关系呢?我在这里很开心。"

"如果有什么需要就给我写信好吗?"道林停了一下说。

"可能吧。"

"那,晚安。"

"晚安。"年轻人说着,踏上台阶,用手帕擦了擦干燥的嘴。

道林满脸痛苦地往外走,掀起门帘时,那个拿了他钱的女人就从她涂了口红的嘴唇里发出一声怪笑。"魔鬼的勾当走了!"她打了个嗝,声音嘶哑。

"该死的!"他答道,"别那么叫我。"

她打了个响指。"你喜欢人家叫你白马王子吧?"她冲他背后喊。

她这一喊,那个打瞌睡的水手跳起来了,狂乱地四下张望,听见关门声,就追了出去。

道林·格雷在蒙蒙细雨中沿着码头飞快地走着。和阿德里安·辛格尔顿的邂逅奇怪地触动了他,他想知道那个年轻生命的堕落是不是真的像巴兹尔·霍尔沃德恶狠狠地控诉的那样,跟他脱不开关系。他咬着嘴唇,有几秒钟,他的眼神变得有点哀伤。可是,说到底,这跟他有什么关系呢?人生苦短,不能把别人的错担到自己的肩上。每个人过着自己的生活,也都为此付出代价。唯一遗憾的是,一个人要为一次错误不停地付出代价,一而再、再而三地偿还。命运跟人做交易,从来不肯把账结清。

此刻的道林冷酷无情，沉溺于罪恶，心灵污浊，灵魂渴望叛逆。他匆匆赶路，越走越快。正当他快步拐进一个昏暗的拱门，像往常那样想抄近路去那个声名狼藉的地方时，突然有人从背后抓住了他。还没来得及自卫，他就被一只蛮横的手掐住喉咙，推到了墙上。

他拼命挣扎，好不容易挣脱了捏紧他咽喉的手指，却立刻听到咔嚓一声，看到一支左轮手枪，锃亮的枪管对准了他的头，一个结实的矮壮的黑影站在他面前。

"你想干吗？"他喘着气说。

"别出声，"那人说，"再动我就开枪了。"

"你疯了。我哪里得罪你了？"

"你害了西碧尔·文的命，"那人说，"西碧尔·文是我姐姐。她是自杀的，我知道，但她的死你要负责。我发过誓，要杀了你偿命，我找你好多年了，我没什么线索凭据，两个能说一下你什么样的人都死了，我对你一无所知……只知道她怎么叫你的。今天晚上被我碰巧听到了，求上帝饶了你吧，因为今晚你就要死了。"

道林·格雷差点吓晕。"我根本不认识她，"他结结巴巴地说，"从来没有听说过这个人。你疯了。"

"你最好认罪，你死定了，就像我是詹姆斯·文一样肯定。"有那么一刻，太可怕了，道林不知道该说什么，不知所措。"跪下!"那人吼道,"我给你一分钟忏悔——就一分钟。我今天晚上要上船去印度,我得先宰了你。一分钟,就这样。"

道林垂下双臂,吓得浑身瘫软,不知道该怎么办。突然,他的大脑中闪现出一丝疯狂的希望。"等等,"他喊,"你姐姐死了多久了?快,告诉我!"

"十八年了,"那人说,"干吗要问?多久有什么关系?"

"十八年,"道林·格雷笑起来,声音里有点得意,"十八年啊!你带我去灯下面,看看我的脸吧!"

詹姆斯·文犹豫了一下,不明白他什么意思,然而还是抓住他,把他从拱门里拽了出来。

昏暗的路灯在风中摇摆不定,但詹姆斯还是看到自己差点铸成大错,因为那个他想杀的人一脸青春年少、天真无邪,看起来不过二十多岁,比他姐姐当初和他分别时也大不了多少,显然不是害了她性命的人。

他松开手,踉跄地退了一步。"天哪!天哪!"他喊道,"我差点把你杀了!"

道林·格雷长吁了一口气。"你差点就犯了大罪,老兄,"他严厉地瞪着他说,"你该吸取点教训,别报什么仇了。"

"对不起,先生,"詹姆斯·文低声说,"我搞错了。我在那个该死的贼窝里听到一耳朵,让我走错道了。"

"你最好回家把枪收收好,否则可能会有麻烦的。"道林说着转身沿着街道慢慢走开了。

詹姆斯·文惊恐地站在人行道上,从头到脚都在颤抖。过了一会儿,一个沿着滴水的墙蠕动的黑影来到了亮处,悄无声息地走到他身边。他感到有只手搭在他胳膊上,猛一回头,是在酒吧喝酒的一个女人。

"你为什么不杀他?"她憔悴的脸凑到他面前,嘶声说,"你从戴利酒吧冲出来我就知道你在追他。你这个笨蛋!你应该杀了他。他很有钱,而且坏透了。"

"他不是我要找的人,"他说,"我不要钱,我要的是一个人的命,那个人现在肯定快四十了。这个人比孩子大不了多少,谢天谢地,我手上没沾他的血。"

女人挖苦地大笑起来。"比孩子大不了多少!"她冷笑道,"好嘛,伙计,那个白马王子把我搞成现在这样差不多也十八年了吧。"

"你骗人!"詹姆斯·文喊。

她向天举起一只手。"当着上帝的面,我说的是实话。"她大声说。

"当着上帝的面?"

"不然就让我变成哑巴。他是来这儿的人里最坏的一个。他们说他把自己卖给了魔鬼,换了一张漂亮脸蛋。我认识他快十八年了。从那时候起他就没怎么变过。我可变得多了。"她病态地斜着眼瞟他。

"你发誓?"

"我发誓,"她扁平的嘴沙哑地回答说。"但别把我出卖了,"她带着哭腔说,"我怕他。给我点儿钱过夜吧。"

他骂了一声甩开了她,冲到街角,但道林·格雷已经消失了。他回头看,那个女人也不见了。

Chapter 17　塞尔比庄园

一星期以后，道林·格雷坐在塞尔比庄园的温室里，和美丽的蒙茅斯公爵夫人聊着天，她和她的丈夫，一个满脸倦容的六十岁男人，在他这里做客。这是下午茶时间，桌上一盏带蕾丝的大台灯发出柔和的光，照亮了精致的瓷器和银器。她洁白的手在茶杯间优雅地移动，丰满的红唇正微笑着，听道林对她低语。亨利勋爵斜躺在一张铺着丝绸的柳条椅上，看着他们。纳博勒夫人坐在一张桃红色的沙发上，假装在听公爵讲述他最新收藏的一只巴西甲虫。三个穿着精致的吸烟装的年轻人给女宾们递着茶点。这场家庭聚会有十二个人，第二天可能还会有人来。

"你们两个在说什么呢？"亨利勋爵走到桌前，放下杯子说,"我希望道林已经跟你说了我要给所有东西重新命名的计划,格莱蒂丝。这是个好主意。"

"可是我不想叫个新名字,哈里,"公爵夫人抬起美丽动人的眼睛望着他说,"我很满意我自己的名字,我觉得格雷先生对他的名字也很满意。"

"亲爱的格莱蒂丝,你们俩的名字都好极了,我不会改的。我主要想的是花。昨天我剪了一朵兰花插在扣眼里,它上面有奇妙的斑点,像七宗罪一样又显眼又惊人。我随口问一个园丁,它叫什么名字。他跟我说它是个好品种,叫'罗宾索尼安娜',或类似那种可怕的名字。这是个可悲的事实,就是我们已经没有给东西起可爱名字的能力了。名字就是一切。我从来不计较别人干什么,但我会觉得要为语言争一争。这就是我讨厌文学里的庸俗的现实主义的原因。把铲子叫铲子[1]的人,就应该逼他去用铲子,他只适合干那个。"

"那我们应该叫你什么,哈里?"她问。

"他叫歪理王子。"道林说。

"一听就知道是他。"公爵夫人说。

"我不要,"亨利勋爵笑着说,倒进一把椅子里,"贴了标签就逃不掉了,我不要这个称号。"

"皇室成员不能退位。"漂亮的小嘴警告说。

"你要我当这个王子吗?"

---

[1] 英国俗语,意思是"有什么说什么"。

"是啊。"

"我说的可是明天的真理呀。"

"我还是觉得在今天就是谬论呀。"她回答。

"我投降,格莱蒂丝。"他算是领教到她的任性了。

"你不防御但还可以进攻嘛。"

"我从来不对美人发起攻击的。"他一挥手说。

"你这样不对,哈里,真的,你太看重美貌了。"

"你怎么能这么说呢?我承认我觉得美比善好,但另一方面,我也特别愿意承认善比丑好啊。"

"那,丑陋是七宗罪之一吗?"公爵夫人喊道,"你说兰花上的斑点像七宗罪什么意思?"

"丑陋是七大德行之一,格莱蒂丝。你这个忠心的保皇党,千万不要小看它们。啤酒、《圣经》和七大德行造就了我们英国。"

"你不喜欢你的国家吗?"她问。

"我生活在其中。"

"这样你就更好说它的不是啦。"

"你要我承认欧洲人的评价吗?"他问。

"他们怎么说我们?"

"他们说,达尔杜弗[1]移民到了英国,开了家商店。"

"那是你自己的评价吧,哈里?"

---

1. 法国剧作家莫里哀同名喜剧(又译作《伪君子》)的男主人公。

"让给你吧。"

"这一听就不是我说的,说得太是那么回事了。"

"不用怕,我们的同胞听不出来是不是那么回事的。"

"他们很实际。"

"与其说是实际,不如说是狡猾。他们算总账的时候,就用财富来平衡愚蠢,用虚伪来平衡邪恶。"

"但我们还是做了些了不起的事情。"

"是了不起的事情落到了我们头上而已,格莱蒂丝。"

"那我们也担起了重负啊。"

"也就用了跟担保股票交易差不多的一点点小力气。"

她摇了摇头。"我相信物竞天择。"她大声说。

"它代表着竞奔之人赢了。"

"那样才有发展。"

"我更喜欢衰败。"

"艺术呢?"她问。

"是种病。"

"爱呢?"

"是幻觉。"

"宗教?"

"是时下流行的信仰的替代品。"

"你是个怀疑论者。"

"才不是呢!怀疑论是信仰的开始。"

"那你是什么?"

"定义了就受到限制啦。"

"给我个线索。"

"线断了你就会被困在迷宫里啦。"

"搞不懂你。说说别人吧。"

"主人就是个好话题,很多年前他被人叫作白马王子。"

"啊!别提这个了。"道林·格雷喊道。

"我们的男主人今晚很吓人,"公爵夫人红着脸说,"我相信,他觉得蒙茅斯是因为我是他能找到的最好的现代蝴蝶标本而跟我结婚的,完全是出于科学原则。"

"那我希望他不要把针插到你身上,公爵夫人。"道林笑道。

"哦!我的女佣已经这么干了,格雷先生,在她生我气的时候。"

"她为什么生你气,公爵夫人?"

"都是最小的事,格雷先生,我保证。一般是因为我八点五十告诉她,我要在八点半之前穿好衣服。"

"那她太不讲道理了!你应该给她一点警告。"

"我可不敢,格雷先生。哎,她要给我设计帽子呢。你还记得我在希尔斯通夫人的花园聚会上戴的那顶吗?你不记得了,不过你真好,还假装记得。那是她完全凭空做出来的,所有好帽子都是在什么也没有的基础上做出来的。"

"就像所有的好名声一样,格莱蒂丝,"亨利勋爵打断道,

"一个人每产生一点儿影响就会多一个敌人,要想当受欢迎的人,就得是个平庸之辈。"

"在女人这里行不通,"公爵夫人摇摇头说,"而世界是女人来裁定的。我跟你说,我们受不了平庸的人。就像有人说的,我们女人是用耳朵去爱的,你们男人则是用眼睛去爱,如果你们也会爱的话。"

"我觉得我们好像就没干过别的事。"道林喃喃地说。

"啊!那你就从来没有真正地爱过,格雷先生。"公爵夫人假装伤心地说。

"亲爱的格莱蒂丝!"亨利勋爵喊道,"你怎么能这么说呢?浪漫靠重复而生,重复把情欲转化成艺术。而且,每次恋爱都是唯一的一次恋爱。对象不同不会改变情欲的始终如一,而只会强化它。我们一生最多只能有一次伟大的经历,生活的秘诀就在于尽可能多地重现这次经历。"

"哪怕被这段经历伤害过,哈里?"公爵夫人停了一下,问。

"尤其是被伤害过的时候。"亨利勋爵回答道。

公爵夫人转过身来,看着道林·格雷,眼神中充满了好奇。"你怎么看,格雷先生?"她问。

道林犹豫了一下,然后仰头笑了起来:"哈里说什么我都同意,公爵夫人。"

"哪怕他错了?"

"哈里从来没错过,公爵夫人。"

"那他的哲学能让你幸福吗?"

"我从来没想过追求幸福。谁想要幸福?我只想找乐子。"

"找到了吗,格雷先生?"

"经常,太多了。"

公爵夫人叹了口气。"我想要安心,"她说,"如果我现在不去打扮,今天晚上就不会安心的。"

"让我给你摘几朵兰花吧,公爵夫人。"道林说着,站起来往温室走去。

"你和他调情调得挺不检点的,"亨利勋爵对他的表妹说,"你最好小心点,他可是很迷人的。"

"他要是不迷人,就过不起招来啦。"

"所以是希腊人遇到希腊人[1]吗?"

"我站在特洛伊人一边。他们为了一个女人而战。"

"他们被打败了。"

"有比当俘虏更糟糕的事情呢。"她回答说。

"你现在不拉缰绳纵马狂奔啊。"

"跑出了生命力。"她不打算退让。

"我今晚上要把它写在日记里。"

"写什么?"

"一个被烧伤的孩子还爱火。"

"我一点儿也没受伤,翅膀完好无损。"

---

1. 俗语,棋逢对手的意思。

"你的翅膀就是不能用来飞。"

"男人已经把勇气传给女人了。这对我们是新体验。"

"你有个竞争对手。"

"谁?"

他笑了起来。"纳博勒夫人,"他低声说,"她非常爱慕他。"

"你让我好担心呀。我们浪漫主义者就怕老古董。"

"浪漫主义者!你明明拥有一切科学方法。"

"那是男人教的。"

"但也没能解释清楚你们女人。"

"把女人作为一个性别描述一下。"她发出一个挑战。

"没有谜语可猜的司芬克斯[1]。"

她看着他,笑了。"格雷先生怎么去了这么久啊!"她说,"我们去帮帮他,我还没告诉他我裙子的颜色呢。"

"啊!你可以根据他的花配条裙子,格莱蒂丝。"

"那投降得也太早了。"

"浪漫主义的艺术就是从高潮开始的。"

"我要留退路。"

"像帕提亚人[2]那样?"

---

1. 最初源于古埃及神话,当时传说有三种司芬克斯——人面狮身、羊头狮身、鹰头狮身。到了希腊神话里,司芬克斯变成了给人猜谜语的怪物,猜不中的人会被它吃掉。
2. 帕提亚即西亚古国安息,据说帕提亚骑兵的惯用战术是在掉转马头假装撤退时射冷箭。

"他们能在沙漠里安身立命,我可不行。"

"女人并不总有选择权的。"他答道,但话还没说完,就听见温室深处传来一声压抑的呻吟,接着是重物摔在地上的一声闷响。众人吃了一惊。公爵夫人惊恐地站着,一动不动。亨利勋爵眼露惧色,冲过摇晃的棕榈叶,发现道林·格雷脸朝下,倒在瓷砖地板上,昏死过去了。

道林立刻被抬进了蓝色客厅里,放在一张沙发上。过了一小会儿,他醒了过来,一脸茫然地看着周围。

"出什么事了?"他问,"哦!我想起来了。我在这里安全吗,哈里?"他颤抖起来。

"亲爱的道林,"亨利勋爵说,"你只是晕倒了而已。你一定是太累了。晚饭最好别下去吃了,我替你招呼大家吧。"

"不,我要下去,"他挣扎着起身说,"我宁愿下去,不要一个人待着。"

他到自己房间去换了身衣服。在餐桌上,他满不在乎,谈笑风生,但时不时想起他看到詹姆斯·文的脸贴在温室窗户上——像一块白手帕一样——盯着他,就恐惧得一阵战栗。

Chapter 18　打猎

　　第二天他没出门，实际上大部分时间都在自己的房间里，怕死怕得要命，但对生命本身又很冷漠。他强烈地意识到有人正在跟踪、试图诱捕和准备击杀他。挂毯在风里抖一下，他也会抖。枯叶被吹到铅窗格里的玻璃上，他觉得就像自己耗尽的决心和狂躁的悔恨。他一闭上眼睛就看到那个水手把脸贴在雾蒙蒙的玻璃上向内窥探，于是恐惧的魔爪再次攫住了的心。

　　但也许那只是他的幻觉，把复仇从黑夜里召唤出来，把惩罚的狰狞面目摆在他面前。现实生活是一片混乱的，而想象却非常有逻辑，是想象让悔恨缠绕在罪恶的脚步上，想象让每桩罪行都孕育了畸形的余孽。在平常的现实世界里，恶人不会受惩罚，好人也没有好报。强者成功，弱者失败，无外乎是这样。再说，如果有陌生人在房子周围转，一定会被仆人或者看门人看到的。如果在花坛里发现什么脚印，园丁也会报告的。没错，那只是个幻觉。西碧尔·文的弟弟没有回来追杀他，他已经坐着船远走高飞，在某个冬天的海面上沉没了。无论如何，他是不会拿他怎么样的。好了，他又不知道他是谁、不可能知道他是谁。青春的假面救了他。

不过就算那只是幻觉，良心竟能唤起这么可怕的幻影，赋予它们可见的形体，还能走来走去，真是可怕！如果日日夜夜，他罪行的阴影一直从寂静的角落窥视着他，从隐秘的地方嘲弄他，当他坐在宴会上时在他耳边低语，他睡觉时用冰冷的手指惊醒他，那他过的会是种什么样的生活啊！脑海里闪过这个念头，他吓得脸发白，觉得空气也突然变冷了。哦！他是在怎样一个疯狂的时刻杀了自己的朋友啊。一想起当时的情景就毛骨悚然，他仿佛又看到了一切，每个可怕的细节都历历在目，更加恐怖。他罪孽的形象，可怕地血淋淋地从时间的黑洞里冒出来。六点钟亨利勋爵进来的时候，发现他撕心裂肺地哭着。

直到第三天，他才敢出门。冬日清晨散发着松香味的干净空气里，有什么东西让他恢复了快乐和对生活的热情。这也不只是因为周围的物质环境，他自己的本性也反抗了过度的痛苦，因为那种痛苦想要破坏和损伤他天性里完美的宁静。敏感细腻的人常常是这样,他们强烈的情绪总是受挫或受委屈,它们不是把人搞死就是自己死掉。浅薄的忧伤和浅薄的爱都能长存,但轰轰烈烈的爱和悲伤会因为太充沛而毁灭。况且他已经相信自己是恐怖想象的牺牲品,现在回想起自己的恐惧来,就有些怜悯,挺轻蔑的。

早饭后,他和公爵夫人在花园里散了一个小时步,然后坐车穿过公园去参加狩猎。清霜像盐一样铺在草地上,天空像一个倒扣的蓝色金属碗,长着芦苇的平坦湖面上结着一层薄冰。

在松林的一角,他看见公爵夫人的弟弟杰弗里·克劳斯顿爵士正从枪里退出两颗空弹壳,他跳下马车,让马夫把马牵回家,然后穿过枯萎的蕨类植物和乱蓬蓬的灌木丛向客人走去。

"打得好吗,杰弗里?"他问。

"不太好,道林。我觉得大多数鸟都到空旷的地方去了。我想吃完午饭换个地方会好一点。"

道林在他身边信步走着。空气带着清香,沁人心脾,树林里闪烁着红棕色的光,帮着把猎物赶出来的仆从们不时粗声喊叫,尖锐的枪声随之响起,这些都让他着迷,心里充满了愉快的自由感、无忧无虑的快活和自在超然的开心。

突然,他们前面大约二十码远的一蓬枯草丛里,惊起一只兔子,它竖着黑尖耳朵,长长的后腿用力蹬着,往一片桤树林里蹿去。杰弗里爵士把枪架上肩头,但兔子优雅的动作让道林·格雷着了迷,他脱口而出:"别开枪,杰弗里,饶它一命吧。"

"胡说什么呢,道林!"他的同伴笑道,兔子就要蹿进树丛时,他开了枪。两声惨叫同时响起,一声是兔子痛苦的尖叫,很可怕,另一声是一个人痛苦的叫声,更可怕。

"天哪!我打中了一个赶猎的!"杰弗里爵士惊叫道,"这家伙怎么往枪口上撞!别开枪了!"他高声叫道,"有人受伤了。"

猎场总管拿着一根棍子跑了过来。

"哪儿,先生?他在哪里?"他大声喊道。同时,一路的枪声都停了。

"这儿,"杰弗里爵士气呼呼地说着,一边向灌木丛跑去,"你怎么不叫你的人退后点?搞得我今天猎也打不好了。"

道林看着他们拨开摆动的柔软枝条钻进桤木丛里,不一会儿又出来了,拖着一具尸体到了阳光下。他吓得转过身去,他觉得他走到哪儿灾祸就跟到哪儿。他听到杰弗里爵士问那人是不是真的死了,以及猎场总管肯定的回答。树林里似乎突然多出了很多人,杂乱的脚步和嗡嗡低语声响成一片。一只铜色胸脯的大野鸡拍着翅膀从头顶的树枝间掠过。

过了一会儿——对他不安的心来说,就像无穷无尽的痛苦时光——他感到一只手放搭在自己肩膀上。他吃了一惊,回头去看。

"道林,"亨利勋爵说,"最好叫他们今天的打猎就到此为止吧。再打下去就不好看了。"

"我希望永远别打了,哈里,"他苦涩地回答,"整个事情都挺丑陋残忍的。那个人……"

这句话他说不下去。

"应该是的,"亨利勋爵接口说,"他的胸口正中一枪,肯定是当场就死了。走吧,我们回家吧。"

他们并肩向大路的方向走了五十码,没说话。然后道林看着亨利勋爵,重重地叹了口气说:"这是一个不祥之兆,哈里,非常不吉利。"

"什么?"亨利勋爵问道,"哦!你说这次意外吧,亲爱的朋友,这也是没办法的事。是那人自己不好,谁叫他往枪口上撞?再说,这跟我们也没什么关系。当然,这对杰弗里来说挺尴尬的。要是乱射一气的猎人发生这种事倒没什么,大家会觉得那是一发流弹。但杰弗里不是,他枪法很准。不过现在再说这些也没用。"

道林摇了摇头。"这是个不祥之兆,哈里。我觉得好像有什么可怕的事情要发生在我们哪个人身上了,可能就是我。"他补了一句,痛苦地用手遮住了眼睛。

年长者笑了:"世界上唯一可怕的事是无聊,道林。那是不可饶恕的罪过。不过我们不会无聊的,除非那帮家伙在晚餐时一直说这件事，我一定要告诉他们别聊这件事了。至于预兆，根本就没有预兆这回事。命运女神太聪明了，或者说太残忍了，她不会事先派个使者来通知我们的。再说了，你能遭什么祸？世界上的人想要的东西你全都有，没人不想和你换一换的。"

"我愿意和任何人换一换，哈里。别笑成那样。我说的是真的。那个刚才死掉的可怜的农民都比我好。我不怕死，我怕的是死神逼近。它的大翅膀好像就在我周围沉闷的空气里盘桓。天哪！你没看见有个人在那边树后面移动，看着我，等着我吗？"

亨利勋爵望着那只戴着手套的颤抖的手指的方向。"是的，"他笑着说，"我看见园丁在等你。我想他是想问你今晚在桌子上摆什么花。你神经过敏啦，亲爱的朋友！我们回城以后你要找我的医生看看。"

道林看到园丁走过来，如释重负地松了一口气。那人摸了摸帽子，迟疑地看了亨利勋爵一眼，拿出一封信，递给主人。"夫人让我等您答复。"他低声说。

道林把信放进口袋。"告诉公爵夫人我马上就来。"他冷冷地说。那人转身快步朝房子走去。

"女人可真爱冒险啊！"亨利勋爵笑道，"这是她们身上我最欣赏的一种品质。只要有别人看着，女人会和世界上任何人调情。"

"你可真爱说危险的话,哈里!这件事你可说偏了。我很喜欢公爵夫人,但我不爱她。"

"但公爵夫人很爱你,虽然她不怎么喜欢你,所以你们挺般配。"

"你这是在造谣生事呢,哈里,造谣都不需要任何依据的。"

"每个谣言背后都有不道德的事实呢。"亨利勋爵说,点燃一支烟。

"你为了说句俏皮话能牺牲任何人,哈里。"

"世界上的人都是自己对号入座的。"

"我倒是想恋爱,"道林·格雷饱含悲怆地喊道,"但我好像已经没激情了,也忘记了欲望。我太专注在自己身上了。我的外貌已成为负担了。我想躲避,想逃走,想忘记。我到这里来真是太傻了。我想我应该给哈维发个电报,让他把游艇准备好。在游艇上挺安全的。"

"安全什么,道林?你遇到麻烦了吧。为什么不告诉我什么事?你知道我会帮你的。"

"我不能说,哈里,"他伤心地回答,"而且我想那只是我幻想出来的。今天这桩不幸的意外让我心烦意乱。我有种可怕的预感,类似的事会落到我头上。"

"胡说八道!"

"但愿是吧,但我就是有这种感觉。啊!公爵夫人来了,看起来就像阿尔忒弥斯[1]穿着量身定做的礼服。你看,我们回来了,公爵夫人。"

"我都听说了,格雷先生,"她说,"可怜的杰弗里很难过。而且好像你还让他别杀兔子了。真奇怪!"

"是的,很奇怪。我不知道我为什么会那么说,大概就是一闪念吧,那只兔子就像是世上最可爱的小动物。但我很遗憾他们把那个人的事告诉你了,这真是个可怕的话题。"

"这是个讨人厌的话题,"亨利勋爵插话说,"根本没有心理学价值。如果杰弗里是存心打的,那就有意思多了!我真想认识真正的谋杀犯啊。"

"你真可怕,哈里!"公爵夫人喊道,"是不是,格雷先生?哈里,格雷先生又病了。他要晕倒了。"

道林强打精神,笑了笑。"我没事,公爵夫人,"他低声说,"我的神经完全错乱了,没什么,怕是我今天早上走得太多了。我没听到哈里说什么,很不像话吗?改天你告诉我。我想我要去躺一会儿,你们会原谅我的吧。"

他们走到了从温室通向露台的大楼梯前。玻璃门在道林身后关上时,亨利勋爵转过头来,懒洋洋地看着公爵夫人。"你很爱他吗?"他问。

她好一会儿没回答,只是站在那儿凝视着风景。"我要是知道就好了。"最后她说。

---

1. 希腊神话中的狩猎女神。

他摇了摇头:"知道了就要命了,不清不楚的才迷人,雾里看花最美了。"

"雾里会迷路啊。"

"殊途同归的,亲爱的格莱蒂丝。"

"归去哪儿?"

"幻灭。"

"那是我人生的处女作。"她叹了口气。

"然后你就戴上公爵爵冠啦。"

"我已经厌倦草莓叶子[1]了。"

"它们很配你。"

"只有在公共场合。"

"你会想念它们的。"亨利勋爵说。

"我一片花瓣也不会掉的。"

"蒙茅斯有耳朵。"

"老了听不清了。"

"他从来没吃过醋吗?"

"我倒希望他吃过。"

他四处张望,好像在找什么。

"你找什么?"她问。

"你花剑上的小球[2],"他答道,"掉了。"

---

1. 公爵爵冠上的装饰纹样。
2. 击剑运动中,戴面罩和在剑尖上套一个小球都是安全保护措施。

她笑了起来:"我还有面罩。"

"那让你的眼睛显得更可爱了。"他答道。

她又笑了,牙齿就像鲜红水果里的白籽。

楼上,道林·格雷躺在自己房间的沙发上,全身每根纤维都在恐惧地颤抖。生命突然变成了难以承受的重负。那个倒霉的赶猎人像野兽一样被枪杀在灌木丛中的可怕死法,似乎也预示了他自己的死亡。他差点因为亨利勋爵一句无心的玩世不恭的玩笑话而晕倒。

五点钟,他按铃叫来仆人,吩咐他收拾东西,八点半让马车在门口等,他要坐夜班快车回城。他决定不在塞尔比庄园过夜了。这是个不祥的地方:死神在光天化日下游荡,森林里的草都染上了鲜血。

然后他给亨利勋爵写了张纸条,告诉他自己要进城看病,请他代为招待客人。他正要把纸条放进信封,有人敲门,他的贴身男仆告诉他,猎场总管求见。他皱了一下眉头,咬了咬嘴唇。"让他进来吧。"他犹豫了一会儿,嘟哝说。

那人一进来,道林就从抽屉里拿出支票簿,摊开放在面前。

"我想你是来说今早上那桩不幸的意外的吧,桑顿?"他拿起笔说。

"是的,先生。"猎场总管回答。

"那个可怜的家伙结婚了吗?有家小要养活吗?"道林挺不耐烦地问,"如果有,我不希望他们日子过不下去,你看该给多少钱,我会给他们的。"

"我们不知道他是谁,先生。所以我才冒昧来找您的。"

"不知道他是谁?"道林冷淡地说,"什么意思?他不是你的人吗?"

"不是的,先生。以前从来没见过他。好像是个水手,先生。"

道林·格雷手里的笔掉了下来,他觉得自己的心脏好像骤然停止了跳动。"水手?"他叫道,"你是说水手?"

"是的,先生。他看起来好像是水手,两条胳膊上都有文身之类的东西。"

"在他身上发现什么了吗?"道林向前俯身,用惊恐的眼神看着对方,"有什么能看出他的名字的东西吗?"

"有些钱,先生——不多,还有一把六发子弹的左轮手枪。没有名字。看起来像个正经人,先生,就是样子粗鲁了点。我们觉得是个水手。"

道林跳了起来,一线可怕的希望从他身边飞过,他疯狂地抓住了它。"尸体在哪里?"他大声喊,"快!我要马上看看。"

"在家庭农场的一个空马厩里,先生。大家都不喜欢把那种东西放在家里,说尸体会带来厄运的。"

"家庭农场!马上去那儿等我。叫马夫给我备马。不,算了,我自己去牵马,省点时间。"

不到一刻钟,道林·格雷已经骑着马在大道上全速狂奔了。树木仿佛幽灵般地从他身边掠过，凌乱的阴影横在他经过的路面上。有一次，他的马在一根白色门柱旁突然转弯，差点把他甩出去。他在马脖子上揍了一鞭，马像箭一样划破昏暗的夜色，蹄子踏得石子飞溅。

最后，他终于到了家庭农场。有两个人在院子里走来走去。他从马鞍上跳下来，把缰绳扔给其中一个人。最远的马厩里，有一盏灯在闪烁，似乎告诉他尸体就在那里，他急忙跑到门口，伸手要拉门闩。

他在那里停了一下，觉得这个发现会把自己推到一个边缘：要么成就自己，要么毁了自己。然后他推门进去了。

在屋子靠里的角落，一堆麻袋上躺着一具尸体，穿着粗布衬衫和蓝裤子，脸上盖着一块血迹斑斑的手帕，旁边一只瓶子里插着一根劣质蜡烛，噼啪作响着。

道林·格雷哆嗦了一下，觉得自己的手无法拿开那块手帕，叫了一个农场的下人过来。

"掀开给我看看。"他一边说，一边抓住门柱支撑自己。

农场的人照办了。他上前一看，嘴里迸出一声欢欣的叫喊。那个在树丛里被打死的人正是詹姆斯·文。

他站在那儿看了几分钟，看着那具尸体。骑马回家时，他的眼里噙满了泪水，因为他知道自己安全了。

Chapter 19　忏悔

"你跟我说你要做好人是没用的，"亨利勋爵把白皙的手指浸入一个装满玫瑰水的红铜碗里，叫道，"你已经很完美了，祈祷不要变吧。"

道林·格雷摇了摇头："不，哈里，我这辈子干了太多可怕的事，我不想再干了。我昨天就开始做好事了。"

"你昨天在哪儿？"

"在乡下，哈里。我一个人住在一个小旅馆里。"

"亲爱的孩子，"亨利勋爵笑着说，"在乡下，谁都能做好人，那里没有诱惑。这就是为什么乡下人那么不开化的原因。开化绝不是件容易的事情，想要当一个文明人只有两条路：一是有文化，还有就是被腐化。乡下人两样机会都没有，只能停滞不前。"

"文化和腐化,"道林说,"我对这两个都了解一点。现在我觉得我身上同时有这两样事情挺可怕的。因为我有一个新的想法,哈里。我要改变。我想我已经变了。"

"你还没有告诉我你干了什么好事,是不是还不止一件?"他的同伴一边问,一边往盘子里倒了一堆熟透的草莓,堆成一座深红色的小金字塔,又用贝壳形的漏勺撒上了白糖。

"我可以告诉你,哈里。这故事我不能对别人讲的。我放过了一个人。这听起来很自负,但你明白我的意思吧。她很美,而且很像西碧尔·文。我想她一开始就是因为这个吸引我的。你还记得西碧尔吧?好像是很久以前的事了!当然赫蒂不是我们阶级的人,她只是个乡下姑娘。但我真的爱她,我很确定我爱她。在这个美好的五月里,我每星期都会跑去看她两三次。昨天她跟我在一个小果园里见面,苹果花纷纷落在她头发上,她一直在笑。我们本来打算今天天亮私奔的,但我突然决定算了,让她像当初碰到我的时候那样鲜艳。"

"我想这种新鲜的情感一定让你感受到了一种真正的快感吧,道林,"亨利勋爵打断他说,"但我可以帮你写完这首田园诗。你对她好言相劝,让她难过心碎。这就是你开始干的好事。"

"哈里,你真讨厌!你别再说这种可怕的话了。赫蒂的心没有碎。当然,她是哭了什么的,但她没蒙羞。她可以像帕迪塔[1]一样生活在长满薄荷和金盏花的花园里。"

"还能为一个不忠的弗罗利泽[2]哭泣,"亨利勋爵靠在椅子上笑着说,"亲爱的道林,你真是有着古怪的孩子气。你觉得这个姑娘现在还能甘愿和任何一个他们阶级的人在一起吗?我想她总有一天会嫁给一个粗鲁的车夫或者一个傻笑的农夫。遇到过你、爱过你的事实会让她鄙视她的丈夫,她会很可怜的。从道德的角度来看,我也不能说我对你的伟大放弃有多欣赏,就算作为一个起步,也挺差劲的。再说,你怎么知道赫蒂现在不是像奥菲利亚那样,漂浮在某个星光灿烂的磨坊池塘里,身边有可爱的睡莲?"

"我受不了啦,哈里!你什么都要嘲笑,然后设想最惨的结局。我现在后悔告诉你了。我不在乎你对我说什么。我知道我做的是对的。可怜的赫蒂!今早我骑马经过农场的时候,还看到她白白的脸靠在窗边,像一朵茉莉花。不说这个了,也别想跟我说,我这么多年来干的第一件好事、我第一次小小的牺牲,还是一桩罪孽。我想变好,我会变好的。说说你吧。城里有什么事?我好几天没去俱乐部了。"

"大家还在说可怜的巴兹尔的失踪。"

"我还以为他们已经说腻了。"道林说着,眉头微皱,给自己倒了点酒。

---

1. 莎士比亚戏剧《冬天的故事》的女主角,在田园背景下牧羊的公主。
2. 《冬天的故事》的男主角,帕迪塔的恋人。

"亲爱的孩子，他们才说了六个星期，三个月里讨论超过一个话题，英国人的精神受不了那么大的压力。不过他们最近太走运了，有我的离婚，还有艾伦·坎贝尔的自杀，现在又有了个艺术家神秘失踪案。苏格兰场[1]仍然坚持认为十一月九日半夜坐火车去巴黎的那个穿灰大衣的人就是可怜的巴兹尔，但法国警方宣称，巴兹尔根本就没有到过巴黎。我想大概再过两个星期，就会有人说在旧金山见过他了。说来也怪，据说每个失踪的人都会在旧金山被人看见。旧金山一定是个让人开心的城市，像来世那么迷人。"

"你觉得巴兹尔出了什么事？"道林端起勃艮第酒对着灯光问道，他也很惊讶自己能这么平静地谈论这件事。

"我完全不知道啊，如果巴兹尔存心躲起来，那也不关我的事。如果他死了，我也不想去想他。我唯一害怕的事就是死亡，我恨它。"

"为什么？"年轻人无精打采地问。

"因为，"亨利勋爵打开嗅盐盒，把镀金箅子凑在鼻子下面来回移动，"现在的人什么都逃得了，就是逃不过这个。死亡和庸俗是十九世纪仅有的让人没话说的事。我们去音乐室喝咖啡吧，道林，你弹肖邦给我听吧，把我老婆拐跑的人弹得一手好肖邦。可怜的维多利亚！我挺喜欢她的，没有她，房子里还真冷清。当然，婚姻生活只是一种习惯，一种坏习

---

1. 英国首都伦敦警察厅的代称。

惯。但人就算没了最坏的习惯也会懊悔的,也许还懊悔得最厉害,因为坏习惯最是人性的一部分。"

道林什么也没说,从桌边站起来走到隔壁房间,在钢琴前坐下,手指在白黑相间的象牙琴键上游走。咖啡送进来以后,他停了下来,看着亨利勋爵说:"哈里,你有没有想过,巴兹尔被杀了?"

亨利勋爵打了个哈欠:"巴兹尔人缘很好,又总是戴着一块便宜表,他为什么会被杀呢?他又不够聪明,所以没有敌人。当然,他在绘画方面有奇才,但一个人可以画得像委拉斯凯兹[1]那么好,人却特别无聊。巴兹尔真的很无聊,他只让我感兴趣过一次,就是很多年前他跟我说他狂热地爱你,你是他艺术的原动力。"

"我是很喜欢巴兹尔的,"道林忧伤地说,"但他们不是说他被杀了吗?"

"哦,有的报纸是这么说的。但我觉得这根本不可能。我知道巴黎有些可怕的地方,但巴兹尔也不是会去那里的人。他没有好奇心,这是他最大的缺点。"

"如果我告诉你,我杀了巴兹尔,你会怎么说,哈里?"年轻人说完,认真地看着对方。

"我会说,亲爱的朋友,这事跟你不搭。一切犯罪都是庸

---

1. 委拉斯凯兹(1599—1660):文艺复兴后期、巴洛克时代、西班牙黄金时代的一位画家,《宫娥》即是他的作品。

俗的，就像一切庸俗都是犯罪一样。道林，你没有会杀人的秉性。如果我这么说伤害了你的自尊心，对不起，但我保证我说的是实话。犯罪专属于下等阶级，我一点儿也没有要责怪他们，我想犯罪对他们来说就像艺术对我们一样，只是一种寻求感官刺激的方法。"

"寻求感官刺激的方法？你不要说你觉得一个杀过人的人还会再杀人啊？"

"哦！什么事干多了都会变成乐趣的，"亨利勋爵笑着大声说，"这是人生一大秘密。不过我还是觉得谋杀总是不对的，一个人永远不该干任何不能当晚饭后的谈资的事。我们别再说可怜的巴兹尔了。我倒是希望他的结局像你说的那么浪漫，但我还是不觉得会是那样，我看他是从一辆公共马车上掉进了塞纳河，而售票员隐瞒了那么个丑闻。嗯，我觉得他的结局就是那样。我看见他现在仰面躺在暗绿色的水底下，沉重的驳船在他上方漂过，长长的水草缠着他的头发。你知道吗，我觉得他再也画不出什么好画了。十年来，他的画水准下降了不少。"

道林深深地叹了一口气。亨利勋爵穿过房间，开始抚摸一只珍奇的爪哇鹦鹉的头，那是一只灰色羽毛的大鸟，长着粉红的羽冠和尾巴，蹲在一根竹栖木上。他尖尖的手指一触到它，它就垂下皱巴巴的白色眼睑，盖住玻璃般的黑眼睛，前后摇摆起来。

"是的,"他继续说着,转身从口袋里掏出手帕,"他已经画得越来越差了。我觉得他好像少了什么东西,没信念了。你跟他不那么好了以后,他就不再是厉害的艺术家了。你们怎么不好的?我想是你觉得他没劲了吧。如果是这样,他是不会原谅你的,无聊的人就是那样。对了,他给你画的那幅画怎么样了?他画好以后我就没见过了。我记得几年前你跟我说它在运到塞尔比的路上弄丢了还是被偷了,找回来了吗?太可惜了!真是一幅杰作啊。我还记得我想买它呢,真希望我买了。那是巴兹尔巅峰时期的画。后来他的画就心有余力不足了,号称有代表性的英国艺术家都那样。你登寻物启事了吗?应该登一个。"

"不记得了,"道林说,"大概登了吧。但我从来没真正喜欢过它。我还挺后悔当那个模特的。整件事我都不喜欢。你说它干吗?它还让我想起哪个戏里的奇怪的台词——大概是《哈姆雷特》——怎么说的来着?

> 就像一幅悲伤的画像,
> 一张没有心的脸。

是的,就是这样。"

亨利勋爵笑了。"如果人艺术地对待生活,那他的头脑就是他的心。"他说,倒进了扶手椅里。

道林·格雷摇摇头,在钢琴上弹了几个柔和的和弦。"就像一幅悲伤的画像,"他重复道,"没有心的脸。"

年长的那位往后仰躺着,半睁半闭的眼睛看着他。"对了,道林,"他顿了顿说,"'如果一个人得到了全世界,却失去了……'——那句话怎么说的?——'他自己的灵魂'?"

音乐猛地一震,道林·格雷大惊失色,盯着他的朋友:"你为什么问我这个,哈里?"

"亲爱的朋友,"亨利勋爵惊讶地扬起眉毛说,"我问你只是因为我觉得你可能知道啊。上星期天我穿过公园,大理石拱门那边有一小群看起来很寒酸的人,在听一个庸俗的街头传教士布道。我经过的时候,听到那个人对听众大喊那个问题,我觉得挺有戏剧性的。伦敦这种奇怪的场面还挺多的,一个湿漉漉的星期天,一个穿雨衣的没什么教养的基督徒,滴着水的雨伞下面病态苍白的脸,还有被尖锐的歇斯底里的嘴甩到空中的奇妙警句——这种场面真是太有意思了,充满了象征。我想告诉那位先知,艺术有灵魂,但人没有。不过我想他不会明白我意思的。"

"别这样,哈里。灵魂是真的有的。它还能被买卖,可以拿来交易,可以被毒害,也可以变完美。我们每个人都有灵魂,我知道。"

"你那么肯定吗,道林?"

"非常肯定。"

"啊！那肯定是幻觉。一个人觉得非常肯定的事情绝对不是真的。这就是信仰致命的地方，也是浪漫的教训。你好严肃啊！别这么认真，这个时代的迷信和你我有什么关系？没有的，我们已经放弃了对灵魂的信仰。给我弹个曲子吧，道林，弹的时候你悄悄告诉我你是怎么保持青春的，你肯定有什么秘诀，我只比你大十岁，但我满脸皱纹、疲惫不堪、脸色蜡黄。你真厉害，道林，今天晚上你真是格外迷人，让我想起第一次看到你的那天，当时你还不懂事，很害羞，绝对不是个一般人。当然你也变了，但外表没变。你要是能告诉我秘诀就好了，只要能重返青春，我什么事都愿意干，除了锻炼身体、早起和当个正经人。青春啊！什么也比不上它。说青春无知是很荒谬的。我现在唯一听得进去的是比我年轻得多的人说的话，他们好像走在我前面，生活向他们揭示了最新的奇迹。至于老年人，我一向反对的。我这样做有原因。如果你问他们对昨天发生的事的看法，他们会郑重其事地跟你说 1820 年时的看法，那时人们还穿着长筒袜，什么都相信，却什么都不知道。你弹的曲子真好听，我在想肖邦是不是在马略卡岛写的，海在别墅周围呜咽，咸咸的浪花溅在玻璃上？真浪漫。有这么个不是仿造的艺术留给我们真好。别停，我今晚需要音乐。我觉得你就是年轻的阿波罗，而我是听你演奏的玛息阿[1]。道林，我也有我的忧伤，连你也不知

---

1. 希腊神话中的自然之神，和阿波罗比试吹笛子输了。

道的。年老的悲剧不在于那个人老了,而在于总有人还年轻。有时候我自己都惊讶自己还那么坦诚。啊,道林,你多幸福啊!你这一生多美啊!你什么美酒都尝到了,你直接用上颚榨葡萄,什么东西都让你见识到了,而对你来说,一切只不过是音乐声,也不损伤你一分,你还是完好如初。"

"我没有完好如初,哈里。"

"不,你就是完好如初。我不知道你后半生会怎么过,别用克制把它给毁了。你现在是十全十美的,别让自己变得不完整,你现在完美无瑕,不用摇头,你知道你就是的。另外,道林,别自欺欺人。人生是不被意志或意愿左右的。人生是神经和神经元的问题,还有慢慢聚集的细胞群的问题,那里头蕴藏着思想,包含着激情的梦想。你可能觉得自己很安全、很强大,可是,房间里或早晨的天空里偶然出现的一种色调,你曾经喜欢过的、能带来微妙回忆的一种特别的香水,你已经忘了然后又重新遇到的一首诗里的一个句子,你弹完了的一首曲子里的一段节奏——道林,我跟你说,我们的生命就取决于这样的东西。勃朗宁在哪儿写到过这个,我们自己的感觉也有这样的经验。有时候,白丁香的香味突然飘过,就让我重温了我这辈子最奇怪的一个月时光。我真想和你换一换,道林。这个世界一直冲我们俩大声喊话,但它一直崇拜着你,它会永远崇拜你。你是这个时代在追寻的偶像,但他们找到了又害怕。我很庆幸你没干过什么事,没做过雕塑，没画过画，没创造过任何身外之物！你自己就是艺术。你把自己活成了乐曲，你的人生就是你的十四行诗。"

道林从钢琴旁站起来，用手梳了一下头发。"是的，生活真美好，"他喃喃地说，"但我不会再像原来那样生活了，哈里。你也别对我说这些夸张的话了，你不了解我的全部生活。我想，要是你知道了，也会离开我的。你笑了，别笑。"

"你为什么不弹了，道林？再给我弹一遍那首夜曲嘛。你看那挂在朦胧天空里的蜜糖色的大月亮，它正等着为你陶醉呢，你弹一曲，它就会更下来一点儿。你不想弹了？那我们去俱乐部吧。今晚真美，我们要美美地过完它。怀特家有个人很想认识你，是年轻的普尔爵士，伯恩茅斯的长子。他模仿了你的领带打法，还求我把他介绍给你。他挺讨人喜欢的，让我想起你。"

"算了吧，"道林满眼忧伤地说，"我今天晚上很累，哈里，我不去俱乐部了。快十一点了，我想早点睡觉。"

"别啊。你今晚上弹得特别好，触键时的表现力美极了，我听到了以前在这首曲子里从来没听过的东西。"

"这是因为我要变好了，"他笑着回答，"我已经变得好一点了。"

"对我来说你不会变，道林，"亨利勋爵说，"我们永远是朋友。"

"可你曾经用一本书毒害了我，我不应该原谅这个的。哈里，答应我永远别把那本书借给别人了，它会害人的。"

"亲爱的孩子，你真的开始说教了。你很快就会像一个教徒或宗教复兴分子那样到处跑来跑去，警告人们不要去干所有那些你已经干腻了的坏事。但你太可爱了，不适合做这事，而且也没什么用。你和我是什么样还是什么样。至于说被一本书毒害了，根本就没这样的事。艺术不会让人去干什么事的，只会打消人想干什么事的欲望。艺术极其无用。世人所谓的不道德的书，只不过揭露了他们本来就有的耻辱。我们不谈文学了。明天来我这儿吧，我十一点去骑马，我们可以一起去，随后我带你去和布兰克森姆夫人一起吃午饭。她很迷人，她想向你咨询一些买壁毯的事。一定要来啊。或者我们和小公爵夫人一起吃午饭？她说她现在都见不到你了。要么你已经厌倦格莱蒂丝了？我就知道你会的，她牙尖嘴利有点烦人。好了，不管怎样，十一点过来吧。"

"我真的要来吗，哈里？"

"当然啦。公园现在可美了。我觉得自从我认识你那年到现在，今年的丁香花开得最好了。"

"好吧，我十一点来，"道林说，"晚安，哈里。"他走到门口时，犹豫了一会儿，好像还有什么话要说，然后叹了口气，走了出去。

Chapter 20 画像

那是个宜人的夜晚，非常暖和，他把外套搭在胳膊上，脖子上没戴丝巾。他抽着烟，信步往家走，两个穿着晚礼服的年轻人从他身边经过，他听到其中一个对另一个低声说："那是道林·格雷。"他还记得以前被人指指点点、被盯着或是被人议论时，他是多么开心。他现在对听到自己的名字已经厌倦了。他最近经常去的那个小村子，一半的魅力在于没人知道他是谁。他经常对受他诱惑爱上他的姑娘说，他很穷，她也信以为真。有一次，他跟她说他很坏，她对他大笑，说坏人都是又老又丑的。她的笑声真好听啊！就像一只鸫鸟在唱歌。她穿着棉布裙子，戴着大帽子，真漂亮啊！她什么都不懂，却拥有他失去的一切。

他回到家，发现仆人正等着他，他打发他去睡觉，自己躺在书房的沙发上，开始想亨利勋爵跟他说的一些事。

难道人真的永远不能改变吗？他狂热地渴望着自己纯洁无瑕的童真时代——亨利勋爵称之为白玫瑰般的童真时代。他知道他已经把自己搞脏了，让心思都腐败了，想象里全是恐怖；他对别人产生邪恶的影响，还从中获得了可怕的快乐；他让那些和他交往的最美好、充满希望的人蒙受耻辱。但这一切是无法挽回的吗？他没希望了吗？

啊！在一个多么自负而激动的可怕时刻，他祈祷让画像代他承担岁月的重负，让自己永葆青春纯净的荣光！他的所有失败都归咎于那一刻。还是每次罪恶都马上带来必然的惩罚好，惩罚可以净化人。人向最公正的上帝祈祷的时候，应该说"惩罚我们的不义"，而不是"宽恕我们的罪恶"。

亨利勋爵很多年前送给他的那面雕工精美的镜子还立在桌子上，镜框上那些肢体洁白的丘比特们依旧笑着。他拿起镜子，就像在那个恐怖的夜晚，他第一次注意到致命的画上的变化时一样，他泪眼蒙眬，狂躁地看着光洁的镜面。有一次，一个非常爱他的人给他写了一封疯狂的信，信的结尾写着这样崇拜的话："世界因为你而改变，因为你就是象牙和黄金做的，你嘴唇的曲线改写了历史。"他又想起了这句话，反复默念着，然后憎恶起自己的美貌来，把镜子扔在地上踩碎。是美貌毁了他，美貌和他所祈求的青春。如果不是这两样东西，他的生命也许会清白无瑕。他的美貌对他来说不过是一副面具，青春也不过是种嘲讽。青春算什么呢？充其量就是一段青涩、幼稚的时光，其中尽是浅薄的情绪和病态的思想。他为什么要当它的奴仆呢？青春把他毁了。

过去的最好别想了。什么都改不了了。他应该想想自己和自己的未来。詹姆斯·文被埋在塞尔比教堂墓地的无名冢里；艾伦·坎贝尔有天晚上在实验室里开枪自杀了，但没说出他被迫知道的秘密；巴兹尔·霍尔沃德的失踪所引起的骚动马上会过去的，其实已经平息下去了。他现在可以高枕无忧了。实际上，他心里最过不去的也不是巴兹尔·霍尔沃德的死，他烦恼的是自己的灵魂虽然还在但已经无异于死了。巴兹尔画了那幅毁了他一生的画像，不可原谅，全都怪那幅画。巴兹尔曾对他说过一些很难听的话，而他一直忍着，谋杀只是一时冲动。至于艾伦·坎贝尔，他的自杀是他自己的行为，他自己要自杀，跟他没什么关系。

新生！他想要的就是这个，就等着这个。当然，他已经开始新生活了。无论如何，他已经放过了一个无辜的姑娘，他再也不会勾引无辜的人了，他会变成一个好人的。

当他想到赫蒂·默顿的时候，就开始想，锁着的房间里的画像是不是变了。肯定不会还像之前那么可怕了吧？也许只要他的生活纯洁起来，他就能从那张脸上抹去一切邪恶的激情的痕迹。也许邪恶的痕迹已经没了。他要去看看。

他从桌上拿起灯,蹑手蹑脚上了楼。拔开门闩时,他那张年轻得出奇的脸上闪过一丝喜悦的笑容,在嘴唇上停留了一会儿。是的,他要变好了,那个被他藏起来的可怕的东西不会再让他恐惧了。他觉得自己心上的负担仿佛已经卸下了。

他一声不响走进房间,照例锁上门,扯下画像上蒙着的紫布,然后痛苦而愤慨地叫出了声。画像一点儿也没变好,眼睛里还多了狡黠的神情,嘴上弯出了伪善的皱纹,还是很可恶——简直比之前更可恶了——手上的血迹似乎更鲜艳了,像新溅上去的血。于是他开始发抖,他干了件好事只是因出于虚荣心吗?还是像亨利勋爵嘲笑的那样,想追求新的刺激?或者是突发奇想,想扮演比自身更高尚的角色?还是兼而有之?为什么血红的污渍比之前更大了?就像一种可怕的疾病爬满了起皱的手指,脚上也有血迹,仿佛血滴下来了——连没有拿刀的手上也有血。去坦白吗?难道说他应该去坦白?把一切说出来,然后被处死?他笑了,他觉得这个想法很荒唐。而且,就算他真的全说出来,谁会相信他呢?被谋杀的人一点儿痕迹也没留下,属于他的一切都被毁了,楼下的东西他也自己烧掉了,大家只会说他疯了,如果他坚持这么说,他们也会叫他别说了……然而他有责任忏悔,公开受辱,公开赎罪。上帝是存在的,他叫人对天地说出自己的罪孽。不说出自己的罪,他干什么也洗不清他的罪孽。他的罪孽?他耸耸肩。巴兹尔·霍尔沃德的死对他来说没什么。他想的是赫蒂·默顿。这面灵魂的镜子不公正。虚荣？好奇？伪善？难道他悬崖勒马就没别的原因了吗？还有别的呢，至少他是这么觉得的。谁知道呢？……不，没别的了。出于虚荣，他放过了她。出于伪善，他戴上了善良的面具。出于好奇，他尝试了自我克制。他意识到了。

但这桩谋杀案要跟着他一辈子吗？难道他要永远被过去困扰吗？他真的要忏悔吗？不可能。对他不利的证据只剩下一点儿，就是那幅画。他要毁了它。为什么要留着它这么久？看着它变老变丑，他曾经很高兴。但最近他感觉不到这种快乐了。它让他夜不能寐，不在家时又提心吊胆，总怕有人看到它。它让他的激情都蒙上了忧郁。一想起它来就破坏了很多欢乐的时刻。它就像他的良心，是的，它就是他的良心。他要毁了它。

他往四下看了看，看到了那把刺死巴兹尔·霍尔沃德的刀，亮铮铮的，闪闪发光，他洗过很多次，直到上面一点痕迹也没有。它杀了画家，现在再来杀死画家的作品和它隐含的一切好了。它会杀死过去，过去一死，他就自由了。它会杀死那个可怕的灵魂，没有它可怕地警告他，他就能获得安宁了。他抓住刀，刺向了画。

一声惨叫，还有一声撞击声。仆人们被那声痛苦至极的哭喊惊醒了，纷纷走出房间。下面广场上经过的两位绅士停住了脚步，抬头看了看这座大房子。他们继续前行，直到碰到一个警察,把他带了回来。警察按了几次铃,没人应答。除了顶上一扇窗户里亮着灯,整栋房子一片漆黑。他等了一会儿,站到旁边的门廊里看着。

"那是谁家,警官?"两位绅士中年长的那个问。

"道林·格雷家,先生。"警察回答。

他们互相看了看,冷笑着走了。其中一位是亨利·阿什顿爵士的叔叔。

在仆人的房间里,衣服还没穿好的仆人们窃窃私语,老利夫太太绞着手在哭,弗朗西斯面如死灰。

大约过了一刻钟,弗朗西斯带着马车夫和一个男仆悄悄上了楼。他们敲了敲门,没有人回答。他们叫了一声,里面还是没有声音。他们想破门而入,但失败了。最后他们爬上屋顶再下到阳台上,很容易地弄开了插销老旧的窗。

他们走进去的时候,发现墙上挂着他们主人的精美画像,就像他们最后一次见到他时那样年轻俊美,令人惊叹。地上躺着一个死人,穿着晚礼服,心口插着一把刀。他面容枯槁、满脸皱纹、面目可憎,直到他们查看了他戴的戒指,才认出那是谁。

译者 | 顾湘

作家、译者、画家。现居上海。
毕业于上海戏剧学院戏剧文学系、莫斯科国立大学。
个人文学作品散见于《人民文学》《上海文学》等。
曾长年在《外滩画报》撰写书评和艺术评论。
写作以外也为图书设计封面,画插图,设计图案。
2015年举办了个人画展。
代表译作《爱丽丝漫游奇境》《金银岛》《道林·格雷的画像》,
凭借优美传神的译文,广受读者好评。

个人作品

著作

《点击 1999》	1999 年
《安全出口》	
《西天》	2000 年
《穿过近海》	2005 年
《东香纪：俄罗斯游学札记》	
《为不高兴的欢乐》	2007 年
《好小猫》	2011 年
《赵桥村》	2019 年

译著

《彼得兔》	2016 年
《爱丽丝漫游奇境》	2018 年
《金银岛》	2019 年
《道林·格雷的画像》	2021 年

作家榜®经典名著

★★★★★★★★

读经典名著，认准作家榜

感谢您选择大星®文化出品的作家榜经典。

全新阅读品牌"作家榜®经典名著"，致力于为读者提供值得反复阅读和激发心灵成长的全球经典。自2017年诞生以来，策划了一本又一本经典畅销书。

作家榜经典名著系列，精选经典中的经典，由杰出诗人、作家、学者译注，凭借好译本、高颜值、优品质，在全国读者、各界名人、各大媒体中口碑相传，成为全网热销品牌。

越来越多有经验的爱书人，书架珍藏作家榜经典；越来越多的孩子们，因为作家榜经典爱上阅读。

经典就读作家榜
京东官方旗舰店

经典就读作家榜
当当官方旗舰店

经典就读作家榜
天猫官方旗舰店

经典就读作家榜
拼多多旗舰店

| 策　划 | 作家榜 |
| 出　品 | |

出 品 人	吴怀尧　周公度
	邵　飞　胡云剑
产品经理	丁浩炜
美术编辑	杨净净
封面绘制	林　青
封面制作	林　青
内文插图	［俄］Murashko Yaroslava
产品监制	陈　俊
特约印制	朱　毓

投稿邮箱　|　dxwh@zuojiabang.cn

渠道合作　|　021-60839180

官方微博　|　@大星文化　@中国作家榜

作家榜官方网站　|　www.zuojiabang.cn

作家榜官方微博　|　@中国作家榜（每天都在免费送经典好书）

作家榜阅读APP　|　免费下载・百大名著・随心畅读

下载作家榜 APP
百大名著・随心畅读

百态人生
尽在故事会

作家榜官方微博
经典好书免费送

图书在版编目（CIP）数据

道林·格雷的画像 /（英）王尔德著；顾湘译. --
杭州：浙江文艺出版社，2021.8
（作家榜经典名著）
ISBN 978-7-5339-6534-1

Ⅰ.①道… Ⅱ.①王…②顾… Ⅲ.①长篇小说—英国—
近代 Ⅳ.①I561.44

中国版本图书馆CIP数据核字(2021)第115417号

责任编辑：金荣良

作家榜®经典名著
读经典名著，认准作家榜

道林·格雷的画像

［英］奥斯卡·王尔德 著
顾湘 译

全案策划
大星（上海）文化传媒有限公司

出版发行
浙江文艺出版社 [www.zjwycbs.cn]
杭州市体育场路347号 邮编 310006
浙江省新华书店集团有限公司 经销
上海盛通时代印刷有限公司 印刷

2021年8月第1版　2021年8月第1次印刷
889毫米×1194毫米　32开本　10印张　10插页
印数：1-10000　字数：183千字
书号：ISBN 978-7-5339-6534-1
定价：42.00元

版权所有　侵权必究
（如有印装质量问题影响阅读，请联系021-60839180调换）